संजीव

मूर्धन्य कथाकार संजीव का जन्म 6 जुलाई, 1947 को सुल्तानपुर, उत्तर प्रदेश में हुआ। 38 वर्षों तक एक रासायनिक प्रयोगशाला में कार्यरत रहे। सात वर्षों तक 'हंस' समेत कई पत्रिकाओं का सम्पादन और स्तम्भ-लेखन किया। लगभग दो वर्षों तक महात्मा गांधी अन्तरराष्ट्रीय विश्वविद्यालय, वर्धा और अन्य विश्वविद्यालयों में अतिथि लेखक रहे।

संजीव का अनुभव-संसार विविधताओं से भरा हुआ है। साक्षी हैं उनकी प्राय: दो सौ कहानियाँ और 'अहेर', 'सर्कस', 'सावधान! नीचे आग है', 'धार', 'पाँव तले की दूब', 'जंगल जहाँ शुरू होता है', 'सूत्रधार', 'आकाश चम्पा', 'रह गईं दिशाएँ इसी पार', 'फाँस', 'रानी की सराय', 'मुझे पहचानो' आदि उपन्यास। नवीनतम कृतियाँ हैं—महात्मा जोतिबा फुले पर केन्द्रित उपन्यास 'ज्योति कलश', छत्रपति शाहू जी पर केन्द्रित उपन्यास 'प्रत्यंचा', पुरबी के अनन्य गायक महेन्द्र मिश्र पर केन्द्रित उपन्यास 'पुरबी बयार' और 'प्रतिनिधि कहानियाँ'। कुछ कृतियों पर फिल्में बनी हैं, कुछ की उन्होंने पटकथाएँ लिखी हैं।

उन्हें 'साहित्य अकादेमी पुरस्कार', 'कथाक्रम सम्मान', 'इन्दु शर्मा अन्तरराष्ट्रीय कथा सम्मान', 'पहल कथा सम्मान', 'सुधा कथा सम्मान', 'श्रीलाल शुक्ल स्मृति इफको साहित्य सम्मान' समेत अनेक सम्मान प्रदान किए जा चुके हैं।

सम्प्रति : स्वतंत्र लेखन।

सम्पर्क : writersanjiv@gmail.com

अहेर

संजीव

राजकमल पेपरबैक्स

राजकमल पेपरबैक्स में
पहला राजकमल संस्करण : 2020
दूसरा संस्करण : 2026

राजकमल पेपरबैक्स : उत्कृष्ट साहित्य के जनसुलभ संस्करण

राजकमल प्रकाशन प्रा.लि.
1-बी, नेताजी सुभाष मार्ग, दरियागंज
नई दिल्ली-110 002
द्वारा प्रकाशित

शाखाएँ : अशोक राजपथ, साइंस कॉलेज के सामने, पटना-800 006
पहली मंजिल, दरबारी बिल्डिंग, महात्मा गांधी मार्ग, प्रयागराज-211 001
1, अनमोल सोराबजी सन्तुक लेन, धोबी तलाव, मरीन लाइंस, मुम्बई-400 002

वेबसाइट : www.rajkamalprakashan.com
ई-मल : info@rajkamalprakashan.com

बी.के. ऑफसेट
नवीन शाहदरा, दिल्ली-110 032
द्वारा मुद्रित

मूल्य : ₹250

AHER
Novel by Sanjeev

ISBN : 978-93-89598-09-4

शोषणविहीन समाज की संरचना के निमित्त
अपनी जिन्दगी उत्सर्ग कर देने वाले
शहीद साथी सूर्यनारायण शर्मा
की स्मृति को समर्पित

नेपथ्य

मेरे तीस वर्ष पूर्व लिखे गए उपन्यास 'किशनगढ़ के अहेरी' का पुनर्जन्म है 'अहेर'। 'अहेरी' *धर्मयुग* के सम्पादक और प्रख्यात साहित्यकार डॉ. धर्मवीर भारती को अत्यन्त प्रिय था, उन्हीं के शब्दों में—

"मैं जितनी ही बार पढ़ता हूँ, यह उपन्यास मुझे उतना ही और भी अच्छा लगने लगता है।" उन्होंने बड़ी शान से इसे *धर्मयुग* में धारावाहिक प्रकाशित किया था। पुस्तकाकार प्रकाशन के बाद आदरणीय राजेन्द्र यादव ने अहेर के विराट कॉन्सेप्ट को देखते हुए उपन्यास को अपर्याप्त बताया और अहेर या आखेट की समग्र परम्परा को समाहित करते हुए इसके पुनर्लेखन का सुझाव दिया।

तीस साल तक मैं इसमें डूबता-उतराता रहा। महात्मा गांधी अन्तर्राष्ट्रीय हिन्दी विश्वविद्यालय, वर्धा के एकान्त कक्ष के डार्क रूम में डेवलप हुआ 'अहेर'। एतदर्थ मैं विश्वविद्यालय के कुलपति विभूति नारायण राय, प्राध्यापकों और प्रबुद्ध छात्रों तथा अन्य सहयोगियों का हृदय से आभारी हूँ, विशेषकर भाई रूपेश कुमार सिंह, अशोक मिश्र, अमित कुमार विश्वास, सन्दीप वर्मा, दूर बैठे मित्र इन्द्र बहादुर सिंह (जौनपुर) और बलराम का।

आशा है, आखेट के बहुआयामी आदिम इन्सटिक्ट और अनुषंगों का यह अभिनव औपन्यासिक समायोजन पाठकों को पसन्द आएगा।

—संजीव

1

कहाँ से शुरू करें?

भूगोल का प्रश्नपत्र होता तो सम्भावित प्रश्न यूँ होते—दुनिया के मानचित्र में किशनगढ़ को ढूँढ़िए और उसमें निम्न स्थानों को चिह्नित कीजिए :

(क) बरम्ह बाबा
(ख) सती मैया का थान
(ग) बैरागी बाबा का चौरा
(घ) किसान-सभा की मड़ई
(च) राजा साहब की हवेली

इतिहास होता तो सम्भावित प्रश्न यूँ होते—

किशनगढ़ का कुरुक्षेत्र आप किसे मानेंगे?

(क) गोमती का तट
(ख) सरकारी ट्यूबवेल
(ग) दशमी का अखाड़ा

या

चित्र और साक्ष्य द्वारा किशनगढ़ के ऐतिहासिक स्थलों एवं इतिहास-पुरुषों का परिचय दें।

युद्धशास्त्र होता तो सम्भावित प्रश्न कुछ दूसरी तरह के होते—

(क) विश्व-आखेट के इतिहास में किशनगढ़ के अहेर का स्थान सुनिश्चित करें।
(ख) "साँप ने नहीं, बाप ने डसा था।" यह टिप्पणी किसके लिए है?
(ग) किशनगढ़ का सबसे बड़ा अहेरी आप किसे मानते हैं और क्यों?

कुछ टिप्पणियाँ भी लिखने को कही जातीं, यथा—

(क) हत्याहरणा
(ख) पंचमुखी प्रदीप

(ग) अगिन-अस्नान
(घ) महाबीरन स्वामी
(ङ) किशनगढ़ की चकबन्दी या भूमि-सुधार
(च) किशनगढ़ के शिक्षण संस्थान या मनुष्य-सुधार
(छ) राम करन भगत का तहखाना
(ज) वन-मानव।

इसके अतिरिक्त हरिया, छंगू, मटरू, दुर्वासा पुजारी आदि पर छोटी-छोटी टिप्पणियों के प्रश्न भी हो सकते थे।

देवी-देवताओं, भूतों-परेतों का किशनगढ़! कभी बिन्दु में सिकुड़ जाता, कभी दिग्दिगन्त तक फैल जाता। पर यह किशनगढ़ जो मेरे जहन में गुब्बारे-सा फूल और फैल रहा है, दन्तविहीन दादी की दन्तकथा नहीं, अहेर के इतिहास, भूगोल, सभ्यता और संस्कृति का समुच्चय है।

"काउ समझत हौ किशनगढ़ वालन को?" दादी प्राय: इसी अन्दाज़ में शुरू किया करतीं किशनगढ़ के अहेरियों की कहानी। दादी ही क्यों, हर बताने वाले का अन्दाज़-ए-बयाँ एक-सा होता—वही चमकती हुई आँखें, जर्द मांसपेशियों पर ठिठका हुआ वही गुरूर, जिनमें कितने-कितने अक्स रह-रहकर उभरते रहते, जैसे—गुज़रे हुए दिन एक-एक कर गुज़र रहे हैं। बर्बरीक के कटे मुंड-सरीखे दादी के पोपले मुख से मैंने कितनी बार सुनी है अहेरियों की प्रशस्ति-गाथा—किस तरह दूर-दराज़ तक फैली हुई थी उनकी सुख्याति, किस तरह राजा साहब के बैठकख़ाने में उनके मरने के बाद तक टँगे रहते थे बाघ, हिरण, गैंडे आदि के मस्तक, किस तरह अंग्रेज़ शिकारी और देशी सामन्त आ-आकर रुकते थे यहाँ। किस तरह सन् सत्तावन के बागी सिपाहियों को भून डाला था राजा के अहेरियों ने, किस तरह उनकी वफ़ादारी की इज़्ज़त किया करते थे अंग्रेज़, कैसी-कैसी लाशें बहा करती थीं उन दिनों गोमती में और मजाल था कि कोई चूँ कर दे! किशनगढ़ की यह कथा नैनागढ़ की कथा से कम लोमहर्षक नहीं होती थी और हम उनके झुर्रियों-भरे चेहरे में उभरते हुए वर्षों पहले के ध्वस्त राजमहल के खँडहरों में दहशत खाए भटका करते, मगर जैसे ही मैं पूछ बैठता, "तो दादी, क्या अहेरियों के डर से ही आप भाग आई हैं किशनगढ़ से?" दादी का चेहरा फक रह जाता धोख (फ़सलों के बीच पशुओं से बचाने के लिए खड़ा किया गया पुतला) की तरह।

पीछे लौटता हूँ—एक-एक कर तीस बरस पीछे।

2

21 मार्च, 1973

जय और चाँदनी विवाह के बाद पहली बार लौट रहे थे किशनगढ़। साथ था मैं भी—पारिवारिक मित्र की हैसियत से। उन्हें सेटल कराकर सप्ताह भर बाद लौट आना था मुझे मगर नियति को कुछ और ही मंजूर था।

21 मार्च, 1973

चाँदनी के लिए सब कुछ नया था—परिवेश, रूप, रंग, आचरण। ठेठ अवधी बोलते-बोलते कब कौन कलफ़दार हिन्दी बोलने लगेगा, और हिन्दी बोलते-बोलते कब अवधी—यह बोली-बानी भी।

आज इस आधी रात में भी दोपहर की तरह जल रहे हैं ये गुज़श्ता तीस बरस...!

सामने से कोई उँटहरा आ रहा था, झूमते हुए। ऊँट के पाँव में घुँघरू थे और उँटहरा के होंठों पर 'लचारी'—

सजनी ओहि 'देसवा' पे गाज परे।
जौने देसवा के किसनए राम भिखारी भएन ना...

अरे यह तो राजा कक्का हैं—मैंने पहचान लिया उन्हें।

जय को सामने पाकर गड़बड़ा गए। लचारी के बोल टूटने लगे। वह कतराकर दूसरा रास्ता पकड़ने ही जा रहे थे कि जय ने उन्हें टोक दिया, "अब एतना बेगाना तो ना बनो कक्का। अपनी पतोहू को आशीर्वाद तो देते जाओ।"

राजा ठमक गए। उन्होंने ऊँट बैठा दिया और उतर पड़े। जैसे ही जय और चाँदनी ने उसके पाँव छुए, उनकी आँखें बरस पड़ीं। रोते-रोते ही भरे गले से बोल पड़े, "हम कौनों कसूर किहा बच्चा?"

जय ने राजा के कन्धे पकड़ लिये, "कसूर! इही कसूर की खातिर तुहैं कक्का कहत मोरी छाती दुगनी होय जात है!" संवेदना की आँच में पठार-सा दिखने वाले

कक्का उस दिन हिमखंड की तरह गलकर बह रहे थे। इतनी रुलाई कहाँ रुकी पड़ी थी, उन्हें ख़ुद भी शायद पता न था! थोड़ी देर बाद गमछे से हाथ-मुँह पोंछकर प्रकृतस्थ हुए तो बोल पड़े, "तू हमारि नाक कटाइ दिहा बच्चा। भला दुलहिन लेइ आए और हमें खबर तक नाहीं! ई राजा कौन दिन खातिर जिन्दा है, बोलो। तोहरी माई की डोली हमहीं उठाइ के लेइ आइ रहे। एक्कै साध रहि गइ रही कि कबहूँ तोहरी दुलहिन के डोली भी लेइ आउब!" चाँदनी को किशनगढ़ की मरजाद का क्या पता! झट से बोल पड़ी, "तब तो हम जरूर चलेंगे आप की डोली में।" डोली न सही ऊँट पर जा चढ़ी। ऊँट हड़बड़ाकर उठ खड़ा हुआ और वह गिरते-गिरते बची। एक क्षण को हम सकते में आ गए। राजा ने दौड़कर ऊँट की नकेल पकड़ी, "काहे के तौहीनी कराइ रही हो बच्चा! गिरि जाओगी!" मगर चाँदनी नहीं मानी। उस बेडौल ऊँट की सवारी पर भी घुँघरुओं की समा में झूमते हुए चलने में उसे मज़ा आ रहा था। पुलिया पर ही आकर उतरी वह!

मैं फिर आज नाले की उस पुलिया पर खड़ा हूँ। कोयलों की एक-सी कूक। दोनों ओर के कचनारों की एक-सी क़तार! वैसे ही फूलों से लदे पेड़! वैसी ही सुरभि-बोझिल बयार! नथुनों में भर-भरकर साँस लेती चाँदनी कभी इस पेड़ के नीचे खड़ी होती, कभी उस पेड़ के। कभी आम की मंजरियों की खट्टी सोंधी गन्ध की बात करती, कभी महुए के फूल बटोर लाती। सामने से मोर भागता तो मोर का पीछा करती, खरहा भागता तो खरहे का।

"हमें एक खरहा पकड़ दो न कक्का!" बच्चों की तरह मचल पड़ी थी वह। राजा अटपटे में पड़ गए। लबदा या जाल लेकर खरहे का पीछा उन्होंने जाने कितनी बार किया था। खरहा, ज़िन्दा पकड़ लाने की बात तो उन्होंने सोची ही नहीं कभी। हम चारों घेराबन्दी कर बेहया की झाड़ी को चीरते हुए खरहे की ओर बढ़ ही रहे थे कि एक ज़ोरदार धमाका हुआ और खरहा गिरकर ढेर हो गया। पक्षी चीत्कार करते हुए उड़ चले।

चाँदनी जय से लिपटकर थर-थर काँपने लगी। भीट से कोई झपाक से कूदा और खून टपकते खरहे को लेकर झाड़ में ओझल हो गया।

"कौन था?" मैंने पूछा।

"कोई भी हो सकता है।" कक्का ने तटस्थ ठसके से कहा, "किशनगढ़ में शेखीबाज अहेरियों की कोई कमी है।"

"यह मेरी चाँदनी को अहेरियों की पहली सलामी है।" जय ने हँसकर तनाव को ढीला करने की कोशिश की।

कक्का अपनी शेखी में बहक रहे थे, कि उन्हें मनई या जिनावर—किसी से भी डर नहीं लगता। "मकदूमपुर की दसमी में दुइ घंटे तक गोज चलती रही थी दोनों ओर से। ओह दिन फैसला नाई भा तो दूसरे दिन के बदि गई।"

किशनगढ़ की आन की बात आने पर वह जान की परवाह करता ही नहीं—न आज, जब गाँव में विघटन शुरू हो चुका है, न तब, जब अहेरियों की गोजी के आगे किसी गाँव की हिम्मत न हुई कि वह चाँड़ आवाज़ में बात करे। जिसने भी आँख दिखाई उसकी आँख निकाल ली, जिसने जीभ बाहर की, उसकी जीभ खींच ली। मगर ये सारे के सारे लोग इस तरह मर-मरकर भूत बनते रहे तो वह क्या कर लेगा इनका? वह 'मनई' से तो निबट सकता है लेकिन भूत से भला कैसे निबटे?

अब बताइए, तीस बरस पहले उस पियासे बाभन को भी लगातार तीन चमरौटियाँ बिना पानी पिये उसरहटे के पास यहीं आकर मरना था। उस चमार को भी राजा साहब के बल्लम के एक ही वार में साफ हो जाना था और बैरागी बाबा बनकर 'चमरदोख' लादना था उनके राजघराने पर। राजघराने की पतोहू को भी सती होने के लिए अपने किशनगढ़ को छोड़कर कोई ठाँव-मुकाम नहीं भाया।

आगे कक्का ने इस भूत-कथा की कुछ और परतें खोलीं, कि बाभन मरा नहीं, एक पीपर का पौधा होकर जन्मा, उसी ठाँव-मुकाम पर, वही बाद में बरम्ह बाबा हुए। चमार बेचारा हलवाह था राजा साहब का, हलवाही छोड़कर परदेश जाना चाहता था राजा छोड़ना नहीं चाहते थे, बात बढ़ी तो डराने के लिए राजा ने बल्लम उठा लिया, लग गया, मर गया। मरने के बाद बरगद का पेड़ हो के जनमा। उसी ठाँव-मुकाम पर। उनकी दाढ़ी तो इनकी दाढ़ी!

"लेकिन दाढ़ी तो बरगद की होती ही होती है।" जय ने कहा। राजा कक्का को अपने देवता का साधारणीकरण अपमानप्रद लगा, बुरा मान गए।

"और सती माई?"

"राजा के खानदान में जिस बागी कुँवर साहब को सन् सत्तावन में अहेरियों ने मारा था, उसी का हिस्सा-हसिया हड़पने के लिए उनकी पतोहू को जलाकर मार डाला था, और कहा, "सती होइ गई।' अब पियासे बरम्ह बाबा को आते-जाते दुइ चुल्लू साफ पानी न डालो तो ऊ रिसियाइ जायँ, चमरदोख से बचने के लिए राजा साहेब बैरागी बाबा के लिए हर साल सूअर के छौने की बलि न दें तो ऊ कोहाँइ (रूठ) जायँ और सती माई के थान पर दुइ-चार लकड़ी तोड़कर न फेंको तो ऊ नाराज होइ जायँ। चट-पट गोरु-बछरू, पशु-परानी मरने लगें।"

चाँदनी ने बाल-सुलभ जिज्ञासा से पूछा, "यह कैसे हो सकता है कि गाँव होने के बावजूद उस ब्राह्मण को पीने का पानी ही न मिले?"

कक्का ने समझाया, "पानी तो था बिटिया, लेकिन चमरौटी का पानी भला कैसे पी सकता था एक बाभन!"

"आप भी एक चुल्लू पानी डालोगे?"

"डालना ही पड़ेगा।"

“अब बरम्ह बाबा की जात नहीं जाएगी?” चाँदनी की समझ में नहीं आया तो वह दूसरी पहेली की ओर मुड़ गई, “और सती माई का थान...? लकड़ी जमा होते-होते तो वह टीला हो गया होगा?”

“नहीं बिटिया, नहीं, साल में एक बार सती माई अगिन-असनान करती हैं न! अपने आप आगि लागि जात है और लकड़ी का टीला जलकर राखि।”

“ताज्जुब है।”

“एहमें कौनो अजगुत नाहीं है बिटिया। बड़ा महातम है, राखि का। आँख में तकलीफ होय तो सती माई का नाम लेइके आँख में लगाय देवो, कान में तकलीफ होय तो कान में...ओह भभूत से कौनो भी दुख-बियाधी हो, दूर होइ जात है।”

उन्होंने सचमुच बरम्ह बाबा पर एक लुटरी पानी उड़ेला। वे पलटे और गाइड के अन्दाज में बोल पड़े कि जब भी कोई दुलहिन किशनगढ़ आती है, तो इन तीनों समाधियों को प्रणाम करने के बाद ही गाँव में पाँव रखती है।

“बरम्ह बाबा तो आपके सामने ही हैं।”

प्रणाम करने के निमित्त चाँदनी हाथ जोड़कर आगे झुकी ही थी कि जय की ठंडी आवाज ने टोक दिया, “पहली ही परीक्षा में फेल!”

चाँदनी ने हाथ समेट लिए। राजा को फिर बुरा लगा।

“आप बताओ, किशनगढ़ के सबसे बड़े देवता यही हैं?” चाँदनी ने पूछा।

“सबसे बड़े देवता, जो सच पूछो तो वे महाबीरन स्वामी ही हैं।”

“इनका महातम?” मैंने पूछा।

“अब इनका पूरा महातम तो राम परसाद मास्टर, चाहे कौनो बिद्मान ही बता सकता है, हम तो मूरुख उँटहरा हैं।”

“मैं बताता हूँ, मुझे मास्टर साहब ने कभी बताया था।” जय ने महाबीरन की व्युत्पत्ति कथा बताई, “जैसा कि हर गाँव में होता है, किशनगढ़ की भी रक्षा करने वाले एक ग्राम-देवता हुआ करते थे कभी। ग्राम-देवता को ‘डीह’ या ‘वीर’ कहते हैं। गाँव का सबसे शक्तिशाली आदमी ही मरकर ‘वीर’ बनता था। उसके थान या स्थान पर एक चौरा बना दिया जाता और वहाँ बाँस गाड़कर एक पताका टाँग दी जाती। ‘बीर’ से बने ‘महाबीर’ और चौरा से बना मन्दिर। ‘महाबीर’ का आशय हनुमानजी से जुड़ा और हनुमानजी से जुड़ते ही रुद्र, पवन, केशरी, राम और अन्य देवताओं से। बाद में बीर को बीरन कर दिया औरतों ने—बीरन माने भाई, बाप, काका, रक्षक तो यही महाबीर या महाबीरन किशनगढ़ के सबसे बड़े देवता हुए।”

“अरे वाह! तब तो देखना पड़ेगा, कहाँ हैं किशनगढ़ के रक्षक?” चाँदनी ने मचलते हुए कहा और ऊँट पर दोबारा ज़िद करके जा चढ़ी।

“वोऽऽऽ! वहाँ!” राजा ने उँगली से गोमती की बीच धारा में इशारा किया।

“गोमती में?”

"हाँ।"

"गंगा माई को अपनी जटा में भरमाने वाले शंकर जी महराज को खुदै लील गईं गंगा माई...अब बोलो! कुछ दिन तक मन्दिर का कलश दिखाई पड़ता रहा, फिर वह भी लोप!"

"लेकिन मन्दिर, वह भी नदी में?"

"ओह, कहा न, पहले हुआ नहीं था। आधे गाँव का मानना है कि महाबीरन स्वामी ने गोमती में कूदकर आतम हत्तिया कर ली।"

"काहें?"

"अब एतना पाप पर कौन रहता किशनगढ़ में?"

काका के भोलेपन पर हँस पड़े हम सब। जय ने कहा, "वो तो धारा बदली थी गोमती की।" बुरा मान गए काका, "आप हँसि रहे हो? अरे विश्वास न हो तो बुधई के बाप से पूछि लो जिसने बरम्ह बाबा, समेत महाबीरन स्वामी को अपनी नाव से पार कराया था।"

"बुधई का बाप अभी जिन्दा है?"

"अरे बाप मू गया, बेटा तो अभी जिन्दा है। ऊ का नाव छोड़कर इधर ही आइ रहा है।" राजा ने एक मझोले क़द के साँवले प्रौढ़ को पुकारा, "अरे राम-राम बुधई भाय, तनी इहाँ आवा।"

बुधई ने राजा की बात की पुष्टि की, "दद्दा तब जवान थे। ऊ भादों का अन्हेरिया पाख था। नदी में बाढ़ थी—वैसी बाढ़ हमने अपनी जिन्दगी में नाहीं देखा। बड़े-बड़े पेड़ बहे जात रहे। पेड़ छानने की लालच में दद्दा नाव किनारे लगाकर टोह ले रहे थे कि एकाएक देवता लोग चढ़ि गए नाव पर—झपाक! झपाक! कहा, 'नाव खोलो।' दद्दा हाथ जोड़ लिये, 'छान्ह-छप्पर तक बहे जा रहे हैं, नाव खोले नहीं कि हम सब बूड़ जाएँगे।' लेकिन देवताओं ने डाँटा, 'हम किसलिए हैं? हम रच्छा करेंगे, हम।' दद्दा कुरमुराए, 'खुद तो जान बचाकर भागे चले जा रहे हैं और कहते हैं रच्छा करेंगे'।"

"का कहा?" बरम्ह बाबा ने डपटा।

दद्दा ने हाथ जोड़े, "छिमा महराज!" फिर गिनती की, "एक, दुइ, तीन, चार, पाँ...। महराज सती माई और वैरागी बाबा?" सब ने पलटकर देखा तो एक सफ़ेद साड़ी वाली मेहरारू और दाढ़ी वाले बाबा लौटे जा रहे थे। बहुत समझाया मगर उन्हें भरोसा नहीं हुआ, वे इनके साथ नहीं आए। ख़ैर दद्दा ने नाव खोली। बीच धारा में पहुँचे होंगे कि महाबीरन स्वामी उठ खड़े हुए, "तुम लोग जाओ, हम नहीं जाएँगे।" झमाक से कूद पड़े बीच धारा में। देवता-पित्तर की बात! बाढ़ी नदी में नाव के किनारे लगते ही नाव खाली, सब कूदि-कूदि अपना-अपना थान पकड़ि लिए। 'एक देवता और रहि गए हत्याहरणा, बोले हम यहीं ठीक हैं।"

"बाकी देवी-देवता तो समझ में आए लेकिन हत्याहरणा? ये कौन से देवता हैं, न कभी सुना, न जाना।"

"आप सब गियानी-गुनी मनई हैं, हम ठहरे गँवार मूरख! का बतावें? अच्छा सुनिए, धोपाप का नाम सुने हैं?"

"सुना तो है, पर अभी आप ही बताओ।"

"का तो गोसाईं जी महराज लिख गए हैं 'रामाएन' में कि सई उतरि गोमती नहाए माने भगवान राम लंका से अजोध्या लौटते समय सई नदी को पार किए लेकिन अस्नान किए कहाँ तो गोमती जी में। काहे, तो बाभन मारे थे। रावन बाभन रहा। असनान करने से हत्या का सारा पाप धोइ उठा। इही से उस अस्थान का नाम पड़ा धोपाप। अब हमरे मठिया के पहिले महंथ जी सोचे कि किशनगढ़ से बड़ा पापी के बा? अहेरिन का गाँव है। एक से बढ़कर एक हत्तियारे! एक से बढ़कर एक पापी! ते इनका उद्धार कइसे हो? सो राजा साहेब से कहि के सगरा खनवाए और लेइ आए एक गंगाजली पानी धोपाप से और डाल दिए सगरा में। हत्याहरणा का परताप धोपाप से कम नहीं। बड़ी से बड़ी हत्तिया करके आओ, चाहे बड़ा से बड़ा पाप, अस्नान कर लो तो दोख-पाप छिमा होइ जाय!"

हम सभी अवाक्! हँसें कि रोएँ!

ताड़ लिया बुधई ने, "यकीन नहीं होइ रहा है न हम जो कहि रहा हूँ, राई-रत्ती सही है। कोई ऐसे-वैसे मल्लाह हमें जिनि जानो, हम मल्लाहों में उसी खानदान के हैं, जिन्होंने भगवान राम को प्रयाग में गंगा पार कराया था। सब पार उतर गए सही-सलामत!"

"कहाँ सही-सलामत? महाबीरन स्वामी तो गोमती में कूद ही गए।"

"अब देवता-पित्तर की मरजी, हम क्या कर सकते हैं।" फिर वह भी राजा की तरह फुसफुसाकर बताने लगा, "का करब-अ?" इतने पाप पर देवता-पितर गाँव छोड़कर भागेंगे नहीं तो करेंगे का? दु:ख इस बात का नहीं है, दु:ख इस बात का है कि अब इस गाँव का कोई रच्छक नहीं रह गया।" हम सभी गोमती की धारा को देखने लगे, वहाँ किसी भी मन्दिर के अवशेष को तलाशना बेमानी था।

3

हल्के कुहरे में लिपटी यह घाटी अभी भी राज़दार है। श्मशान की वादी! मेरे सामने फिर वही गोमती है। एक तरफ़ काटती हुई, दूसरी तरफ़ पाटती हुई। किसी तूफ़ानी बरसात में अन्दर ही अन्दर कटती हुई कोई कगार अरराकर बैठ जाती है। 'पेहाँक-पेहाँक' कर उठते हैं डर के मारे दूर-दूर के मोर, फेंकर उठते हैं सियार और कुत्ते। बड़ी देर तलक उनकी अपशकुनी आवाज़ों के बुदबुदे उभरते रहते हैं सन्नाटे के समुद्र में...फिर धीरे-धीरे एक-एक कर तिरोहित होते जाते हैं।

सुबह का नीला चौड़ा आकाश। तट के दोनों ओर फैली दूर-दूर की हरियाली के बीच बहता हुआ गोमती का नीला-नीला पानी। कितनी शान्त हैं ये तीर की घनी बँसवारियाँ, कितने हल्के क्षण गुज़ारे हैं हमने यहाँ। कितनी बार इस नदी में पाँव हिलाते हुए हमने चाँदनी रातें और सुनहले दिन पार किए हैं। कितने साये काँपते हुए ओझल हुए हैं—कुछ चाँदनी रातों-से रहस्यमय, कुछ चिलकती धूप-से चमकीले। कितना पानी गंगा के रास्ते जा चुका होगा समुद्र में, मगर ये घाट और घटवारे वहीं के वहीं ठहरे हुए हैं। क्या फ़र्क़ पड़ता है यदि नाव बुधई का बूढ़ा बाप ले आए या दमे से हाँफता हुआ बुधई या साँस उखड़ने पर कछन्ना मारे साँवले बदन पर गिलट के कड़े-छड़े ठनकाती बुधई बहू और घाट का ठेका ताश में रमे 'पच्च-पच्च' खैनी की पीक थूकते हुए उदयभान जी को मिला हो या देसी चढ़ाए लाल-लाल मस्त आँखों वाले इनरपति जी को या जाति की राजनीति में औरों की तरह अपनी गोटी बैठाने में लीन पिछड़ों के नए सवर्ण मगरूर रामबुझावन जी को—उफनते हुए सावन-भादों हों, ठिठुरते हुए माघ-पूस हों या झुलसते हुए जेठ-बैसाख, एक ही क्रम है—एक हाथ में डाड़ रहेगी, दूसरे के सामने वसूली का सन्दूक।

मेरी नज़रें सेवार में इधर-उधर आनन्द में भूली हिलती-डुलती मछलियों पर जा अटकती हैं। उधर सामने के मल्लाह जाल से बड़ी-बड़ी मछलियाँ निकालकर फेंक रहे हैं टिहड्डे पर। सैकड़ों रोहू किलबिल कर रही हैं मेरे सामने। किसके लिए काम करते हैं ये मत्स्य-अहेरी? किसके लिए ले जाते हैं ट्रेन में लादकर इन्हें

मंडी में? घड़ियाल की तरह दूर-दूर तक दोनों घाटों पर छाए ये ठेकेदार मड़ई में बैठे-बैठे बस झाँक लिया करते हैं रह-रहकर। सहसा एक बड़ी रोहू ज़ोरों से उछलती है और सीधे नदी में गुडुप हो जाती है। लक्ष्य-भ्रष्टता की अजीब-सी बौखलाहट फ़िज़ा में बजबजा उठती है। वक़्त पर पड़े हुए पर्दे की तरह जल लहरा उठता है एकाएक। उस ऊँचे कगार से छलाँग लगाई थी राधा ने। गहनों की लालच में लाशों को घसीट लाने वाले मल्लाह उस दिन एक जान की ख़ातिर निर्लोभी बने बुड़की मारते रहे, दो घंटे के प्रयास के बाद जब लाश खींचकर बाहर ले आए तो थर-थर काँपने लगे—फूले पेट वाली राधा की लाश!

आज रधिया होती तो कैसी दिखती! ब्रह्मचारी जी की भांजी रधिया! कितने-कितने रूपों में देखता आया था उसे! मक्के के खेत में मक्के के पौधे की तरह जल्दी-जल्दी बढ़ती हुई...!

महान हिन्दू धर्म के इन आधार स्तम्भों ने छोड़ा नहीं रधिया को। उस एक राधा के सामने कितनी-कितनी धोतियाँ खुल चुकी हैं।

कलिका दुबे ने ब्रह्मचारी मंडन मिसिर जी को चेताया था—"रधिया का दूसरा विवाह कर दें।" ब्रह्मचारी जी ने अपने ब्रह्मरन्ध्र पर चोटी को सहलाते हुए कहा, "स्वधर्मं निर्धनम् श्रेय, परधर्म भयावह, मुझे मत सिखाओ। तुम्हारी तरह का गया-बीता बाभन नहीं हूँ मैं।" दुबे अपमानित-से उठ खड़े हुए।

कलिका के जाने के बाद आत्मविश्लेषण करने लगे ब्रह्मचारी जी, विधवा के श्वेत परिधान में कैसी दिखती है उनकी युवा भांजी रधिया—पतिव्रता की प्रतिमूर्ति! यौन शुचिता ही तो सम्बल है हम ब्राह्मणों का। कभी दूसरे ब्राह्मणों के भी हाथ का छुआ पानी नहीं पिया, खाने की कौन कहे। वहीं से राधा को पुकारा, "राधा बिटिया।"

"आई मामा जी।" रधिया ने चीख़कर कहा। सामने दिख रही है रसोई, रसोई के सामने ओसारा। ओसारे में चूल्हा है, चूल्हे के पास रोटी है। ओसारे में एक-एक कपड़े उतारती चलती है राधा, पहले साड़ी की केंचुल झरती है, फिर अँगिया और फिर साया। अब वह बिलकुल नंगी है। बदन पर एक सूत कपड़ा नहीं। आग-सी जलती देह। रधिया ने इन कपड़ों को ओसारे की खटिया की पाटी पर रखा और अन्दर गई—रोटी, दाल-सब्ज़ी और दही की थाली किवाड़ की ओट ही से दिखाकर पूछा—

"देख लीजिए मामा जी, और कुछ चाहिए।..."

दालान से सब कुछ दिखता है।

और जो नहीं दिखता, उसका एहसास भी...आग की तरह जलता हुआ।

"न।"

"तो मैं कपड़े पहन लूँ?"

"हाँ।"

बाहर आ गई नंगी देह।

झुका-झुका सिर, फीका-फीका भोजन। जैसे-तैसे निगलकर, आँगन में कुल्ली करते हैं। बेचैन खड़ाऊँ की एक-सी खट-खट। आँखों में चुभ रहा है बिना ब्लाउज़ पहने राधा के जूठे बर्तनों को लेकर बैलों की नाद में डालने के लिए बाहर आना। अन्दर ही अन्दर कोई गरम मांस पिंड खौल रहा है। कभी तुलसी के बिरवे के आसपास खड़ाऊँ खटकता है, कभी बाहर फुलवारी में, कभी पागुर करते बैलों के पास, कभी बैठक में। उपासना-गृह में अगरु-गन्ध के बीच पद्मासन पर बैठकर भटकती दृष्टि को भौंहों के बीच ललाट पर केन्द्रित करने का प्रयास और साँस ज़ोर-ज़ोर से खींचकर धीमे-धीमे छोड़ने का उपक्रम! रात! काली, ख़ौफ़नाक और जुगुप्सित! ठेके के बही-खातों के बीच फिर कहाँ से उभर आता है मांस-पिंड! राम! राम! शिव! शिव! जितनी स्तुतियाँ जानते हैं, एक-एक कर दोहरा जाते हैं। मानस पर हाथ रखते ही "तृषित वारि बिनु जो तन त्यागा, मुए करइ का सुधा तड़ागा?" चौपाइयाँ चुभने लगती हैं। ऊँहूँ! उसे वहीं छोड़ गीता खोल लेते हैं—"इंद्रयाणाम हि चरता यन्मनोऽनु विधीयते, तदस्य हरति प्रज्ञा वायुर्नवामि वाम्भसि।" यह क्या हो रहा है उन्हें! लेकिन फिर "अहं सर्वस्य प्रभवोमत: सर्व प्रवर्तते..." भी! यह क्या करा रहे हो भगवान? कैसे-कैसे विचार घेर रहे हैं? मन क्यों फँसा जा रहा है कीच में? सभी ऋषि, मुनि यहीं आकर चूक जाते हैं। ब्रह्मा ने ख़ुद अपनी कन्या सरस्वती से... विष्णु ने, शिव ने उँह! डगमगा रहा हूँ। लेकिन मेरे एक च्युत न होने से राधा तो च्युत होने से नहीं रोकी जा सकती। क्यों न एक समझौता हो ही जाए, बाक़ी ज़िन्दगी का। कौन देखने आता है घर में..? संकल्प-विकल्प में जूझते घुलती रही रात। कब सुबह हुई, कब शाम, कब दो घड़ी दिन चढ़ आया, उन्हें पता ही नहीं। बार-बार का दुरदुराया कुत्ता लोभी बना उस दृश्य की ओर लार टपका रहा है। संठी की लौ में पिघलता बदन फिर झलकता है। 'सारे कर्मों के तुम्हीं तो कर्ता हो, जो चाहते हो, कराकर छोड़ोगे और दबे पाँव एक लोभी कुत्ता रसोईघर में घुस आता है।

"मामा! मामा!" कुछ बोलते नहीं मामा! मामा की गर्म साँस बोलती है। नरम मांस पिंड पर पकड़ तेज़ होती जाती है। अँधेरी कोठरी दोपहर की तरह थरथरा उठती है बदन की ज्वाला में। गरम साँसों की लू में झुलस उठते हैं सारे नियम!

राधा इसके बाद जब भी हमसे मिली 'कैसी हो' के जवाब में 'ठीक हूँ' कहकर सिर झुका लेती। अफवाहें उड़ने लगी थीं लेकिन पीठ पीछे ही। सामने कहने वाले उत्कोच पाकर सहभागी बन चुके थे, कैसे बोलते!

एक और बँधुआ मज़दूर ब्रह्मचारी जी का, धर्म का। "कब तक ऐसे चलेगा राधा?" जय ने एक दिन पूछ ही लिया।

"जब तक राम चलाएँ।" यह कहकर वह खोई-खोई आँखों से दिगन्त की ओर देखने लगी थी।

"इससे तो अच्छा है, भाग जाओ किसी के साथ।"

"किसके साथ, तुम्हारे...?" वह खिलखिला पड़ी थी, फिर स्वत: गम्भीर हो उठी, "ना, तुम तो कम-से-कम अच्छे बने रहो, तुमसे छोटी होकर भी तुम्हारी माँ के पद तक पहुँच गई, इतना ही पाप कम किया!"

उसे बच्चे की तरह थपथपाकर दाल के लिए कच्चे आम तोड़ने चली गई थी, मत्स्यगन्धा।

इसके कुछ ही दिनों बाद आए थे दरोगा—रधिया के पति शुक्ल जी के कत्ल के सम्बन्ध में जाँच-पड़ताल करने।

मकदूमपुर! शूल की तरह चुभा करता था यह नाम। शुक्ल अभी तक कुछ भी नहीं बिगाड़ पाए थे रामइकबाल सिंह का। ऊपर से नीचे सबको पैसे से तौल रखा था उसने! दो सौ बीघे का काश्तकार! इनरपति सिंह का अप्रतिम प्रतिद्वन्द्वी। इनरपति सिंह इसी मुकदमे में उसका छक्का छुड़ाकर रख देने की हाँका करते थे, लेकिन कहाँ...? आख़िर हैं तो उसी ठाकुर के जाति भाई ही। अब तो अपना ही भरोसा था। इसलिए दरोगा जी के दो पुलिस के जवान और सम्पत कहार साथ मिलकर निरामिष मिश्र जी कमरे में आमिष पका रहे थे। मछलियाँ तो ख़ैर उन्हीं की थीं, उन्हें विलायती शराब ज़रूर इनरपति जी के यहाँ से मँगानी पड़ी थी। और भी बहुत कुछ था...पाँच किलो घी, खाँड़ का एक टीन, बासमती चावल का एक बोरा, पके पपीतों और अमरूद की दो पेटियाँ...! लेकिन नज़राने में दारोगा जी ने जिस चीज़ की माँग कर दी थी, उसकी कल्पना भी नहीं की थी ब्रह्मचारी जी ने। 'राम राम!' ऐसा कैसे हो सकता है? कई बार के आजमाए गीता-उपनिषद के उद्धरण कवच की तरह इस्तेमाल करने लगे थे ब्रह्मचारी जी, गोया वे श्लोक न हों, सफाई के सबूत हों। इनरपति सिंह की लाल-लाल आँखों और कुख्यात डाकू पंचम की कुटिल मुस्कुराहट नाचने लगी थी दरोगा के चेहरे पर, "सिर्फ राधा! रामइकबाल सिंह आपके ब्रह्मास्त्र से नहीं, मेरी कलम के जहर से मरेंगे। जिद छोड़िए। मुझे मालूम है इन श्लोकों की हकीकत और गुस्ताखी माफ हो तो अर्ज करूँ, आपकी हकीकत भी।"

यहीं, हाँ, शायद यहीं हम किसी राजनीतिक बहस में उलझे पड़े थे कि भुई जैसे बिखरे बालों, उठती और गिरती साँसों की धौंकनी लिये वह परिचित आवाज़ लड़खड़ाई, 'मुझे जल्दी से छुपा लो, ओइ आइ गए।"

"कौन?"

"गाँव वाले। हमहूँ चलेंगे बंसी के साथ।"

हमें कुछ भी सुनाई नहीं पड़ रहा था, मगर उसके चेहरे को देखकर पता चल रहा था कि ललकार और गुर्राहट में किन्हीं भागते पैरों की आहट साफ़-साफ़ उसे आतंकित कर रही थी। बंसी बाहर झाँककर हतबुद्धि-सा हमें कातर नज़रों से देख रहा था। राधा ने उसे झकझोरकर कहा, "बोलतेउ काहे नाँय?"

"हमका तू बोटी-बोटी कटवाय देबू आज। कहाँ लुकवाई इहाँ?" इधर-उधर ताककर वह फिर बौखला उठा। "तू भागू काहे? कहाँ तू बाभनि कहाँ हम..."

"बाभनि, बाभनि कहि के मार डारेन सब!" फफक पड़ी वह। बाहर से आवाज़ें आने लगी थीं। बंसी का साहस जवाब दे गया।

"ना भइया, ई पाप हमसे न होए। लौटि जा, हाथ जोड़त अही!"

"पाप! आधी अरहरी लेइ गए, मौसी, मौसी लागइ बा?"

"काहिल, कपटी, नीच!" वह फुफकार उठी थी। तब तक मड़ई चरमराने लगी थी। खाट के तले जा दुबकी राधा। हमने भीड़ को रोकना चाहा, समझाना चाहा, लेकिन कौन किसकी सुनता है। खाट के नीचे से खींचकर निकाली गई थी राधा। खींचातानी, धींगामुश्ती, कटाव और चढ़ाइयाँ! फिसलन भरी रेत पर दो पाँवों का पीछा करते अनेक पाँव और उसी कगार से कूद पड़ी थी नीचे—झमाक से! बिजली गिरी थी गोमती में! दो घंटे के बाद लाश खींचकर ले आई गई। फूले पेट वाली औंधी लाश! ठक-ठक लाठी टेकता ऐसे इतिहास का साक्षी बुधई का बाप और अन्य मल्लाह बुदबुदाए, "पता नहीं राधा के साथ कौन मरा आज?"

इन दोहरी मौतों का एक ही क्रम रहा है इस धारा में और यह दूसरी मौत किसकी है, इस पर सोचते हुए हम कभी ब्रह्मचारी जी को, कभी ज्योतिसी जी को, कभी रुपई को, कभी दरोगा को, कभी बंसी आदि को टटोल रहे थे। आज एक झनझनाहट मची हुई है अन्दर। लगता है, कोई एक नहीं, अनेक हाथ हैं, पूरी की पूरी शेखी में डूबी एक मूर्ख आत्महन्ता परम्परा!

बुधई की माँ ने ठीक ही कहा था, "इतने पाप पर गोमती सूख क्यों नहीं जाती—यही अचरज है।"

"नहीं, मुझे गोमती के सूखने का नहीं, उसके बँधे दूषित जल के प्रवहमान हो जाने का इन्तजार है।" जय ने कभी बातचीत में कहा था।

4

मैं गोमती की धारा के विलोम नकटा चिरइयों के शिकार के लिए जाती हुई कश्तियों को अचकचाकर देखने लगता हूँ—कहाँ? एक भी तो नहीं दिखतीं। तो क्या नकटा चिरइयाँ इस साल आई ही नहीं या अहेर की परम्परा बदल गई? अर्से से देखता-सुनता और महसूस करता आया हूँ उन साइबेरियन काली बत्तखों, नकटों के शिकार को। रात के किसी पिछले पहर में इनके परों की सरसराहट और कंठों की 'कों-कों' की आवाज़ सुनकर अहेरियों के कान खड़े हो जाते, दिशा अनुमान कर ली जाती—कहाँ गई होंगी, ताल में या गोमती की ओर? और भोर के धुँधलके में रुपई, खरभान, चन्दर, अम्मर, फोन्नन सिंह कारतूस और छर्रे लेकर टोपीधारी या छर्रे वाली बन्दूकें लेकर चल पड़ते। सौ से पाँच सौ के झुंड की नकटा और अलग-अलग दूरी और चौड़ाई की मार करने वाली बन्दूकें!

पता नहीं, किस ठंडे मुल्क से बर्फ़ गिरने के मौसम में अपने अंडों को बर्फ़ में गाड़कर अपना अस्तित्व बचाने के लिए उड़ान भरती थीं काली बतख़ें! कितनी लौट पाती होंगी वापस अपने वतन, अपने परिवार में? इधर गोमती की रेत में मादा घड़ियाल भी साहियों-लोमड़ियों से बचाने के लिए अंडों को गाड़कर चल देती हैं शिकार के लिए। घड़ियालों के लिए शायद जीव-हत्या एक मजबूरी हो सकती है, लेकिन फोन्नन सिंह जैसे अहेरियों के लिए क्या जिह्वा-लिप्सा ही एकमात्र मजबूरी थी? नवासा बनकर पच्चीस मील दूर से आए, गाँव भर के फूफा फोन्नन सिंह अपने बुढ़ापे के सिकुड़े, ढीले चाम में घड़ियाल की तरह उस नरई के ताल में अपनी सफ़ेद घोड़ी के पीछे-पीछे दुबक कर चलते। उस समय वह युद्ध के सैनिक की तरह सिर पर नरई बाँधे, नरई के ताल में एकाकार हो जाते। हारिल, कौआसारी, सारस, जाँघिल और नकटा पक्षियों को आहट तक न होती। यहाँ से नहीं दिखता नरई का ताल। कगारों के आगे ढेरवहिया की झुरमुट में सिमटा पड़ा है कहीं!

वे दिन कहाँ गए, जब किशनगढ़ आने पर पहला काम होता था ताल के रक्त कमल तोड़ना। ताल के बीच में पानी है 'हरियर कचूर' और उसको घेरकर बीघों

दूर तक बस नरई ही नरई! सधी हुई घोड़ी पानी से थोड़ा आगे रुककर ज़ोरों से हिनहिनाती। नकटा चिरइयों का एक झुंड उड़कर चक्राकार मँडराने लगता और बन्दूक के छर्रों से कितनों के पंख कतर जाते, कितनों के प्राण! ताल में रक्त टपककर रक्त कमल की तरह खिल उठता और फोन्नन सिंह की आँखों में चमक भर जाती। पानी में 'कों-कों' की लहरें उठ-उठकर किनारों तक तब तक फैलती रहतीं, जब तक उनकी शिकारी कुतिया के 'छप-छप' तैरने की आवाज़ उन आवाज़ों को क़ैद कर स्वामी के हवाले न कर देती। गाँव भर के फोफ्फा (फूफा) फोन्नन सिंह को एक-एक चिरई का नाम याद है, भले ही अपने परिवार के बच्चों के नाम उन्हें नहीं मालूम। उनका असिस्टेंट हुआ करता था कालू, गाँव के ढोर-डाँगरों का चरवाहा, ज्योतिसी बाबा...नहीं, नहीं...राजा कक्का का बेटा! बाप मूसों और साहियों के अहेर में जितना माहिर था, बेटा नकटा मारने में उतना ही तेज़। गुलेल से ही दो-तीन नकटा मार लाता।

दूसरे लोग जहाँ नाव लेकर नकटा चिरइयों का शिकार करने जाते हैं, फोन्नन सिंह के लिए यह एक अभियान होता है। बाक़ायदा दल-बल के साथ चलते हैं फ़ौजी पोशाक में—वे, उनकी उजरकी घोड़ी, उनकी चितकबरी कुतिया और कालू, चारों एक से बढ़कर एक।

हरिया की थ्योरी और प्रैक्टिकल फोन्नन सिंह से अलग हैं। पहले वह एक नकटा को गुलेल से घायल करता फिर उसे सिर पर पगड़ी बाँधकर उसमें सजा लेता ताल में तैरते हुए वह ख़ुद नकटा बन जाता। नकटा 'काँक-काँक' कराह रही होती, दूसरी नकटा चिरइयों को लगता, यह तो अपना ही भाई-बन्धु है जो मुसीबत में है, उससे क्या डरना और पकड़ ली जातीं। किसी को मारना हो तो उसके अपने बन जाओ—बस्स! यह दीक्षा उसके गुरु रुपई सिंह ने उसे दी थी। पर हरिया का नकटा शिकार कभी-कभार होता और फोन्नन सिंह का शिकार अक्सर, वह भी फ़ौजी डिसिप्लिन में।

यूँ तो किशनगढ़ के हर अहेरी को यह ग़ुरूर है कि उससे बड़ा अहेरी तीनों लोक और चौदहों भुवन में कोई नहीं लेकिन फोन्नन सिंह की बात ख़ासमख़ास है। किसी भी शिकार और शिकारी की जन्मपत्री उनसे पूछ लीजिए...वैसे उनके फेवरिट हैं जिम कार्बेट। प्रसंग आने पर पूछ बैठते हैं, "अरे वो...?" फिर भभाकर हँस पड़ते हैं, "उसकी बात क्या पूछते हो।"

'आल्हा' के बाद किशनगढ़ में जो चीज़ सबसे ज़्यादा लोकप्रिय थी, वह थी फोन्नन सिंह की कार्बेट-कथा। बाक़ायदा मजमा लगाकर, गाँजा चढ़ाकर वे जिम कार्बेट की शिकार-कथा सुनाते। धुएँ पर सवार होते ही वे आँखें बन्द कर जा पहुँचते उस काल में, उस मुकाम पर, उस काया में...परकाया प्रवेश! फिर तो एक से बढ़कर एक दास्तानें..."कार्बेट ने कितने बाघों का शिकार किया, किस तरह

अहेर के लिए रणनीति बनाते, कहते तुम जिसका शिकार करने जा रहे हो, उसकी रुचि, सामर्थ्य, स्वभाव, एक-एक चीज का तुम्हें पता होना चाहिए। घाघरी-आँगड़ी पहनकर कुमाऊँ की औरतों की तरह घास काटते रहते—पूछो क्यों?"

"क्यों?" कोई पूछता।

"इसलिए कि नरभक्षी से ज्यादा नारीभक्षी होते थे ये बाघ और खेतों में काम कर रही औरतों पर पीछे से टूटते और घसीट ले जाते। तो घाघरी-आँगड़ी पहनकर अपने जिम साहब नाटक कर रहे होते घास काटने का, बाघ पंजे दबा-दबाकर जैसे ही हमला करने को होता, बाघ से भी ज़्यादा फुर्ती से पलटकर राइफल दागते—धाँय। अहेर में शिकार और शिकारी दोनों ही एक-दूसरे को चकमा देते हैं, जिसकी लह जाए।"

उनके 'श्यूँऽऽऽ!' का उच्चारण करते ही श्रोताओं की नाक, कान और आँख में आतंक की हवा घुस जाती। धीरे-धीरे कार्बेट की आत्मा सवार होने लगती ठाकुर की आत्मा पर, "श्यूँ का मतलब शेर, लेकिन कुमाऊँ के काला आगर या चौगड़ में श्यूँ का मतलब होता है बड़े जानवरों को मारने वाला बाघ, तेंदुए को वहाँ गढ़चित कहते हैं और कुत्तों को मारने वाले बाघों को कुत्यबाघ। अब गढ़चित और कुत्यबाघ भी भला कोई बाघ हुए। बाघ तो बस श्यूँ है श्यूँ!"

"ऊपर विशाल हिमालय, नीचे भयंकर घाटी।" फोन्नन सिंह की आँखें ऊपर-नीचे होने लगतीं, "भूतों-परेतों से डरी-सहमी विरल आबादी, मुश्किल से सौ परिवार 50 मील दूर नैनीताल से चार कटड़े लेकर दो दिन पाँव पैदल चलकर चार हजार फीट की चढ़ाई चढ़कर कार्बेट पहुँचे काला-आगर के गेस्ट-हाउस। तब तक श्यूँ उस गाँव के 8 और इलाके के 64 आदमियों को मार चुका था।"

उधर श्यूँ दहाड़ा, "कौन है बे?"

इधर अपना जिम दहाड़ा, "मैं तेरा बाप। असल श्यूँ का बच्चा है तो सामने आ। जंगल-जंगल भटकते रहे, पेड़ पर ही सो जाते...।"

"उनको भूत-परेत का डर न लगता?" कोई पूछता।

"अरे अँगरेजन से भूत-परेत भी डरते हैं भैया।"

"हाँ तो श्यूँ आया?"

"नहीं, उन्हें लौट जाना पड़ा।"

"दोबारा उन्हें आना पड़ा कलक्टर ग्राहक बिबियन साहब और उनकी मेम नोरा की गुहार पर... 1930 का जमाना था। हुआ यह कि छह औरतें घास काट रही थीं बँगले के पास ही। श्यूँ आया और एक औरत को उठा ले गया। साहब और मेम साहिबा राइफल लेकर दौड़े लेकिन नहीं मार पाए उसे। औरत की लाश अलबत्ता बुरांस के एक पेड़ के नीचे मिली। तो इस तरह दोबारा आना पड़ा जिम साहब को। इस बार जगह-जगह कटड़ा का चारा फिट किया लेकिन काहे को

आए श्यूँ! साहब चतुर तो ऊ महाचतुर! इस बीच चार-छह नरभक्षी मारे भी उन्होंने लेकिन पंजे देखकर मुँह बिचका दिया, ये श्यूँ नहीं है। जब तक उसे मार नहीं लेता मुझे चैन नहीं।"

गाँजे की दूसरी या तीसरी किश्त चढ़ती, फोन्नन सिंह धुएँ में डुबकी लगाकर फिर लौट जाते वहीं उसी कालखंड में।

"आखिर शेर की भिड़न्त हो ही गई शेर से।" वे कथा को फिर से उठाते,

"11 अप्रैल, 1930 का दिन, डाक-बँगले से दो मील पश्चिम। चमूली गाँव के रास्ते पर एक ऊँची चट्टान पर ऐसे बैठा था श्यूँ।" उन्होंने बैठकर दिखाया। "कार्बेट ने ललकारा, कहाँ भागता फिर रहा है मादरचो...तू शेर है तो मैं सवा शेर हूँ।"

गजाधर सिंह ने एक बार इस कथा में इसी स्थल पर आपत्ति दर्ज की थी, "फूफा! शेर को माँ की गाली तो न ही दें, आखिर वो शेर ठहरा।"

"तुमहिं काहे को पिराने लगा बच्चा?"

"ये खुद को शेर का बच्चा कहते हैं।" अम्मर ने टिपोरी कसी।

"अरे नहीं बच्चा!" हँसने लगे फोन्नन सिंह, "माई, बहिन, बिटिया इनका महत्त्व मनई के लिए है, उनके लिए नहीं जो जिनावर हैं, शेर की तो कल्चर है यह! ऐसे में उन्होंने एक तीर से दो शिकार किए, एक श्यूँ का, दूसरे ब्रह्मचारी जी जैसे गाँव के कुपंथियों का। ऐसे ठहरे अपने फोन्नन सिंह। जब बताने लगते तो छवि उतर आती। 'श्यूँ दहाड़कर टूट ही तो पड़ा। साहब भी राइफल लेकर तैयार—"धाँय-धाँय-धाँय! दाग ही तो दिया और 64 आदमियों का हत्यारा वहीं ढेर!"

फोन्नन सिंह इस कथा को जितनी बार उठाते, उसके उतने ही संस्करण बन जाते। स्वयं राजा साहब और इनरपति बाबू इसे कितनी बार सुन चुके हैं।

मूल कथा क्या है और इसका स्रोत क्या है—यह बताने के पहले वे कॉलेज की मैनेजरी के युद्ध में घायल हो गए। सिर्फ़ इतना बताया था कि अफ्रीका में मारा गया उनका नायक वहाँ के एक शेर के द्वारा। माने कि श्यूँ से लड़ते हुए वह श्यूँ श्यूँ...? हो गया...!

जय के आने तक यह कथा ख़ुद में कुछ और क्षेपक लपेटकर चलती रही कि किसान-सभा में आल्हा की तरह ऐसी कथाओं के फ़ालतू मिथकों को झाड़कर साफ़ कर दिया उसने, माने खेल में खुच्चड़! कहा :

"नम्बर एक—वह बाघिन थी, बाघ नहीं। माने श्यूँ नहीं श्यूँआइन!

"नम्बर दो—वह प्रौढ़ा या बूढ़ी थी कैनाइन तक टूटे हुए, उसके साथ उसका शावक था जिसकी सहायता से वह शिकार करती।

"नम्बर तीन—जिम का असली नाम एडवर्ड जेम्स कार्बेट था, जिम नहीं। वह 1875 में नैनीताल में ही पैदा हुआ था। मृत्यु हुई 1955 में केनिया में, पर बाघ से नहीं, निमोनिया से।

"नम्बर चार—वह दुनिया का अव्वल दर्जे का शिकारी था, मगर उन नृशंस अंग्रेजों से अलग, सहृदय और मजलूमों का हमदर्द। उसने सिर्फ नरभक्षी बाघों को ही मारा था। कुमाऊँ के ज्यादातर लोग उसे रक्षक मानते थे। आजादी के दौरान अंग्रेजों के प्रति हमारी हिंस्र भावना ने अपने इस रक्षक को अफ्रीका भागने को मजबूर किया, जहाँ मरते दम तक वह भारत के लिए तड़पता रहा।"

रुपई सिंह ने पूछा था, "आप उसके बारे में इतना सब कैसे कह सकते हैं इतने विश्वास से?"

"अव्वल तो इसलिए कि मैं कृषि वैज्ञानिक देवेन्द्र मेवाड़ी साहब के साथ कुछ दिन रहा जो उसी गाँव के हैं, मेरा मतलब काला आगर... और दूजे, मैं भी किसी स्तर पर अहेरी ही हूँ।"

"ऐं?"

"हाँ और वहाँ मेरे आदर्श जिम या जेम्स कार्बेट हैं, जिन्होंने कहा था—हर दिन को ऐसे जियो, जैसे वह तुम्हारा आखिरी दिन है। और जिन्होंने मरने से पहले यह भी कहा था—साहसी बनो और इस दुनिया को दूसरों के लिए एक बेहतर दुनिया बना जाओ।"

नाव पर सवार देख रहा हूँ गोमती को। आज साक्षात् धेनुमती लग रही है, किशनगढ़ वालों के भोले-भाले चेहरों की तरह निर्दोष, निरीह। कितने चोर-डाकुओं को अँधेरी-अँधेरी रातों में इस पार से उस पार करके बचाती रही है। इसी घाट से झूठे मुकदमों की पैरवी करने, पेशी की तारीख़ें बढ़वाने या फ़र्ज़ी गवाहियाँ देने जाते हैं किशनगढ़ वाले, शायद इसी घाट से ज्योतिसी बाबा लोगों को झाड़ते-फूँकते, हाथ देखते भीख माँगने जाया करते होंगे अपनी एक अदद सारंगी के साथ और इसी घाट से किसी रहस्य भरी रात को ले आए होंगे जय की माँ को। तब और अब! कितने सधे क़दमों से तय की सीढ़ी-दर-सीढ़ी अपनी मंज़िल ज्योतिसी काका ने! भीख, ओझाई और ज्योतिसी! भीख का अन्न सवाई पर देते-देते पहले साहूकार बने, फिर कलिका दुबे, शोभनाथ सिंह, लालता भगत जैसे चरमराते किसानों की ज़मीन बन्धक रखते-रखते ज़मींदार। आख़िर एक दिन 'जोगी' का चोला उतारकर रख दिया उन्होंने, मुर्दा चाम की सारंगी परे रख दी और एक जीती-जागती सारंगी ले आए। लड़की वालों को गोमती पार करते-करते काफ़ी देर हो गई थी। आल्हा के परम रसिक इनरपति सिंह के पिता अछैबर सिंह ने ज्योतिसी बाबा की पीठ ठोंकी—"किहे हय-अ मर्द का काम बच्चा!" और लड़की वालों को समझाया, "घी गिरा तो कहाँ? थाली में ही! हर्ज क्या है?" धर्मशास्त्रों में लिखा है, "सोलह साल की रूपसी कन्या को सुन्दर वस्त्र-आभूषणों से सजाकर जो ब्राह्मण को दान देता

है, उसे चन्द्रलोक मिलता है।" मठिया के महंथ जी ने 'देवी पुराण' की दुहाई दी। और कन्या के अतिरिक्त बाक़ी बसन-आभूषण की व्यवस्था करने के लिए लड़की वालों ने बड़ी धूम-धाम से गौना किया।

मुश्किल हुई कहारों को लेकर। गाँव से त्रस्त होकर सभी प्राय: कलकत्ता या बम्बई भाग चुके थे। किसी तरह जोड़-जाड़कर दो मिले भी तो उनमें से एक बाढ़ू किसी तरह भी राजी ही नहीं हुआ। उसने नई-नई कंठी ली थी और अपने तईं इस तरह का 'शास्त्र प्रतिकूल' पाप वह अपने कन्धे से कैसे ढोता? कलिका दुबे ने लाख समझाया कि यह शास्त्र विरुद्ध नहीं है, समरथ को नहिं दोख गोसाईं! लेकिन नहीं! तब बुलाहट हुई राजा मुसहर की। उसी गौने में पहली बार डोली ढोकर राजा ने 'महरा' सम्बोधन की पदोन्नति पाई थी। जातिगत श्रेष्ठता के लिए आदरवश वह राजा ज्योतिसी को ज्योतिसी बाबा कहता।

राजा और राजा! गोमती की दो बहती जल-कुम्भियाँ! किशनगढ़ के घाट पर अपने-अपने ढंग से जड़ें जमाई थीं दोनों ने। उन दिनों भी यहाँ बरम्ह बाबा के पास मेला लगा करता था। पुश्तैनी धन्धे कई थे इस राजा के—ढाक के पत्तों का पत्तल-दोना बनाना, कूची बनाना या ढेरवहिया से लेकर कजरीबाग तक के मधु के छत्ते से मधु दूहना। धीरे-धीरे दिन अपने मिज़ाज बदलने लगे थे। बाज़ार की रौनक उड़कर जा बैठी क़स्बों की मुँडेरों पर। माँ-बाप चल बसे और जंगलों और चरागाहों पर नज़र लग गई बड़कवों की। पता नहीं, कितनी प्यास बढ़ गई थी उनकी! चकबन्दी के अधिकारियों और गाँव के पटवारियों को रिश्वत दे-देकर लोगों का सारा कुछ अपने नाम करवाने की होड़ मच गई! इस छीना-झपटी में सबसे ज़्यादा नुकसान उन्हें हुआ, जिनके पुश्तैनी धन्धे छिनते गए और कोई दूसरा धन्धा अपनाते बना नहीं।

मधु और पत्तों का जुगाड़ बैठा तो 'रोटी-पानी' का इन्तज़ाम हो गया, वरना खेत से गन्ने तोड़कर, मटर की लता उखाड़कर, आलू खोदकर या हथलपाकी करके पेट भरना पड़ता। जब से मठिया के महंथ जी का एक हाथ लकवा मार गया तब से राजा को जैसे एक नया शिकार मिल गया। आख़िर अकेले इतना भोग चढ़ावा कैसे खाएँगे पुजारी जी? और जरा सा टट्टी-फराकत को निकले कि भंडार साफ़! अपंग पुजारी जी अब लाठी या खड़ाऊँ लेकर किसी को दौड़ा नहीं पाते, अलबत्ता मुख से अब भी 'सुभाषित' झरता है, जिस पर नाराज़ हुए उसके नाम पर एक कुत्ता पोस दिया। हर विरोधी यहाँ कुत्ते में तब्दील था इस तरह कुत्तों की एक फ़ौज ही खड़ी कर दी उन्होंने—कुत्तों का किशनगढ़! अब एक कुत्ता उन्होंने राजा मुसहर के नाम पर भी पोस दिया है। उसे जब 'आतू' कहकर बुलाते तो उनकी दमित जिज्ञासा को परितोष मिलता मगर कक्का पर इसका कोई भी असर नहीं होता। कुत्तों से किसी मायने में भी अलग नहीं पाते थे अपने को। उलटे उन्होंने अपने पोसे शिकारी कुत्तों के नाम आदर से 'कलक्टर' और 'दरोगा' आदि रख छोड़े थे। कुत्ते शिकार करने

में उनके जैसे ही फुर्तीले और सतर्क थे। रपटकर सियार और वनबिलाव को तोड़ देते, सहिगड़ा (साही का माँद) में घुसकर 'कूँ-कूँ' करते साहियों को निकाल लाते या बाहर से रपटकर सहिगड़ा की ओर खदेड़ लाते। ललकारने वाले सबसे दबंग थे अपने बड़के बाबूजी, पर राजा कक्का भी कुछ कम न थे।

शिकार-सुख की लिप्सा में पागल गाँव वालों का दल इस राजा की ललकार पर पीछे-पीछे भागता और साधकर पाँव में गोजी मारता। साही रास्ता बन्द पाकर अपने बदन के सारे काँटे फुला लेती और तपाक से पैंतरा बदलकर मुड़कर वार करने वाले की टाँगों को छीलती हुई बीच से निकल जाती। लेकिन अहेरियों की नाकेबन्दी से बचकर कहाँ जा सकी आज तक कोई साही? कनपटी या टाँगों पर गोजी का वार होते ही धराशायी हो जाती या राजा के 'कलक्टर' या 'दरोगा' ही उसका मुँह पकड़कर चुप करा देते। खरहे तो इनके रपटने से ही इस कदर थक जाते कि लबदे के वार से बच निकलने के बावजूद लट्ट से गिर पड़ते।

इन सामूहिक आखेटों के अलावा राजा के कुछ परम्परागत शिकार थे, जिनमें एक था मूसों का शिकार। निश्चय ही सूअर-वध की तरह ही यह अहेर भी किशनगढ़ के अहेरियों की गौरवमयी परम्परा में किसी भी स्तर पर नहीं जुड़ता, मगर राजा के लिए इसकी अहमियत कम न थी। आखेट का यह क्षेत्र गोमती से एक कोस उत्तर तक फैला हुआ था, जहाँ राजा की 'ज़मींदारी' चलती थी। चैत की कटनी के बाद फ़सलें खलिहानों में आ-आकर गँज जातीं। परम्परानुसार राजा का बाप उन सपाट खेतों के चूहों के बिलों के पास आ धमकता। इधर वह बिल खोद रहा होता, उधर राजा 'घोपी' लिये तैयार, चूहे निकले नहीं कि घप्प! चूक हुई की पचास गालियाँ। चूहे मिलते, सो मिलते ही, चूहों के द्वारा संगृहीत अच्छा-ख़ासा अनाज भी हाथ आ जाता कभी-कभी। एक बार तो फ़ौजदार सिंह के खेत में एक ही बिल से चार पसेरी गेहूँ निकल आया था और उन्होंने डपटकर उसे थोड़ा-सा गेहूँ देकर बाक़ी दालान में रखवा लिया था।

बाप था तो दँवाई-मड़ाई के बाद गृहस्थों से अँगोछे फैलाकर 'फरवार' माँग लाया करता और 'काज-परोजन' में पत्तलों के दाम के अलावा जूठन, परोसन और बख्शीश ऊपर से। बासी पूरियाँ सुखवाकर कई दिनों तक खाने के लिए रखी रहतीं। लेकिन एक बार उनकी कोई चाल कामयाब न हुई। लगातार दो साल सूखा पड़ा रहा। भदई मारी गई, ताल-तलैया तक पियासे मुँह बाए पड़े रहे। क़र्ज़-उधार लेकर बोई गई फ़सल कुछ तो जमी नहीं और जो जमी भी, पत्थर की दूब की तरह झुलस गई। गोबरहा (गोबर से निकाला हुआ अन्न), आम की गुठलियाँ और चकवड़ के पत्ते तक ढूँढ़ने से मुश्किल से मिलते थे। राजा ने चूहों की बिलें खोदीं तो न चूहे मिले न अनाज। घरों में सेंध मारी, मगर परिश्रम बेकार गया। कितने लोग भूख से बिलबिलाकर मरे, कोई गिनती नहीं! राजा का बाप भी सूखे में कइयों की

तरह साफ़ हो गया। फ़ाक़ाकशी के उन्हीं दिनों राजा जब ज्योतिसी बाबा के घर सेंध फोड़कर प्रविष्ट हुआ तो उसकी आँखें फटी रह गईं—"बाप रे, भीख से इतना अन्न!" उसे लगा, वह एक और चूहे की बिल में आ पहुँचा है। गृहस्थों की गाढ़ी कमाई का दाना-दाना इकट्ठा किया हुआ अन्न-भंडार, जबकि बड़े किसान इनरपति सिंह, फ़ौजदार सिंह, उदयभान तिवारी के घर भी खाने के लाले पड़े हुए हैं। लेकिन यहाँ आकर वह फँस भी गया, जैसे चूहों की बिलों को खोदते समय कभी साँप भी मिल जाया करते थे। और आज तक नहीं छूट पाया वह उस साँप की गुंजलक से। ज्योतिसी बाबा ने कहा कि वे शिवराजपुर की डकैती में उसका नाम दे देंगे और 'दागी जाति' का होने के कारण कोई बचाने भी नहीं जाएगा, वरना चुपचाप टीप दे अँगूठे की कोरे काग़ज़ पर। पुलिस का नाम सुनते ही राजा काँप गया था। वैसे भी आसपास जब भी कभी चोरी होती, उसकी जाति के लोगों की पहले खोज की जाती। इसलिए वे पहले ही भाग जाया करते गाँव छोड़कर। राजा घिर चुका था, टीप देनी पड़ी। तब से एक राजा दूसरे राजा के यहाँ बँधुआ है और 'ठटवारी' करता है।

5

सोचने लगता हूँ—कंगाल माँ-बाप ने अपने सारे असम्भव सपनों की हवाई बुनियाद रखी होगी कभी राजा नाम रखकर, लेकिन जब मैंने राजा से नाम की बाबत पूछा था तो वह एक और ही दास्तान निकली—

"हमारे नाम तो वैसे ही थे कि घिन आए। मूसे! यह भी कोई नाम हुआ। माई-बाबू हवेली या बड़कवों की देखा-देखी हमार नाम बंसबहादुर रखा तो बंसबहादुर सिंह के घरवालों ने मारकर छीन लिया। हल्ला हो गया कि नाम चुराता है। तब हमार गुपुत (गुप्त) नाम रखा गवा राजा और परगट नाम मूसे।

"तो अभी आपको क्या कहते हैं—राजा या मूसे?"

"राजा! बहु-बहु कोशिश किए लेकिन हमने यह नाम छिनने नहीं दिया।" लेकिन भैया सच कहें तो हम तो सिरिफ नाम के राजा हैं, असली राजा तो राजा ज्योतिसी है। हम तो बैल हैं बैल, जिन्दगी भर दूसरे का बोझ ढोवत डँगराइ गए और बाबा... साँड़ हैं साँड़..., छुट्टा साँड़। मुँह मारत मोटान डकरत पड़ा हएन।"

"मुदा कक्का तुम मरकहे बैल हो। इसीलिए दो-दो छरकी (पगहा) लगी है।"
"ठीकै कहत हय बच्चा!" कक्का फीकी हँसी हँस पड़े थे, "पक्की वफादारी के बदे बधियउ कइ दीन गा।" ख़ैर, मर्द की ज़िन्दगी बर्द की ज़िन्दगी होती ही है। उन्हें दिन-रात हाड़ पेरना पड़ता है। यूँ बाबा के यहाँ आकर उनको हथलपाकी से तो कम से कम निस्तार मिला। वैसे भी बाबा ने डोली ढोने और उनके किसी पुश्तैनी धन्धे में दख़ल नहीं दी। यह एक सामान्य आचार संहिता थी। भगवान ख़ुद कहते हैं कि चारों वरन हमारे बनाए हुए हैं। तब शर्त यह थी कि उनके किसी काम का नुकसान न हो।

उनकी 'बन्हुअई' से मिले ये खैरात के क्षण थे, जिन्हें वह पूरी तरह जिया करते।

नाच, नौटंकी, रासलीला, फगुआ, आल्हा, कजरी, दंगल, भेड़ें, तीतरों और बुलबुलों की लड़ाइयों में ललकारते रहते। कहारों की तरह क़दम से क़दम मिलाकर चलने और

बोली बोलने में या गाँजा चढ़ाकर कहरवा टेरने में कहारों से भी दो कदम आगे...

औरतें जब उन्हें महरा (कहार) मानकर ठिठोलियाँ करते हुए टीक-टाक देतीं तो उनके मन में गुदगुदी लगने लगती।

नशा आखिर टूटता ही है, देर-सबेर, चाहे गाँजे का हो या अहं का। कहारों के साथ डोली ढोते हुए भी उनकी पंगत से नीच जाति कहकर निकाले जाने पर और दूर जीमने को बाध्य किए जाने पर वह खिसियाकर रह जाते, गाँव में भी तो बसने के लिए गाँव के छोर पर सम्मानितों की पंगत से अलग ही जगह मिल पाई थी उन्हें। यहाँ तक कि चमरौटी भी उन्हें सटने नहीं देती लेकिन सबसे बेहूदी स्थिति तब होती, जब उन्हीं की जाति के लड़के-लड़कियाँ उन्हीं के सामने जूठी पत्तलों पर टूट पड़ते। उस दिन धुली क़मीज़, धोती और महरा के मिले सारे सम्मान के अन्दर से चीकट क़मीज़ वाला बदसूरत मुसहर उन्हें डराने लगता। उस दिन गाँजे की चिलम को इतने ज़ोर से खींचते कि धधककर लौ ऊपर जलने लगती और मुँह और नाक से धीरे-धीरे धुएँ का अम्बार यूँ छोड़ते, जैसे जातिगत अपमान की सारी कड़वाहट लिये हुए अन्दर ही अन्दर वह ख़ुद सुलग रहे हों। गम को भुलाने के लिए अब वह जाजिम पर बैठे नचदेखवों की भीड़ में नगाड़े की ताल पर या तबले की थाप पर झूम रहे होते :

पाँच रुपैया सिपहिया के देबै, दस देबै थानेदार,
कोतवाल के बारे जोबनवा, सैयाँ के लेबै छोड़ाय।

करिंगा (जोकर) कोतवाल की तरह मटक-मटककर हँसा रहा होता, वह उस मस्ती के सैलाब में तैर रहे होते। कभी रुपया-दो रुपया दिखाकर नचनियों को बुला पाते तो धन्य हो जाते। सोंटा हाथों में लिये हुए जैसे ही डोली गाँव से आगे बढ़ती वह ज़ोरों से आलाप भरते—

आवइ द अगहनवाँ, कटइ द जड़हनवाँ
चिरई तोहका लेइ के ना,
छउबइ भिटवा पे मड़इया,
चिरई तोहका लेइ के ना।

पाँच साल की उम्र में ब्याही गई अपनी चिरई को लेकर किसी भीट पर मड़ई छाने की उनकी कल्पना गर्दिशों के ऊपर ही ऊपर पर मारा करती। जाने किस-किस की अलंकृत सुकुमार रानियों को ढोता हुआ बिवाई फटी एड़ियों की टीस लिये कंगाल राजा एक मीठा सपना देखा करता, अपनी रानी को भी किसी दिन ऐसी ही किसो डोली में ले आने का। कहारों से लजाते-लजाते जब उन्होंने मन की बात कही तो फ़िक्क से हँस पड़े सब, "गाँजा बेसी चढ़िगा का?"

अपनी रानी को वह रिक्शे पर ही बैठाकर ले आ पाए थे, तिस पर भी फ़ौजदार सिंह ने अपने घर के सामने टोक ही दिया, "मरजाद भूलि गए का रे गाँव कइ...?" नहीं! मरजाद कैसे भूल सकते थे भला! और वहाँ से पैदल ही आना पड़ा था 'राजा' के पीछे-पीछे। मिज़ाज किटकिटाकर रह गया था उनका। सोना के सामने लाज से आँख ही नहीं उठती थी। सोना ने हमदर्दी का हाथ उनके कन्धे पर रखा तो उनका आहत अहं सहानुभूति के रेशमी स्पर्श से सिहर उठा। राजा ने उसे अंक में भर लिया और कहा कि उसके साथ दस-पाँच दिन गुज़ारने के बाद वह परदेश चले जाएँगे और कुछ कमा-धमाकर ज्योतिसी बाबा के मुँह पर पैसा मारकर छोड़ देंगे गाँव उसके साथ। देवता-पित्तर तक छोड़ रहे हैं गाँव। ऐसा ही ज़ोर-ज़ुलुम चलता रहा तो कौन रहेगा इस गाँव में? थोड़ा माटी का मोह है, वरना कंगाली और अपमान के सिवा रखा क्या है यहाँ!

बड़े-बड़े घर में दुलहिन देखने का क्रम महीनों चलता रहता है और कई घरों में तो दुलहिन बूढ़ी दादी हो जाने के बाद ही बाहर सार्वजनिक कामों में दिख पड़ती हैं, लेकिन यहाँ दूसरे-तीसरे दिन से ही काम में जुत जाना पड़ता है। "कहारिन की बेटी को न नैहरे सुख, न ससुरे सुख!" गौने के तीसरे दिन किसी आसन्न मुक्ति के आह्लाद में जाँत पीसती सोना के पास बैठकर कहरवा टेर रहे थे :

पुरुब से आई रेलिया, पछिउँ से जहजिया,
पिय के लादि लेइ गइ हो।
रेलिया होइ गइ मोरि सवतिया,
पिय के लादि लेइ गइ हो।

जाँत के आरोह-अवरोह पर चूड़ियों की जुगलबन्दी होती रही और लजाती मन्द-मन्द मुसकाती सोना सुनती रही—

रेलिया ना बैरी, जहजिया न बैरी
उहै पइसवा बैरी हो,
देसवा-देसवा भरमावै,
उहै पइसवा बैरी हो...।

अचानक कहरवा अटक गया एक दिन। सोना हड़बड़ाकर लूगा ठीक करती हुई घूँघट निकालकर खड़ी हो गई। ज्योतिसी बाबा बिना खखारे, बिना आवाज दिए अन्दर तक आकर रुके थे।

"पालागी बाबा!" राजा ने खड़े होकर हाथ जोड़ लिये।

"जीयो नाँव (नाम)!"

"अरे गोड़ धर रे महाराज का!..."

सोना ने पाँव छुए तो उन्होंने 'दूधो नहावो, पूतो फलो' का आशीर्वाद दिया, फिर सतर्क निगाह से सोना का जायज़ा लेते हुए बोले, "गौने की ढूँढ़ी (बड़ा लड्डू) हमें नाँय मिली।

"ढूँढ़ी खियावइ जोग भगवान हमका बनायेन नाँय, मुदा लेइ आइ...?"

"अरे ठीक है, ठीक है!...हम सुने, तुम बाहर जाइ रहे हो?"

"हाँ महाराज! कर्जा तो जास्ती होइ गवा है।"

"सो तो नेक विचार है...मुदा तू जाब-अ...कैसे?"

"काहे?"

"तोहार सब कुछ तो बन्धक है हमरे पास...।"

"एँ!" चिहुँक गया राजा! उसने तो इस बात पर ग़ौर ही नहीं किया था। तो क्या, वह उनकी गिरफ़्त से छूटकर कभी भी नहीं भाग सकता?

"आपई कवनों जुगुति बतावें..." राजा कातर हो उठा था। ज्योतिसी बाबा थोड़ी देर तक सोचते रहे, फिर बोले, "जुगुति तो बहुत आसान है। दूनों परानी काम पे लगि जाओ। जल्दी होइ जाए।" अहेरी के जाल तने थे हर ओर। बचकर जाएँ कहाँ?... और दूसरे दिन से सोना भी हाथ बँटाने लगी थी पति का। घूँघट काढ़े मवेशियों का गोबर ले जाकर उपले पाथती, कूचा लेकर दुआर-मोहार साफ़ करती, फिर अपने घर आकर कटोरे में रात की बासी रोटी, बसियाती दाल, प्याज और एक लोटा पानी लेकर चल पड़ती राजा को कलेवा देने खेत में। कभी-कभी उसके पास बैठती भी, मगर अक्सर जब तक वह कलेवा कर रहे होते, सोना जंगल से पलाश के पत्ते और ईंधन के लिए सूखी लकड़ियाँ तोड़ रही होती। वहाँ से आकर पत्तों और लकड़ियों को घर के बाहर मड़ई में रखकर बैलों, गायों, भैंसों की नाँद साफ करती। फिर बैलों की नाँद का बासी चारा भैंसों की नाँद में करती। बाहर-बाहर पशुओं की नाँद की सानी साफ़ करते, पानी भरते वह ख़ुद ऊँघने लगती। हाथों की हथेलियाँ लाल हो उठतीं। यह सब करते-करते दिन 'लरक' जाता, तब कहीं राजा हल कन्धे पर लेकर बैलों को लिये हुए वापस आता अन्य हलवाहों के साथ। दोनों परानी चारा काटते। पहले दो हलवाहे थे, जो बढ़ते-बढ़ते बाद में चार हो गए। नाँद में चारा डालकर राजा मवेशियों को बाँधकर नहाने चला जाता, उधर सोना गन्दे अँगोछे में कुम्हलाने से बचने के लिए लपेटकर रखे गए पलाश के पत्तों को लेकर सिर पर लकड़ियों का ईंधन रख लेती और घर आकर दुपहरिया के लिए दाना, चबैना या कभी-कभार भोजन की व्यवस्था करने लग जाती।

ज्योतिसी बाबा! ग़ज़ब का फल-फूल उठा था उनका धन्धा गाँव में। हाथ की रेखाएँ पढ़ते-पढ़ते बदन की सारी रेखाएँ पढ़ डालते। ऊँची जाति के कुछ घरानों को उन्होंने भले ही बख़्श दिया हो जो उनके अजीम मित्र थे या जहाँ से सीधे टकराव की गुंजाइश थी, बाक़ी जहाँ भी अन्धविश्वास का चौगड़ा फेंका, बुलबुल आ फँसी

लासे से। इसके बाद चौगड़ा समेटने की कला में वे ख़ूब पारंगत थे। पिछड़ी जाति की कितनी ही औरतें 'दोख' उतरवाने के लिए जमघट लगाए ही रहतीं बरम्ह बाबा के चौरे पर। झोंटा खोले सिर झटकती औरतों के झुंड को एक मदारी की तरह नचा रहे होते बाबा और उनका जमूरा लुटई मन ही मन औरतों के गिरे साड़ी के पल्लू, उघरे आँचल को समेट रहा होता।

6

उसी बीच जन्म लिया था जय ने। अहेरियों के गाँव के क्षितिज पर उस समय शुकवा के उगने का शायद ही अन्देशा हुआ था किसी को। एक सनसनाती रात थी, पलक झपकते तारे और कुहरे से जर्द अँजोरिया का लटका चेहरा। मुझे भी कई साल बाद ही माँ ने बताया कि ज्योतिसी बाबा का लड़का जय आ रहा है तेरे साथ पढ़ने शहर में।

जय क्या आया, हमारा किशनगढ़ ही हमारे घर आ गया।

जयशंकर! नामकरण का प्रकरण भी कुछ कम मनोरंजक नहीं। तब कलिका दुबे की पुरोहिती बरकरार थी और उनका सम्मान भी। ज्योतिसी बाबा ने उनसे पत्रा खोलकर कुंडली बनाने और नामकरण करने का अनुरोध किया था।

"एक काम क्यों नहीं करते ज्योतिसी भैया?"

"क्या?"

"तुम जिस तरह के काम में लिप्त रहते हो, ईश्वर की उपासना करने की फुरसत तो तुम्हें है नहीं।"

"हाँ, वह तो है।"

"तो क्यों न अजामिल की तरह तुम भी भगवान को धोखे में ही डालकर रखो।" टिपोरी बोलना शुरू से ही उनकी आदत थी।

"कैसे?"

"नाम रख दो जयशंकर। जब-जब बुलाओगे भगवान शिव को भ्रम होगा कि तुम उनकी जय-जयकार कर रहे हो।"

बाबा कुढ़ती हुई हँसी हँसे लेकिन बात जमते-जमते जम गई मन में और तब से भजन-पूजन से भी मुक्ति मिल जाने से उन्हें फ़ुरसत ही फ़ुरसत मिल गई थी। हलवाहों के जिम्मे खेत था, घर सँभालने के लिए जय की माँ जैसी सुगृहिणी भी। बाक़ी समय गाँव की राजनीति बूझते, पान कूँचते और औरतों का आखेट! एक दिन सोना को भी उन्होंने सारी (पशुशाला) में पकड़ ही लिया,

"तोरे हाथे कइ रेखा बताय रही है कि तै ऐ जन्म में ऊँची जाती की होती रही, मुदा करमफल..."

"झूठ!" सोना ने ऊँची जाति के नरम चारे की ओर सहमते हुए देखा और सिकुड़कर गठरी बन गई।

"तोर माछु (तेरी कसम) रुक, जरा ठीक से देखी।"

"हाथे कइ रेखा तो तोहरे गोरुन के गोबर पाथत खियाइ गई बाबा! देखै का होय तो अपनी ऊपरी-चिपरी में से देखि लो, छापि दिहे बाटी।" कहते हुए हाथ झटककर भाग गई थी सोना।

मेरी नज़र अनायास ही मल्लाहों के भिटहुर पर पड़ती है। ऊपलों के पिरामिड। हथेलियों की छाप संजोए गोबर के ऊपले! हाथ की कविताएँ। हाथ की अल्पना! कितनी-कितनी सड़ी लाशों की आत्माएँ रेंगती होंगी इन पिरामिडों में साँप की गुंजलक समेटे, बिच्छू की तरह ऊपर डंक ऐंठे। पराजय का दंश लिये बाबा दाँत पीसकर रह गए थे उस दिन। आख़िर एक दिन उन्हें मौक़ा मिल ही गया। उनके घर काम पर जाने के पहले ही सोना घास छीलकर अपनी छेरी (बकरी) के लिए रख जाती। अरहर के गँझौटे (झुरमुट) में एक दिन निबटने बैठे थे कि मेंड़ पर चिर-परिचित चूड़ियों का जल-तरंग सुनाई पड़ा। पास ही फ़ौजदार सिंह का नलकूप पुक्क-पुक्क कर रहा था। आहट भाँप नहीं पाई सोना और जनेऊ कान पर चढ़ाए ही पीछे से उसे गँझौटे में पकड़कर ले गए बाबा। सोना ने चीख़ना चाहा, मगर लोक-लाज के भय से चीख़ न पाई और बाबा ने उसे ब्राह्मणी बना ही दिया।

"ज्योतिस झूठ थोड़े ही कहता है।" कलिका दुबे ने व्यंग्य से कहा था उस दिन। यह 'बुलबुल' लासा से नहीं गमछा फेंककर धोखे से पकड़ा गया था। पहले हर बुलबुल ही फँसाने वाले चारे को नकारता है, लेकिन कब तक...? भूखे बुलबुल धीरे-धीरे खिंचते चले जाते हैं पिंजरों की सलाखों में रखे चारे की ओर। और फिर तो पिंजरे से ही उन्हें मोह हो जाता है। जय की माँ को उसका रंग-ढंग, बोली-बानी क़तई न सुहाती, मगर बाबा का जिस पर वरदहस्त हो, उसे रोकना उनके बस की बात न थी। सोना के लिए भले ही बर्तन-पानी-रसोई को छूना वर्जित हो, मगर वह रहती थी घर की पटरानी की तरह। कभी-कभी कहा-सुनी भी हो जाती दोनों में तो बाबा उसी का पक्ष लेते।

ज्योतिसी बाबा के जीवन में 'जल-तरंग' बजता रहा, मगर एक दिन 'सारंगी' के तार टूट गए। मन कसका, कितने बोल, अबोल ही रह गए, कितने सुर सधे ही नहीं।

उस दिन ज्योतिसी बाबा ने निश्चय ही जीवन में पहली बार पीछे मुड़कर देखा होगा। क्या दिया उन्होंने उस भोली-भाली लड़की को, जो माँ-बाप, गाँव-गिराँव, घर-द्वार छोड़कर हिरणी की तरह उनके सम्मोहन पर पीछे-पीछे भागती चली आई थी?

पठार के कलेजे पर एक मोम घुल-घुलकर, जल-जलकर शेष हो गई थी। जाने कितने ग़लीज़ प्रकरण सहे होंगे बेचारी ने! जाते समय जय को सीने से चिपटाकर किस तरह पागलों की तरह बिलखने लगी थी, जैसे कोई उसे बेटे से ज़बर्दस्ती छीने लिये जा रहा हो। यह सारी बातें माँ ने दादी को बताई थीं, लेकिन यह तो क्षणिक भावुकता भर थी। जय की माँ के साथ ही उनके द्वारा आरोपित सारे प्रतिबन्ध भी दफ़ना आए थे बाबा। अब शिकार बाहर नहीं, घर के अन्दर ही छनने-फुँकने लगा था।

जय तब तक हॉस्टल में भर्ती कराया जा चुका था। फिर भी उसका हमारे घर आना-जाना रुका नहीं, बल्कि माँ उस पर और भी ममत्व छिड़कने लगी थीं। गाँव कम ही जाता। राजा कक्का को बहलाकर रखने के लिए गाँजा ही काफ़ी था। दम लगाकर वह खलिहान, छनउर (मवेशियों को रात में खेत में रखना) की खाट पर या माचा पर पड़े उनकी फ़सलों, मवेशियों और खेतों की रखवाली किया करते। अब उन्हें साँप की गुंजलक लिजलिजी नहीं, नर्म और आरामदेह लगने लगी थी।

चहला-चुहला पानी, झींगुरों की झंकार और मेढकों की टर्र-टर्र! भुई लेती हुई मकई के बीच अकेले माचा पर बैठकर सोचा करते कक्का, 'जो हो रहा है अच्छा ही हो रहा है। उसे किस बात की चिन्ता? चिन्ता करके मरें ज़मीन वाले, ज्योतिसी बाबा की तरह चार जुआड़ी, उदयभान तिवारी और फ़ौजदार सिंह की तरह छह जुआड़ी और इनरपति सिंह, राम खेलावन यादव की तरह ट्रैक्टर वाले हों या हरखू की तरह एक बैल वाले। बोआई, सिंचाई, दँवाई—हर घड़ी रार-तकरार। ट्यूबवेल के ऑपरेटर से लेकर कानूनगो, ए. सी. ओ., सी. ओ., मुनीम, पेशकार, माहर्रिर, दरोगा, प्रधान, सरपंच, प्रमुख और जाने क्या-क्या जंजाल! आलू ठंडाघर में रखें कि बेच दें खेत से ही? ऊख मिल में भेज दें कि गुड़ की भेली बनाकर बेचें? एक तो पहले की ही रकम पड़ी है, उस पर दस-दस दिन का इन्तज़ार करो लाइन देकर! पता नहीं, कब देवता पसीजें? गेहूँ सस्ता चल रहा है, परता नहीं पड़ता खाद-पानी मिलाकर। बोकर क्या होगा, मंगरइल ही बो दें, लेवी के लिए बाज़ार से गेहूँ खरीदकर दे देंगे। प्रमुख बोल रहे थे, लेवी पूरी न होने पर क्या जवाब देंगे मंत्री जी को, और खुद प्रमुख टटका मुनाफा कमाने के लिए सब्जियाँ बोते हैं। मरें कोइरी लोग तो मरें! थ्रेशर में बिदेशी की तरह हाथ चला जाए तो आफत! स्विच दबाते करंट मार दे। सरूपवा की तरह तो आफत! बिजली भले ही सिर्फ दो घंटे ही आए, बिल नहीं भरे या सोसाइटी के पैसे वापस नहीं किए गए तो कुर्की...! घर का उर्द भी जेंगर में जाए! पाला, पाथर, टिड्डी, सूखा, दोपाया और चौपाया जानवरों का अलग ही डर! धत्त तेरे की। क्या होगा इतना बवाल मोल लेकर? अरे हाथ-गोड़ धोइके, जैसे राम दिए हैं, जीम लो हमारी तरह और तान लो माचे पर।'

विचारों के अनगिनत क्रम आसपास के जुगनुओं की तरह जलते-बुझते; तभी झम्म से बिजली चमकती और जुगुप्सित अँधेरों में डूबा इर्द-गिर्द का सारा आलम एक

बार चमककर और ख़ौफ़नाक अँधेरों में डूब जाता। गड़गड़ा उठते मेघ। आसमान टूटकर गिरने लगता। चीख़ उठते दूर-दूर के मोर भय से—पेहाँक! पेहाँक! टिटिहरी की तरह दोनों टाँगें ऊपर उठाकर टूटते आसमान को रोकने की कोशिश में किरान्ती पार्टी की तरह जी हलाकान करने से क्या होगा? कुछ बीती, कुछ बीत ही जाएगी और कथरी जोर से लपेटकर गुनगुना उठते राजा झूले पर की कजरी... "बरखा बीती जाती मोरी गुइयाँ, घर न आए साँवरिया ना...!" धीरे-धीरे फन काढ़ता रहता अवचेतन का पति, अनजाने में ही ऐसा छौंका मारता कि वह छटपटाने लगते। इधर वह ज्योतिसी बाबा के खेतों की रखवाली कर रहे हैं, उधर वे उनकी लहलहाती फ़सलों में मुँह मार रहे होंगे...कब निकल पाएँगे इस गुंजलक से रह-रहकर बरखा की आ रही ठंडी झिर्री में भी तन अंगार-सा दहक उठता। निरुपायता का विष पोर-पोर को बेधने लगता...उँह, सोने दो ससुरी को। वह पस्त हो उठते। चनरी और रामदेइया ही नहीं, कलुआ सार तक पड़ा है अनमानै ज्योतिसी पर। और ऊ सीता-सती सोनवा...! कैसी बुड़की मार लेती है पूछने पर! उन्हें लगता, दमा हो गया है उन्हें, जिएँगे नहीं ज़्यादा दिन और जिएँगे तो साँस फूलती-उखड़ती रहेगी। ऐसे वक़्त पर गाँजा और न होने का अफ़सोस उन्हें सालता रहता। बार-बार उनकी आँखों में फूले पेट वाली औंधी बहती लाशें तैरने लगतीं। इन्हीं में एक लाश यदि सोनवा की भी हो तो...? और वे पस्त हो जाते, "जाई दो...सोवे दो छिनरी को! हमरा-तुमरा नियाव ऊपर होगा कालू की माई। ज्योतिसी बाबा का क्या है, बाभन हैं, हुआँ भी बच जाएँगे, मुदा तुम...?"

रेत की फिसलन-भरी चढ़ाई पर चढ़ते-चढ़ते कगार आज पहाड़ हुआ जा रहा है। तब कितना आकर्षण रहा करता था इस राह में कि खिंचा चला जाता था। आज हाँफ-हाँफ उठता हूँ। ऐसी तो कभी नहीं अखरी यह कगार! कौन है वहाँ सरपतों के पीछे...?

कोई नहीं! सिर्फ़ आवारा हवा की सीटी है और घर्षण के बल की रेत के भुरभुरे में टूटती हुई 'फिस्स-फिस्स, खर्र-खर्र' है। हवा के झकोरों से हिल रहे हैं सरपतों के गुच्छे। ऊपर इस ओर मूँज कट-कटकर क़तार-दर-क़तार बिछ गए हैं कगार के पार। दल के दल मल्लाह उसका खुरदरा बाध बनाने में लगे हुए हैं। कहीं-कहीं माजा भी जा रहा है और गेंडुली भी बनाई जा रही है।

लुटई कपड़ों का गट्ठर गधे पर लादे चले आ रहे हैं। चरवाहे पशुओं को लेकर इधर ही आ रहे हैं। उनके बीच से बचती वह साइकिल चली आ रही है जिस पर सवार हैं, गाँव के पटवारी माधव लाल। कन्धे पर ट्रांजिस्टर है। कैरियर पर लाल कपड़े में बँधे काग़ज़ात। हैंडिल पर वेल्डिंग किया हुआ है 'अड्डा' (बुलबुल के

बैठने का द्विशूल) और उसे पंजे से पकड़े बैठा हुआ है कोई बुलबुल, मानो वह भी वेल्डिंग किया हुआ हो। किसानों और बुलबुलों—दोनों को ही फँसाने-लड़ाने के एक जैसे शौक़ीन! सूँघते फिरते हैं कि कहाँ किसकी कमज़ोर नस है। आज भी सूँघते हुए किसी के घूस की रकम का दायित्वबोध उन्हें भटका रहा है शायद।

मजाल नहीं है बुलबुल फँसाना और बुलबुल लड़ाना! पहले लासा लगाना पड़ता है, भूखा रखना पड़ता है फिर सत्तू या चारा दिखाकर खींच लिया जाता है। चारे पर भूखे पक्षी ललचाते हैं। बुलबुल के अहेर की सबसे रोमांचक कथा के नायक हैं ठाकुर प्रसाद सिंह। उस दिन चौगड़ा में लासा लगाया। बँसवारी में अटका दिया। बुलबुल लगे टूटने लासे पर। इधर बुलबुल फँसा और छटपटाने लगा और उधर ठाकुर के चेहरे पर विजयी मुस्कान। बहुत सधे कदमों से बढ़ते गए, ख़याल नहीं किया कि आगे बाँस की कँटवास है जो बाईं आँख में चुभ गई। अंडे की तरह फूटकर बह गई बाईं आँख।

फूटी आँख लेकर ठाकुर गए आँख के डॉक्टर के पास, "आँखि लगाई दो।"

डॉक्टर ने पूछा, "कैसी आँख चाहते हैं?"

ठाकुर ने बताया, "कैसी क्या बताएँ, अहेरियों के गाँव का हूँ, ठाकुर हूँ, सिंह की लगा दो।

डॉक्टर ने इनकार में मूँड़ी हिलाई।

"बाघ की?"

फिर वही इनकार।

"अच्छा तो फिर मनई की ही..." ठाकुर ने बुझे मन से कहा।

"इसमें सिर्फ एक आँख लग सकती है—पत्थर की।" डॉक्टर ने कहा।

पथरा गए ठाकुर!

नकली आँख देखने में सामान्य आँख-जैसी ही लगती। निकाल देने पर भाँय-भाँय करता आँख का कोटर। अक्सर आँख लगवाना भूल जाते ठाकुर, ताखे में रखी होती आँख। कुपित प्रहरी की तरह बिना पलक झपकाए घूरा करती। बच्चों का जमावड़ा दूर से सहम-सहमकर देखा करता। किशनगढ़ वालों का ऐसा विश्वास है कि इस मंत्रकीलित आँख से बचकर कोई नहीं जा सकता। देह से छिटका हुआ देह का एक अंग! ठाकुर अहेर कर रहे होते और ठाकुर की आँख दे रही होती घर का पहरा।

पत्थर की वह आँख ताखे में हो या आँख के कोटर में, नाम तो धरा ही गया काना! आमने-सामने तो भय या लिहाज से कोई न बोलता लेकिन अन्दर ही अन्दर लोग ज़रूर बोली बोलते। सबको पच जाए लेकिन लुटई के पेट में भला बात पचे कैसे! एक दिन बोलते भए, "बहुत अहेर तो किहा बबुआन, अरे अब रहने दो।"

चिढ़ गए ठाकुर, "तेरी क्यों फटती है?"

"अरे नहीं बबुआन, हमरी बात नहीं, मुदा लोग हैं न...।"

"क्या कहते हैं लोग?"

"अब का कहें।" फिर उसने धीरे से कहा, "लोग असगुन मानते हैं।

"सरऊ नहीं तो।" ठाकुर ने पनही निकाल ली, दे तड़ा-तड़, दे तड़ा-तड़!

"बोल सारे, के बोलत रहा। नाम बताओ ओकर।"

नाम बताकर उसकी भी पनही की मार खाने की गलती नहीं कर सकता था लुटई। भाग खड़ा हुआ।

उसके भाग जाने के बाद भी ठाकुर ने महसूस किया कि लुटइया गया नहीं, कहीं दूर खड़े-खड़े हँस रहा है। जिसे देखो, वही रास्ता बेराने लगा है। वे उदास रहने लगे।

बुलबुल ही नहीं, कोई भी अहेर इतना आसान कतई नहीं। मगर गोमती के किनारे का सबसे रोमांचक अहेर है साहियों का। ग़ज़ब हो गया! आज इतने लोगों को देखा मगर एक के भी कन्धे पर बन्दूक नहीं। वे हत्यारी बन्दूकें भूमिगत हो गईं या अहेर ही बन्द हो गया? कैसे-कैसे जुनून पैदा करती रही हैं ये बन्दूकें!

मैं हिकारत से साहियों के अहेर-स्थल को देखता चला जा रहा हूँ। नहीं, कोई पगचिह्न नहीं मिलते आज? कितने-कितने शिकारी क़दमों के निशान और आत्मरक्षा में भागने वाले निरीह जीवों के क़दमों की 'धप-धप' की आवाज़ों से धमकता रहा है यह क्षेत्र! ढेरवहिया का वह जंगल आज भी है; उसके बीच नरई का ताल भी, जो गोमती के बाद उनके पानी पीने का सबसे बड़ा अड्डा था, मगर अहेर की लहरों ने उन्हें निगल लिया था या कहीं दूर जा पटका था—कौन जानता है! क्या पता, कब हिरणों का झुंड यहाँ बसेरा लिया करता था और कब राजा साहब और उनके देसी-विदेशी अतिथियों के निशाने पर सध गए वे? हमने तो सिर्फ़ एक हिरण-शावक देखा था।

7

सामने से तीतर का पिंजरा झुलाये कौन जा रहा था—मटरू! "तील कोको! तील कोको!" मटरू ने नहीं, मटरू के तीतर ने पूछा।

"तुम्हें ही पूछ रहा है, कौन हो? कौन हो?" जय ने कहा।

चाँदनी ने हँसकर जवाब दिया, "चाँदनी! चाँदनी!"

"तील कोको! तील कोको!" तीतर ने फिर सवाल किया।

"अब क्या पूछ रहा है?" चाँदनी ने कौतुक से पूछा।

"जाति क्या है? जाति क्या है?"

"तब तो तुम्हें निराश होना पड़ेगा, तीतर जी, मेरी तो कोई जाति ही नहीं है।" सभी हँसने लगे।

"मगर ये तीतर वाले हैं कौन—एक अच्छी-खासी जवान औरत ऊँट पर चढ़ी चली आ रही है और उसे देखकर भी इनके मन में कोई जिज्ञासा नहीं पनप रही है?" चाँदनी ने पूछा।

"एनकर नाम मटरू है, तीतर लड़ावइ वाला। अबहीं तीतर के लिए देवकारि (दीमकों की बिलें) की तलाश में निकले हैं, चराने!" राजा कक्का ने विस्तार से उनका परिचय दिया—"किशनगढ़ को जानना है तो मटरू और लुटई के बिना नहीं जाना जा सकता। दोनों ओझा हैं। दोनों का मानना है कि महाबीरन स्वामी के चले जाने के बाद किशनगढ़ की रक्षा का भार इन्हीं दोनों महारथियों पर आन पड़ा है। बड़े 'नेम-धरम' से रहना पड़ता है। चूँकि तुम्हारी कोई जाति नहीं है, इसलिए बहुत सम्भव है, इनके भूतों ने ही मना कर दिया होगा कि तुमसे बात न करें।"

जवानी के दिनों में मटरू ने सिर्फ़ एक कला में नाम कमाया—झूले की पेंग मारने में। पाटा खड़ा करके ही उनकी सनक पूरी होती। रसराज 'शृंगार रस' उद्धत 'वीर रस' से मिलकर 'बीभत्स' और 'भयानक रसों' में ढल जाता। डोरी कसकर पकड़ने के बावजूद बहुतेरी औरतें या तो उल्टी कर बैठतीं या लद्द-से गिर पड़तीं। मटरू के पुरुषार्थ को इससे एक दिव्य परितुष्टि मिलती, लेकिन निराई, गोड़ाई,

जड़हन (धान) की रोपनी में उनसे अपनी पाँत कभी भी पूरी न हो पाती। कोई मिल जाता तो घंटों बतियाते रहते। छान उठाने, गर्रा खींचने तक में उन्हें तभी बुलाया जाता, जब कोई और न मिलता। एक नम्बर के चोर, एक नम्बर के हथलपक्का और एक नम्बर के टोटकहा!

एक बार पत्नी ने काफ़ी झिड़का तो ख़ुद ही मजूरी ढूँढ़ने निकल पड़े। 'कुआर' बीत रहा था। कहीं आलू के बीज डाले जा रहे थे, कहीं खूँटियाँ साफ करके खेत बनाए जा रहे थे रबी की बोआई के लिए। कहीं दौरी-बेंड़ी चल रही थी जड़हन की सिंचाई के लिए। आख़िर वे सोहगत के यहाँ पहुँचे, चन्द तारीफ़ों के बगूले छोड़े और ज़ुट गए पशुशाला से 'कचार' निकालने में, कुआर का उत्तरार्द्ध और नया बुलबुल पकड़ने की धूम! नीम की छाँव में खरभान और सुलेमान लासा बना रहे थे बुलबुल फँसाने के लिए। बरगद, गूलर के दूध और तरह-तरह के रसायनों से मिलकर बना हुआ लासा आख़िर जब फूँक मारने पर सूत की तरह फैल गया तो झौवा वहीं फेंककर चल पड़े मटरू साथियों के साथ बुलबुल फँसाने।

बबूल की टहनियाँ काटकर 'चौगड़ा' बनाया गया। फिर रेंवा (एक कीड़ा) फँसाकर आ पहुँचे कनेर के बाग में! चौगड़ा रखकर एक बीघे के अन्तर पर झुरमुट में बैठकर तीनों अहेरी झख मारते रहे, मगर बुलबुल एक न टूटे। आख़िर एक तगड़ा चंचल बुलबुल घंटे भर बाद रेंवे पर टूटा तो चौगड़ा के लासे में दबोच लिया गया। उसे मुक्त कर गमछे में रखकर बाक़ी दो अहेरियों के लिए अलग-अलग कोने से यही प्रक्रिया दुहराई गई। तीन बुलबुल फँसाते-फँसाते रात हो गई। लौटे तो गमछे में बुलबुल फड़फड़ा रहा था और सीने में दिल! पत्नी से खाना माँगा तो उसने ख़ाली हाँड़ी, पतकी, मौनी, बरतन सब लुढ़का दिए उनके सामने। दोनों परानी में खुलकर युद्ध हुआ।

भूखे-प्यासे मटरू को नींद न आई बड़ी रात तक। झींगुर झाँय-झाँय कर रहे थे, बीच-बीच में सियार हुआँ-हुआँ। बड़ी देर तक विश्लेषण करते रहे अपने जुनून का—ख़ुद ही खाने को नहीं है तो क्या खिलाएँगे अपने बुलबुल को? दूसरों के बुलबुल से कैसे जीतेगा यह? ज्योतिसी बाबा अपने बुलबुल को किसमिस खिलाते हैं तभी तो जैसा भी बुलबुल ठाकुर और माधवलाल फँसाकर ले आते हैं, दो ही दिन में उनके नरम चारे पर अपना मातम भूलकर 'पिड़िक-पिड़िक' कर टूट पड़ता है ख़ुशी से। बुलबुलों-तीतरों के बारे में इतना सोचने वाले मटरू ने एक बार भी नहीं सोचा उस तीतर के बारे में, जिसने सुबह जाने कहाँ से कुटाई-पिसाई करके गरम-गरम हथपोई रोटी और अमावट की चटनी उनके सामने रख दी। पेट में अन्न जाते ही 'रात की बात' गई और नया आत्मविश्वास लेकर उसी रौ में डूब गए। फिर वही तार का पिंजरा, फिर वही 'चक्कस' का चक्कर!

उम्र गुज़रने के साथ-साथ बुलबुल-अभियान धीमा होता गया और वे तीतरों पर जुट गए, जिनके शिशुओं को पकड़ना ज़्यादा आसान पड़ता। तार के पिंजरे की जगह

आ गए सूत के धागों के पिंजरे। बुरा हो गाँव के चिबिल्ले लड़कों का जो तीतर को पिड़काकर या पिंजरा ही खोलकर उड़ा देते हैं। किशनगढ़ के चारण 'गिद्धराज' का 'अपना तीतर' भी उड़ा दिया शैतानों ने। जाने कहाँ भाग गई! आख़िर बेचारी कहाँ तक सहती? फिर भी उन्हें इसका विशेष गम नहीं। चस्का ऐसा है कि इकलौते बेटे बिपत को दिग्विजय बाबू के घर 'ठटवारी' पर लगा पिंजरा लिये डोलते-फिरते हैं। मेले-ठेले के दंगलों में उनकी एक टिटकारी, 'वाह बेटा' पर तीतर साँप की तरह गरदन फुलाकर वक्र होकर ताकता है तो मानो स्वयं मटरू का अहं टेढ़ी गरदन से ताकने लगता है। लड़ाने के पहले इनरपति बाबू की जै-जैकार करके एक भरुका दारू झटककर गला सहलाते हैं और उनके द्वारा प्रसाद स्वरूप छोड़ दी गई दारू तीतर के सामने चली आती है। आरोपित शौर्य में दो मूर्ख एक-से लड़ाके हो उठते हैं। अपने को लोमड़ी की तरह होशियार मानते आए हैं मटरू। एक कूला खेत नहीं, रोज़गार नहीं, सिर पर साबूत फूस का छप्पर नहीं और खेकर ले आए जीवन के साठ बरस! उन्हें विश्वास है कि गाँव के भाग्य-नियन्ता वे ही हैं। साही के काँटे खरभान के घर की नींव में गाड़कर उसकी मरती हुई सन्ततियों में डूबते वंश को बचाया तो मुर्दा की हड्डी नींव में गाड़कर कितनों को निर्वंश किया। साही के काँटे दो घरों में खोंसकर उनमें झगड़ा लगवाया, नहाकर पसारे गए चुनरी के लूगा से देह पुँछवाकर गाली के प्रताप से रुपई का सेहुँआ ठीक करवाया। धन्वन्तरि, सुश्रुत, चरक, च्यवन के बाद उन्होंने नया अध्याय जोड़ा है औषधि विज्ञान में। ऊँट की हड्डी, घोड़े की नाल, मछरी के जाल की गुरिया, बन्दर की हड्डी, बिल्ली की खेड़ी (गर्भनाल), पता नहीं कितने-कितने साधन हैं उनके पास रोग-शोक की मुक्ति के! पता नहीं, मटरू लोमड़ी में कब कायाकल्प कर लेते हैं और मन भटक जाता है लोमड़ियों के अहेर में। अहेरियों के घोड़े समीप पहुँचे नहीं कि बला की चपलता से मोड़ ले लेतीं और चकमा देकर फिर पीछे की ओर दौड़ पड़तीं।

जिस दिन ये अहेरी एक भी लोमड़ी न मार पाते, उदास हो जाते। दूसरे दिन फिर पिल पड़ते। कभी किरिच या बल्लम से किसी लोमड़ी को बेध पाते तो हूणों की तरह विजय के परचम-सा उसे हवा में टाँगे दौड़े फिरते। उस दिन अतिथिशाला में अंग्रेजी गीतों की ऊटपटाँग धुन नेटिव नौकर-चाकर सुन-सुनकर अपनी ख़ैर मनाते, आह्लाद में विभोर क्या पता कब किसके चूतड़ पर लात जमा दें, गाली भौंकने लगें या लड़कियाँ उठा ले जाएँ। दमन के दिनों में कहते हैं, अवध के कितने गाँवों में किरचों की नोक पर बागी सिपाहियों और उनके आश्रयदाता परिवार के बच्चों को झुलाते घोड़े पर सवार गलियों-चौराहों पर चहल-क़दमी करते नजर आते।

अब के बेचारे अहेरी इतने सम्पन्न तो रहे नहीं कि हाथी-घोड़ा रख सकें। अत: लोमड़ी और खरहों का शिकार अब नई शैली में ढल चुका है। राजा कक्का,

फोन्नन सिंह, रुपई, मटरू आदि जब जाल लेकर चलते हैं तो मान लिया जाता है, आज लोमड़ी का शिकार होगा। माँद से निकलकर जैसे ही लोमड़ी हुलकी कि हाँका बोलकर खदेड़ा जाता तीन तरफ़ से। चौथी तरफ़ तना होता जाल। नाकेबन्दी कसती जाती और लोमड़ी सामने का खुला रास्ता पाकर उसी ओर लपकती।

"यह सरासर अन्याय है। अंग्रेजों की तरह बहादुरी से मारो।" कहते हैं मटरू। और नीलगायें! जिराफ़ की तरह गर्दन उठाए कुलाँचें मारती नीलगायें एक आम बात थीं। इसको लेकर कई बार हिन्दुओं और मुसलमानों में ठन गई, कैसे-कैसे तो हिन्दुओं ने उन्हें गाय मान लिया और मुसलमानों को इस बहाने मारने की छूट और प्रेरणा मिल गई। चाँदनी ने देखा नहीं था किसी बड़ी लाश को मारकर चमड़ा उकेरने की प्रक्रिया। उसने बस ठठरियाँ देखी थीं और गश खा गई थी। इस बार ठठरियाँ नहीं हैं। लगता है, वे कंकाल कुलाँचें मारते कहीं दूर निकल गए हैं। नीलगायें फिर से लौट आई हैं और पूरा इलाक़ा तबाह है। अब हिन्दुओं-मुसलमानों में नहीं ठनती। हिन्दू ख़ुद ही चाहते हैं कि मुसलमान मार डालें नीलगायों को। नीलगाय तो नीलगाय बैल और बछड़ों को भी!

राजा साहब द्वारा कुछ मुसलमान बाहर से लाकर बसाए गए थे या यहीं के कुछ हिन्दुओं ने इस्लाम स्वीकार लिया था—इस पर अलग-अलग मत हैं। जब तक वे रहे, शक के घेरे में रहे। अन्ततः एक-एक कर गाँव छोड़ दिया उन्होंने। लोग अन्दर ही अन्दर कुरमुराते हैं, आज अगर वे होते तो नीलगायों, बछड़ों से मुक्ति भी मिलती, दोष-पाप से भी! लेकिन वे सभी चले गए। रह गए अकेले रहमान चाचा। रोज़गार के अभाव में बुढ़ापे में छीज-छीजकर मरे। उनका पोसा-पढ़ाया हुआ तोता अभी भी कभी-कभी 'सब फरेब है' की गुहार लगाता हुआ सुना जाता है इस अँधेरी रात में। किसी क्षुधित पाषाण के पागल मेहरअली की रह-रहकर अनुगूँज उभरती है, "सब फ़रेब है, सब!"

नीलगाय की ठठरी की तरह नील गोदाम का उनका बसेरा 'रंगरेज़वा की बखरी' एक भुतहा खँडहर मात्र है इस जंगल की राह पर। दूर बस उत्तर के कोने पर नाले के पार मेहँदी की झुरमुट में एक खपड़ैल है एक महाबाभन का। मल्लाहों के बाद अकेले प्रहरी हैं इस बीहड़ के, चैतू बाबा! जाति-व्यवस्था के अजीब से अन्तर्विरोध! लोग प्रणाम भी करते हैं और घृणा भी! साहियों के इस दूर तलक फैले शिकारगाह में। जिस दिन दिख गए, पत्थर की आँख वाले ठाकुर प्रसाद सिंह और राजा मुसहर तक फट से कह बैठते, "आज कोई अनरथ होकर रहेगा।" श्राद्धकर्म के पुरोहित के दर्शन का मतलब ही है मौत! मगर हैं तो अहेरियों के गाँव के! हाँका पड़ा कि सारा कुछ भूले, पगड़ी बाँधी और लाठी लेकर दौड़ पड़े, गुहार का जवाब देने—"आइ गए पंचो!" पंचों का सिर से पाँव तक सुलग जाता। इनरपति सिंह ने एक दिन साफ़-साफ़ कह दिया था, "आपको किसने बुलाया महाराज?"

लेकिन जब राजा मुसहर की ललकार "इहै पुरुब गइ। दौड़ो बाबू! इहै गइ! जाइ न पावै!" पर उन्मत्त दौड़ शुरू होती तो नियम, क़ायदों को रौंदते हुए लोग बदहवास हो दौड़ पड़ते, इस समय अगर चैतू बाबा की ग़ाफिली से साही निकल जाती तो उन्हें डाँट खानी पड़ती, "हो तो महाबाभन ही न!" गमछे से किसी का दिया हुआ चबैना फाँकते हुए शाम को ही चल पड़ते गिद्धराज मटरू सहिगड़े की ओर...। किसी सरपताही या झाड़ियों की आड़ में बैठे रहते। जैसे ही कोई साही या साहियों का दल गंजी (शकरकंद) के खेतों की ओर चरने निकलता, वे उचकते-फुदकते उनकी बिलें मूँद आते ओर अब उनका काम होता अहेरियों को इसकी सूचना देना। इसी समय वे अपने रात के भोजन का जुगाड़ भी बैठा लेते। दाना-चबैना, गुड़, खेतों का गन्ना, शकरकंद, आम, मकई के भुट्टे यही प्रकृत आहार हैं मटरू के, जिसे वे किसी की विरुदावली बखानकर हासिल करते या चुराकर। जब से पत्नी मकदूमपुर के किसी हलवाई के घर जा बैठी, उन्हें ख़ुद ही संध्या के आहार की जुगत बैठानी पड़ती है। कंठी ली है, इससे मांस छूने से तो रहे। वैसे दारू कभी-कभार किसी दयावान ने दे दिया तो शिवजी का प्रसाद मानकर पी लेते हैं।

एक बार कुछ भी न मिला तो 'जुठवन' के पहले ही पिल पड़े रामबुझावन के गन्ने के खेत में। सियार की तरह बड़े प्रेम से गन्ने चूस रहे थे। एक घंटे में अहेर में भी पहुँचना था वहाँ देर हो तो हो, रात को पेट में चूहे दौड़ेंगे तो कौन मार दे देंगे लोग मेवा-पकवान! एकाएक पीछे से रामबुझावन यादव की गोजी पड़ी—धोंय!

"अरे दादा हो! मारि डारेन।" वे चीख़ उठे दर्द से तिलमिलाकर। "तें हये! हम तो कहा, कौनो सियार है!" रामबुझावन ने चौंकते हुए कहा।

सब समझता है मटरू। निश्चय ही इसकी जड़ में उनके सामने कल इनरपति बाबू की प्रशंसा कर देना था। रामबुझावन चले गए तो घायल कुत्ते की तरह गुर्राते रहे—"क्या समझ रखा है उन्होंने मुझे। मुरदा की हड्डी गाड़कर निर्वंश न कर दिया तो मटरू नाम नहीं...।"

अहेर में उस दिन नहीं जा सके। घिसटते हुए घर पहुँचे तो घर के नाम पर एक शून्य में तैरता मायावी झोंपड़ा उनके सामने था। पत्नी भाग ही गई थी। लड़का दिग्विजय बाबू के यहाँ ठटवारी करता था, सुनकर भी नहीं आया। किशनगढ़ की प्रशस्ति के गायक इस चारण-अहेरी का जीवन विरुदावली बखानते बीता था, लेकिन आज एक लोटा पानी तक देने वाला कोई नहीं था। "ससुरे घोर नीच हैं। किसी का झूठ-मूठ बखान करते रहो तो ठीक है, भूल से किसी दूसरे की 'परसंसा' उनके सामने निकल गई तो 'बिना आग और खर' के जल उठेंगे।" ख़ुद ही हल्दी-प्याज-तेल पीसकर बाँधते हुए मटरू कभी ख़ुद को धिक्कारते, कभी अहेरियों को, लेकिन बूढ़े बैल को 'हराई' नहीं बिसरती। जैसे ही तनिक चलने-फिरने लायक़ हुए, अहेर की गौरवशाली परम्परा में पुन: आ जुड़े।

दो अहेरी सहिगड़ा छेंककर बैठते। दूसरा दल उनसे कुछ दूर, तीसरा उनसे कुछ दूर! अहेर के अभ्यस्त राजा कक्का के 'कलक्टर' और 'दरोगा' कूँ-कूँ करते हुए खदेड़ लाते साहियों को। फिर तो वही ललकार, लाठियों की वही बौछार और खदेड़ने का एक-सा क्रम! कहाँ नाला पड़ा, कहाँ खन्दक, कहाँ बबूल, भटकटैया, झरबेर और नागफनी की झाड़ियाँ, ख़याल ही न रहता। ख़याल ही न रहता कि कहाँ चादर गिरी, कहाँ गमछा, कहाँ धोती खुली, कहाँ पनही! ये दर्द तो अहेर का ज्वार बीतने पर ही टीसते, फिर सुई से काँटे निकाले जाते, कपड़े-लत्ते की खोज की जाती...।

मटरू की भूमिका प्रथम सूचना वितरित करने के बाद होती इन छूटे सामानों को समेटने की। कभी-कभी तो कोई क़ीमती सामान पाकर मटरू चुपचाप डकार जाते और बाद में उसके लिए टोटका भी करते फिरते। ठाकुर प्रसाद सिंह का नया-नया सिलाया कुरता चढ़ा इन्हीं की निष्ठा पर, मढ़ा गया चैतू बाबा के दर्शनजनित यात्रा-भंग पर।

कहते हैं मकदूमपुर और किशनगढ़ के झगड़े के पीछे मटरू का क्रिया-कलाप ही था। आख़िर होता क्यों न? साही का एक-एक काँटा वे इनरपति सिंह और इकबाल सिंह के बैठके में खोंस आए थे। अब ब्रह्मा के मान का भी नहीं था झगड़े को टाल पाना।

यही सनक मार ले गई मटरू को। उनके अवचेतन में भी साही बसती है। एक दिन अहेर बन्द था। वे जगनू के खेत से गंजी (शकरकंद) खोद रहे थे कि उन्हें लगा, बगल से कोई साही भाग निकली। बस, सोंटा लेकर लिए रपट। खन्दक, खाई, सरपताही, और खुटियान...! 'टह-टह' करती अँजोरिया! साही कभी इधर दिखती, कभी उधर! बरम्ह बाबा के पास आकर साही ग़ायब हो गई, फिर उन्हें लगा कि निकलकर नाले की ओर भागी। मटरू का मन डगमगाया, लेकिन साही उन्हें खींच ही ले आई नाले तक! और दूसरे दिन लोग छिदाकर ले आए उनको।

अस्पताल में लुटई आए देखने के लिए तो फटकार बैठे, "आख़िर माऽन्या नाँय! भरती होइ गया आइके अस्पताल में न!"

मटरू अपराधबोध में चुप्पी साधे पड़े रहे। कल को ओझा-सोखा की मंडली से उन्हें ख़ारिज कर दिया जाएगा। बड़ा ग़लत हुआ अस्पताल आना। लुटई और तेज़ हुए, "अरे भयवा, ई काउ है? जानते नाँय कि ई कौनो डागडर-बैद के मान के नाँय है? ई है...शैतानी हरक्कत!"

"हाँ।" मूँड़ी हिलाई मटरू ने।

"तब कुलि जानि-सुनि के काहे करइ चले हो ई गलती। सरूपवा के साँप काटै के हल्ला मचा रहा तो तमाम झराई-फुँकाई...तन्तर-मन्तर होत रहा। कतहुँ कुछ ना! जैसे-जैसे झारा जाए, बिख बाढ़ा जाए। ऊ तो हम आए औ डाँटा कि आन्हर होइ गया सब के सब? छाच्छातै बरम्ह बाबा हएन! अरे दोहाइ मनाओ कि आइके

दरसन दिए। बस ज्योतिसी बाबा से पूजि-पाजि के रिसियाइ-कोंहाइ माफ करवाइ दीन!" लुटई ने कहा तो मटरू मूँड़ी हिलाने लगे।

इस प्रकार लुटई लौटा ले आए मटरू को वापस उनके घर। ओझाई, सोखाई, पचरा, लवंग आदि ने बैंडेज, इंजेक्शन और गोलियों की जगह ले ली। मोच ठीक नहीं हुई हल्दी-गुड़ माँग-जाँच कर पीते हुए डगर डोलने लायक़ हुए तो सीधे ज्योतिसी बाबा घर की राह पकड़ी।

बगल में तेलियान पड़ता है। आँखों पर हाथ की ओट बनाए चले जा रहे थे कि कहीं नज़र न पड़ जाए। मगर होनी को कौन टाल सकता है। कालनेमि की तरह रास्ते में मिल गए कलिका दुबे। पूछ बैठे, "आज बड़कवा सियारे की माँद की ओर कैसे अहेरी?"

टोकने का मलाल हुआ, मगर बाभन समझकर माफ़ किया। अहेरी के सम्बोधन पर थोड़ा फूले, लेकिन जैसे ही दर्द जागा, फिर पिचक गए, "महराज! अब ई काम हम न करब।"

"काहे भैया?"

"समझि लो बरम्ह बाबा के एइसइ आयसु बा।"

"तो हत्याहरणा में हत्या के पाप धोइके चला जा हरिद्वार या काशी।"

"ना! तनिक ज्योतिसी बाबा से पूछि लेई। हमका एक शंका है, ओह दिन चैतू बाबा तो सामने नाँय पड़ि गएन।"

8

"ये तो पुराने अहेरी हुए, कोई नया अहेरी नहीं हुआ गाँव में?" चाँदनी ने पूछा।

"है न!"

"कौन?"

"हरिया।"

बाद में कलिका दुबे ने उसका परिचय विचित्र रामायणी अन्दाज़ में विस्तार से दिया "हरि अनंत, हरिकथा अनंता, कहहिं सुनहिं बहु विधि सब संता।"

हरिया कुएँ में डुबकी लगाकर गगरा, लोटा निकाल लाता, पोखरे और नदी में बुड़की मारकर मछलियाँ और सीप निकाल लाता। साँप और गिरगिट की पूँछ पकड़कर हवा में लहराकर ज़मीन पर दे मारता और उनकी हड्डियों के जोड़ नाकाम हो जाते। अक्सर वह दो पनडोलहा साँपों की माला पहनकर 'बम शिवशंकर' कहकर औरतों को डराया करता, एक बार उसने बीसियों बिच्छुओं के डंक तोड़कर वापस छोड़ दिया था 'दुर्वासा ऋषि' यानी अपंग महंथ जी की कुटी में। साहियों के शिकार कर लाता। होलिका-दहन के वक़्त जिस-जिस ने रुपई को और उसके दल के सदस्यों को आँख दिखाई, उसकी मड़ई-गँजहर होलिका पर आ बिराजी। पिछली बार तो मकदूमपुर की पूरी होलिका ही उठाकर ले आए वे किशनगढ़ में। इन सारे कामों के मुखिया थे रूपकुमार सिंह उर्फ रुपई! अगर वे राम थे तो हरि हनुमान! 'राहु-केतु' की यह जोड़ी कब कौन उत्पात कर बैठे, पता नहीं। प्राइमरी में पढ़ते हुए अपने विद्यार्थी जीवन की प्रारम्भिक अवस्था से ही रुपई नाम कमा चुके थे। राम प्रसाद मास्टर ने एक दिन गाली देने की वजह से बैर का डंडा मँगवाकर उनका 'ब्रेनवाश' करना शुरू कर दिया। यहीं औकात भूल गए मास्टर। कहाँ वे एक अकिंचन मास्टर, कहाँ लड़का इनरपति सिंह का बेटा! कहाँ वे एक जाति-पाँति विरोधी होकर भी जन्म से कायस्थ, कहाँ यह तपे हुए ठाकुरों का बेटा! दो-चार डंडे के बाद ही डंडा हाथ पर चिपका तो फिर हाथ में ही रह गया रुपई के और "फिर क्रिया की उलटी मगर जोरदार प्रतिक्रिया!" मास्टर जी के न्यूटन के गति के नियम

गतिमान हो भाग निकले। कजरी बाग की चाय की नुक्कड़ों पर चटखारा ले-लेकर प्रचारित किया गया, "आज एक ठाकुर ने एक लाला को मारा।" इनरपति सिंह ने सुना तो अपनी लम्बी पनही लेकर दौड़े मारने रुपई को। लोगों ने बचाया, "जाइ दो, बच्चा है।" लेकिन मन ही मन यह कचोट रह ही गई कि राम प्रसाद मास्टर को अपनी औकात नहीं भूलनी चाहिए थी। ख़ैर, रुपई एक-एक क़दम आगे बढ़ते रहे। छुरा-चाकू दिखाकर, जातीय गरिमा की दुहाई देकर नकल का भरपूर फ़ायदा उठाया और 'कॉलेज ज्वाइन' कर लिए। अब कॉलेज में वो जमे तो उखड़ने का नाम नहीं। एक तो ऐसी पढ़ाई पर पास होना मुश्किल, दूजे कॉलेज छोड़ते तो लीडरी कौन करता और बड़े घर की कन्या कैसे ब्याह पाते?

दूसरी ओर हरिया भी प्राइमरी स्कूल के अन्दर दाख़िल हुआ था कभी, मगर पढ़ने नहीं, मरम्मत करवाने। उस समय वह गारा ढोया करता। प्राइमरी, हाई स्कूल और इंटर सब पर उसका बनाया गारा चस्पाँ है, लेकिन अपनी ट्रेनिंग वह पसियाने, मुसहर टोली और केवटाने में लेता रहा। अब वह सोलहों कला सम्पन्न रुपई सिंह का प्रधान सेनापति था। कब बुलबुल फँसाना है, कब साही—उस्ताद का हुकुम हुआ और हाज़िर। बूढ़ी माँ और एक अदद दस बिस्सा ज़मीन का टुकड़ा, यही कुल पूँजी थी हरिया की लेकिन वह भी साबूत नहीं। खेत के एक सिरे पर सतीमाई का चौरा था जिस पर फेंके गए लकड़ी के टुकड़े उसे ढकते जाते। वह तो कहिए साल में एक बार सतीमाई अगिन-असनान करने लगी थीं और खेत पर जमा हुआ लकड़ी का टीला जलकर साफ़ हुआ जा रहा था। वरना खेत का क्या होता! मियाँ की दाढ़ी चिखवनियै में!

चनरी उस समय तक पूर्णमासी की अँजोरिया बनकर एक चुनौती की तरह खिल चुकी थी। गोरी मुसहरिन! शक्ति और सौन्दर्य दोनों से ओत-प्रोत!

राजा कक्का ने गवन तो जल्द ही दे डाला था, मगर चनरी थी कि टपकी ही रहती किशनगढ़ में। रुपई बाबू शहर जाकर उसके लिए स्पेशल सलमे-सितारों वाली चोली ले आए थे। हरिया कुशल दूत की तरह उसे पहुँचा भी आया था और रात का कौल-करार पक्का भी कर आया था।

इधर अँजोरिया का चाँद पिछवाड़े डूबा, उधर पनडुब्बक की बोली का इशारा हुआ और सोना के घर का खपड़ा पड़पड़ाया। तमाम शागिर्दों ने गोजी की सहायता से रुपई को खपड़े पर चढ़ा दिया था। पीछे-पीछे सहायता के लिए चढ़ आया था हरिया भी।

"कौन जनावर है बिट्टी?" सोना ने 'बिट्टी' अर्थात् चनरी से पूछा।

चनरी जगी तो थी मगर कहे क्या! माँ को पहले ही सन्देह हो गया था और आज वह ज्योतिसी बाबा के पास गई ही नहीं। जवाब न देने में ही ख़ैर थी। सन्नाटा खींचे रही चनरी।

उधर उस्ताद बुदबुदाए, "मारे गए हरिया। तुम ससुर किसी काम के नहीं हो।"

"उस्ताद, मुसहरिन से इत्ता डरते हो, कूद पड़ो, कौनो बड़मनई है का?"

"तुमने पता क्या लगाया था, खाक!"

"उस्ताद, पता तो ठीक ही लगाया था, ई 'ज्योतिसाइन' कहाँ से माछी की तरह आ गिरी दूध में?"

"तो क्या करें? लौटा जाए?"

"नहीं उस्ताद, पच्चीस रुपए की चोलिया थी!"

"हूँऽऽऽ!" कुम्हार के डिंगवा (एक बड़ा पक्षी) की तरह हुँकारी भरी रुपई ने।

"हम ज्योतिसाइन के मुँह में कपड़ा ठूस देंगे, चलो।" हरिया ने आश्वस्त किया तो खपड़ा पुन: चरचराया।

"कौन जनावर है बिट्टी?" सोना फिर कुनमुनाई। इस बार उसने 'सन्न-मन्न मार' कर सोई बिट्टी को झकझोर कर जगाया।

टोह लेने का अभिनय करती हुई बिट्टी बोल उठी, "कौनू बिलार है माई!

तब तक झपाक-झपाक कूद पड़े जवान। इसके साथ ही सोना छिटककर खड़ी हो गई, "हूँ! अरे ई तो बनबिलरा हयेन रे।" इसके पहले कि सोना का मुँह हरिया दबा पाता, वह गोहार मचा बैठी। अब रुपई हाथ जोड़कर सामने आए, "चुप-चुप काकी! अरे, ई तो हम हैं।"

"चुप नाँय रहब बच्चा! कल्हिएँ ठाकुर से ओरहन देब!"

बाहर से पड़ोसी, "आइ गए, जाय न पावै!" का हाँका बोलकर लपके आ रहे थे। दोनों की अकल गुम!

"मोरि काकी, बचाइले हमका।" गिड़गिड़ा रहे थे रुपई। सबेरे इनरपति सिंह की लम्बी पनही के उन पर सरेआम बरसने का भय था। तब तक हरिया ने आँगन में बँधे खँसी (बकरा) का पगहा खोला और लिये-दिए छत पर आ गया। वहाँ से उसने उस्ताद का हाथ पकड़कर ऊपर खींचा और पगहे को खोलकर ओरी में बाँधकर दोनों पिछवाड़े उतर गए।

उधर दरवाज़े पर, "का भ-अ रे? कौन रहा?" की पड़ोसियों की पूछताछ पर सोना ने रोते हुए बताया, "हमका देस से निकारि देहेन ठाकुर! खँसी लेइ गएन।" 'खँसी-खँसी' की उसने वह धूम मचाई कि खँसी ही प्रधान हो गया।

"औरो कुछ?" नाहीं।

बस, बात का वज़न जाता रहा। खँसी दिन-दहाड़े ही कोई जबरा खोल ले जाए तो कोई आश्चर्य नहीं और यह तो रात का माजरा था। दूसरे दिन 'बिट्टी' को उसकी ससुराल पहुँचा दिया गया।

कुछ दिनों से उन्हीं रुपई के बदन पर फोड़ा देखकर बाप ने पूछा तो वे बताने लगे, "बाबू, एक दिन हरिया चैलेंज केहेसि बुड़की मारइ के। अब हम ठाकुर होइके

कइसे सहि सकी? हमहूँ बुड़की मारा। उतिराने तो सेवार में फँस गए, उहीं कौनो किरौना काटि लिहेसि!" जवाब सुनकर बड़ी देर तक बैठकी में अकेले बैठे रह गए ठाकुर, "कौन-कौन सा कुकर्म नहीं किया इन लड़कों की ख़ातिर और ये ससुरे, उस बोली-बानी, चाल-ढाल से ज़रा-सा भी आगे नहीं बढ़ सके। पढ़ते तो इन्हें बिलायत तक भेजता। सोचा था, कलक्टर, कप्तान बनकर आएँगे तो लोग उँगली उठाकर कहेंगे, इनरपति बाबू का लड़का है। ईमान कहीं रह नहीं गया। साले मास्टर, घूस लेकर नक़ल करवाने से लेकर नम्बर बढ़वाने में पटवारी के भी कान काटने लगे हैं। लड़के अच्छे निकलैं कैसे? यही 'गरमी' का रोग लेकर ससुरा पतोहू के पास जाएगा तो पूरा खानदानै विकलांग जनमैगा! बीए किसी तरह पास करता तो ऊँचे-ऊँचे ओहदों पर बैठे रिश्तेदार या जाति वाले कहीं न कहीं खींच लेते, लेकिन पास कैसे करे? वह तो हरिया की पढ़ाई पढ़ता है! एक ही आस है पुष्पलता पर। बेटा सरकारी हाकिम न सही, दामाद तो हाकिम करके ही मानेंगे। लेकिन अभी क्या है! अभी तो नाक पोंछना भी नहीं आता उसे।"

पुष्पलता हमेशा वही नाक चुआती बिटिया ही कैसे रहती। तितली के कीड़े की तरह आख़िर धीरे-धीरे रंगीन पर निकल ही आए उसके।

9

आज पहले की तरह न मेरे साथ जय है, न चाँदनी, न कक्का। मेरे क़दम अकेले ही बढ़ रहे हैं, पस्त-से,गाँव जाने वाली पगडंडी पर किसी भयानक हादसे से उजड़े उत्सव में अपने प्रियजनों को तलाशते हुए। खसखसाती हुई गोमती की सलेटी रेत कब की पार हो चुकी, पार हो गए ऊँचे-ऊँचे कगार, पीछे छूट गई है दूर-दूर तक की झौंराई हुई सरपताही और पेड़-पेड़, झाड़ी-झाड़ी सरकते हुए ढेरवहिया के इस छोर पर आ गया है बसन्त में दहकता हुआ पलाश वन! पलाश के नए-नए पत्ते! पत्तलों के पेशे के कारण इससे सीधे जुड़ता था राजा! और मेरी जेहन में वे दिन उभरने लगे हैं, जब राजा का प्रान्तर भी पलाश-वन की तरह दहक उठा था—जिजीविषा की पहली छटपटाहट! और उसमें सौन्दर्य नहीं, आग ढूँढ़ रहा हूँ—आग, जिसका उद्रेक किसी 'किरान्ती पारटी' ने किया था और 'इमरजेंसी' के दौरान बँधुआ मज़दूरों की मुक्ति और ऋणमुक्ति, जैसी हवाओं ने उसके ठूँठे, काले वर्तमान में अनजाने ही अंगारे दहका दिए थे। मीटिंग से वह कोई जोशीला लोकगीत गुनगुनाते हुए ज्योतिसी जी के यहाँ आए तो काफ़ी देर हो चुकी थी। बाबा ने सेन्हुरहवा आम की डाल पर लगे मधु के छतों को दुहने की बात की तो साफ़ इनकार कर बैठे, "जिनगी भर दूसरे कइ बूँद-बूँद बटोरी मधु पे नज़र गड़ाए रहा-आ ज्योतिसी भाय, अब तो छोड़ि दा।"

ज्योतिसी बाबा को अटपटा लगा उनका अप्रत्याशित उत्तर। मुसहर 'भाय' कह रहा है! शायद बेसी चढ़ा आया है आज, बोले, "का रे! कइ दाँय कहा, कामे के बखत पे गाँजा न चढ़ावा कर!"

"गाँजा का नशा उतरिगा ज्योतिसी भैया!" वह चोन्हिहार जैसा ताकते हुए बोले।

"मत भूल कि तें हमसे जिनगी भर उरिन नाहीं होइ सकते।" बाबा एकबारगी तमतमा उठे थे।

"तोहसे उरिन कैसे होय सकीथे भैया? हमार पूरा खानदानइ उज्जर (गोरा) कइ दिहा! मुदा के मीरे परा, तनिक सोचा तो! तोहार बिटिए हमार गोड़ दबावैं, औ

ठकुरे के लड़िकन से बदनामी करावैं, अउर बेटवा! 'कलुआ' वो सारे कलुआ!" वह पुकार उठे।

पास ही गुज़रता हुआ कालू सिटपिटाकर खड़ा हो गया।

"खबरदार, जो बिहान से गोरू छोरे कौनो गाँव वालेन के। आपन-आपन सब देखैं अब से।" कलुआ सिर झुकाकर खड़ा रहा। ज्योतिसी बाबा कटकर रह गए। 'कों कों कों' की जहरीली हँसी हँस पड़े थे राजा, "कलुआ के हम मारी या गरियाई-तीत काहे लागै केहू के? हमरइ लड़िका है कि नाँय! गवरमिंट हमें आजाद कइ दिहेस। हम अब 'बन्हुआ' नाँय रहे कौनो मनई के। हमार सारा करज माफ। हम कौनो काम कइ सकीथे अपने मरजी के।"

"कौनो काम!" लेकिन कौन काम? बोलने को बोल गए थे राजा, मगर उनका दिमाग काम नहीं कर रहा था। फिर से सारे पुश्तैनी धन्धे अपना लें? लेकिन उससे जुड़े हुए कितने ही ग़लीज़ प्रकरण हैं! लड़के जब जूठी पत्तलों पर दौड़ेंगे तो क्या वह सँभाल पाएँगे अपने आपको? ग्रामसेवक बोल रहे थे, सूअर पोस सकते हो। छी:! मैला खाने वाले। इस शोषक सभ्यता ने दिया ही है क्या आज तक उन जैसे लोगों को उनका मल खाने वाले सूअर और उनके जानवरों के गोबर से बीना हुआ अन्न उन्हें! घृणा और अपमान के दंश से तिलमिलाकर रह गए वह। इतने दिन ऊँची जाति की संगत में रहकर चूहे, मेढक और साँप तक खाना छोड़ दिया है उन्होंने। तब? ले आएँ छेरी (बकरी) और मुर्गा-मुर्गी? उहूँ! पहले ही बेटे-बेटी पाल-पोसकर बड़कवों के कसाई-घर में भेजते रहे हैं, फिर वही काम? ना बाबा ना! चाय-पान की दुकान लगा ले कजरी बाग में? लेकिन उनकी चाय पिएगा कौन? छोटी जातियों के लोग तक नाक-भौं सिकोड़ते हैं। फिर? कलकत्ता, बम्बई या पंजाब भाग जाय? उहूँ! उमर बीत गई गाँव में। मरने के लिए जायँ गाँव से बाहर! किसी भी युक्ति पर मन नहीं जम पा रहा था। हर गली अन्धी गली थी, जो उन्हें लौटाकर फिर उन्हीं शोषक शक्तियों के हवाले कर रही थी, जिनसे बेहिसाब नफ़रत हो गई थी उन्हें। सभी जगहों पर पहले से जाति और औकात के लोग छाए हुए थे। भगवान क्यों जनम देता है उन जैसे लोगों को? वह पसोपेश में ऊभ-चूभ हो रहे थे, तभी संयोगवश उँटहरों का एक क़ाफ़िला गुज़रा सड़क से। ऊँचे बैठे जूमते उँटहरे। वाह क्या शान है! कोई मजबूरी नहीं कि बड़कवों के सामने सिर झुकाकर सिजदा करो, बैठे रहो ठसके से। ऊपर से देखो तो ये तमाम चौधरी, बाबू साहब, पंडित महाराज भुनगे जैसे लगेंगे। यह हुई न कोई ढंग की चीज़। और दूसरे दिन ही अपनी सोना के गहने बेचकर वह एक ऊँट ले आए। अब वह बाज़ारों में गल्ले या नदी से बालू और चिमनी से ईंट ढोया करते। ऊँट ऊँट था, घोड़ा नहीं। उनके आल्हा के शौर्य के आदर्श 'ऊदल' बेंदुला घोड़े पर सवार होते थे, जो घंटे में चालीस या साठ योजन उड़ता था, लेकिन जो सीमित सुविधाएँ उन्होंने जुटाई थीं,

उन्हीं में इन महत्त्वकांक्षाओं की पूर्ति होनी थी। इस प्रकार जहाँ ऊँट को ही बेन्दुला सम्बोधित कर उन्होंने अपने अवचेतन के शौर्य को ऊदल की ऊँचाई तक उछाल दिया था, वहीं उनके अन्दर के रसिया ने उसके पाँवों में घुँघरू भी बाँध रखे थे। एक बार फिर उनका पुराना यायावर लौट आया था। कहीं भी ऊँट को झाड़ में चरने के लिए छोड़कर भौरी-खिचड़ी पका ली, कुछ नहीं हुआ तो गमछे में ही सत्तू सानकर उदरस्थ कर लिया और ऊँट लेकर चल पड़े अभियान पर। जब वह ऊँट पर सवार, मस्ती में झूमते हुए चलते तो लोग दूर से ही कह उठते, "मुसहरवा का ऊँट आइ रहा है।" जाति की छोटाई और ऊँट की ऊँचाई! तेजाब की तरह बेचैनी भरती यह बेअदबी बड़कवों में। कभी हौसले में होते तो ऊपर से ही अभिवादन दाग देते या हालचाल पूछ लेते। यह और भी बुरा होता। बड़कवे, छोटकवे सभी माहुर की तरह निगलते इस आचरण को, "सारे के गोड़ धरती पर नाँय परत अब। अब गाँव में लाज-लिहाज, बड़े-छोटे के ओहम बिलकुलइ चला गा।"

"अरे कलिजुग है कलिजुग!" कोई दूसरा बोलता, "दुइ लात दिहा जाय, दिमाग ठिकाने आइ जाए, कलिजुग हो चाहे सतजुग!"

"तोहार काउ बिगाड़ेबा? बेचारा आपन काम करत बा।" कोई कहता।

"अपने-अपने पदे पे रहइ के चाही कि बड़कवन के मूँड़े पे छरछराइ के मूते सार?"

"अउर वोट देइ आव-अ कांग्रेस के?"

"सच्चई! उहै तो गोड़ि के चिक्कन कइ दिहेसि।"

"अरे बोलु जिन बन्द कइ देइहीं पकड़ि के!" छगन सिंह बोलते।

"बन्दइ नाँय, अरे बधिया कइ देइहीं।" भय की इन दो रेखाओं में घिरी बतकही चलती रहती, कभी धीमे कभी मुखर! राजनैतिक चेतना से शून्य गाँव में अपने-अपने ढंग से राजनीति की समझ पनप रही थी। हदबन्दी, ऋणमुक्ति और बँधुआ मज़दूरों की मुक्ति से पहली बार धक्का लगा था बड़े लोगों को और नसबन्दी से छोटकवों को। सतही तौर पर एक भय सनसना रहा था कलेजे में, जिसने कुनबे में नया ध्रुवीकरण किया। उदयभान तिवारी की ज़मीन उनके दो भाइयों के नाम भी चढ़ी, जो वर्षों पहले परवान चढ़ चुके थे। इनरपति सिंह और फ़ौजदार सिंह ने हलवाहों तक के नाम पर चढ़ी ज़मीन दी। ब्रह्मचारी जी की ज़मीन राधा के और उनके संयुक्त नाम पर चढ़ी। रामबुझावन यादव का वर्षों से चला आ रहा भाइयों का विवाद पहली बार सुलझने की राह पर आया, जब बड़े प्यार से भाइयों को बुलाकर उन्होंने एक-एक बीघे ज़मीन देकर आपस में मिलाया, जबकि काग़ज़ों में प्रत्येक के नाम पर सात-सात बीघे ज़मीन बाँटी उन्होंने। इनरपति सिंह और ज्योतिसी बाबा पक्के तौर पर सरकार के भक्त हो गए। रुपई सिंह ने बाक़ायदे प्रधानमंत्री के बेटे के चार सूत्री कार्यक्रम के लिए जी-जान लगा दी, जाने कितने कलमी आम

और शीशम के पेड़ अपने बाग में लगाए वृक्षारोपण के नाम पर। राजा रुद्रपाल सिंह की पचासों एकड़ ज़मीन कुत्तों, बिल्लियों, चरवाहों और रिश्तेदारों के नाम चढ़ी। हमें याद आता है किशनगढ़ के पक्के मकानों पर सबसे पहले जो लिखावट मकड़ी के जाल की तरह आ चिपकी थी, वह थी चेचक और मलेरिया-उन्मूलन की। अहेरियों के गाँव में जय गुरुदेव बाबा के उपदेशों ने काफ़ी देर से जाले बुनने शुरू किए। अभी उनका 'बीघे में सौ मन' और 'सतजुग आगमन' की कल्पना निखार ले ही रही थी कि घोर कलिजुग आ गया और बन्दी बनते देर न लगी और उनकी घोषणाओं पर पुचारा करके कई सूत्री कार्यक्रमों के जाले बुन दिए गए। खद्दर के नेताकट कुरते-पाजामे में आगे-आगे रुपई, पीछे-पीछे हरिया समेत उनकी बानरी सेना ऐसे कामों को अंजाम दिए फिरती। एक अजीब-सा गुंडातंत्र उभरकर हथिया रहा था नेतृत्व को, जिसे भी घुड़कता, कान-पूँछ गिरा लेता। उन्हीं दिनों ट्रेन स्टेशन के अलावा घाट की सीध में भी रुकने लगी थी। किरान्ती पारटी हुर्र हो गई। कलिका एक तरह से अंडरग्राउंड हो गए। रुपई को मूतने भर की फ़ुरसत नहीं थी। नसबन्दी का कोटा पूरा करवाना है तो रुपई! ठेका, कोटा, परमिट दिलाना है तो रुपई! भूमिहीन बनकर भूमि लेनी है तो रुपई! आज दिल्ली, कल लखनऊ, परसों कहीं और! इनरपति सिंह को भी पुष्पलता की शादी के सिलसिले में बाबू रुप्पन सिंह से बात करने के लिए ज़िले के दफ़्तर ही जाना पड़ा।

रूपई अपने पिता को कुरसी पर बैठने का संकेत देकर फिर उसी डाँट-फटकार, हँसी-मज़ाक़ और निर्देश में खो गए। तभी दो सज्जन कमरे के अन्दर आए तो एक सेठ को छोड़कर बाक़ी प्रभामंडल बाहर चला गया। इनरपति बाबू को जैसे मौक़ा मिला, "अरे, कुछ घरौ-दुआरी के फिकिरि करबा कि...!" रुपई बोले नहीं कुछ, फिर उन्होंने सिर उठाया और बाप को अपने विश्वरूप का दर्शन कराया, "बाबू, ए जौन बगलिया खड़े हैं, ये जिलाधीश हैं—कलक्टर साहब, औ उनकी बगले जे खड़ा हैं वो एस.पी., कप्तान साहब। एनका जब तक हम न कहब बइठइ के, कुरसी पे नाँ0य बैठ सकतेन!" दोनों अफ़सर मदारी के बन्दर की तरह कान-पूँछ गिराए खड़े थे।

गद्गद हो उठे थे इनरपति बाबू। अगर कोई कवच भी पहन रखा होता उन्होंने तो कड़कड़ाकर टूट गया होता। उफ़! कल तक इसी लड़के को पनही लेकर दौड़ाया करते थे, आज आला अफ़सर तक उसकी जूतियाँ ढोते फिर रहे हैं। कलक्टर और कप्तान का सपना कितना छोटा था इस हक़ीक़त के सामने। अरे, उनकी छत्रच्छाया है, कल को मन्तरी बन जाय, तो भी कोई अचरज नहीं।

बीच में कलिका पंडित के उकसाने पर सरकार द्वारा तय मजूरी न मिलने पर हलवाहों ने हल बन्द कर दिया। चरवाही के बाद नई-नई हल की मूठ पकड़ी थी, नई हेकड़ी थी। रुपई के पास दोनों पक्ष गए तो सबके सामने उन्होंने धमकाया,

"काम पर सीधे तौर पर चले आओ वरना सबकी नसबन्दी करवा देंगे। सरकार यहाँ हम हैं तुम्हारी, हम जो कहेंगे, किशनगढ़ में वही होगा।" फल यह हुआ कि अधिकांश भाग निकले, जो बच गए, फिर से जोत दिए गए। तीन-तीन सड़कों की क्रैश योजना में रुपई ने लाखों रुपये पीटे। मठिया के महंत उनकी मंगल-कामना करने उनके घर जाते और ज्योतिसी बाबा तो उनकी जैकारा मनाते न थकते। रुपई साँड़ की तरह जिधर से अपने पीछे की लश्कर समेत चलते, अभिवादन करने वालों में रेलमपेल मच जाती।

कलिका दुबे अगर काइयाँ थे तो राजा मुसहर सपाट! वैसे काका को सरकार से आशाएँ तो थीं, लेकिन जिस सरकार के पाएदार रुपई बाबू, राजा साहब और ज्योतिसी बाबा हों, उससे भगवान ही 'रच्छा' करें! इन दिग्गजों ने उसरहटे में उन्हें एक इंच भूमि तक नहीं लेने दी थी। उन्हें इन 'कुपंथियों' की दया पर जीना भी नहीं था।

मैं कहाँ-कहाँ से गुज़र गया—अतीत से वर्तमान और वर्तमान से अतीत!

सुना है, ब्राह्मणों ने फिर एक मुहिम छेड़ी है कि महाबीरन जी को मना-चुनाकर लाया जाए और बरम्ह बाबा के साथ बैठाया जाय जबकि दलित और पिछड़ी जातियों ने विरोध किया है—जो देवता जहाँ है, वहीं रहेगा। ऐसा ही था तो महाबीरन को जाने ही नहीं देते। पाप की गठरी इतनी गढ़आ गई कि वोय बोलेन, अब हम हियाँ नहीं रहेंगे। दूसरे, उन्हें डर है कि उससे बाभन और मज़बूत हो जाएँगे और महाबीरन स्वामी का सत्त जाता रहेगा। राजा ने पहले ख़ुद बारी-बारी से प्रणाम किया था इन तीन समाधियों को फिर सती माई की समाधि पर लकड़ी तोड़कर फेंकी थी। हम तीनों आश्चर्य से उसका ऐसा करना देख रहे थे।

10

उस दिन बरम्ह बाबा की मनौतियाँ पूरा करने का दिन था। खरभान रोक कर हालचाल पूछने लगा था। चाँदनी कौतूहल से देख रही थी दूर-दूर तक फैली छाया में चढ़ी कड़ाहियों को। पेंदे में थोड़ा-सा घी या तेल, चढ़ाने के लिए छोटी-छोटी टिकरी और खाने के लिए मोटी-मोटी सोहारियों को उलट-पलटकर तलने का उपक्रम चल रहा। कुत्ते और बन्दर छीन-छीनकर भाग रहे थे। सोहारियाँ तल दी गईं तो बाक़ी बचा आटा अवशिष्ट नाममात्र के तेल या घी में डाल दिया गया, फिर गुड़ की भेली चूर करके डाली गई, पानी भी। चाँदनी बड़े आश्चर्य से रसोई देख रही थी। उसने जानना चाहा, "वह क्या बनाया जा रहा है? लेई है क्या?"

"लपसी!" खरभान का उत्तर उसकी समझ में नहीं आया तो जय ने कहा यह हलवा है।

"हलवा! ऐसा? इसमें कम से कम घी तो होना चाहिए था?"

खरभान लजा-सा गया।

"नाँय जुगाड़ होइ पावत इहाँ!"

"आप दंग रह गईं? अरे इहाँ के मेहरारू इहि खातिर मारि कइ देईं।" राजा को जैसे बोलने का मौक़ा मिल गया था। हमारी हँसी पर आसपास के लोग देखने लगे। हमें राजा ने बताया, "भैया, हमारे कलुआ एक-ठे नवा कहरवा बनाए बा—हमरे बरम्हू बाबा ना, चाभैं लपसी सोहरिया...!" औरतें खिलखिलाकर हँसने लगी थीं। अभी कुछ पल ही बिलमे थे कि एक औरत लूगे की गठरी और बगल में नाक चुआता बच्चा लेकर खरभान के घर की औरतों के पास आकर रुकी और खड़े-खड़े लगी भेंटने एक-एक से..."हूँ...अ, अ...अरे मोरी बहिनीऽऽऽ!" एक-एक कड़ी जोड़कर, हिचकियों की टेक पर सारी तकलीफ़ गायी जा रही थी, फिर भेंटने लगी पाँव पकड़कर खरभान को—अरे मोरे बिरना...। गोद का बच्चा माँ को रोते देखकर रोने लगा।

जब तक यही भेंटने की प्रक्रिया सम्पन्न की जा रही थी, हमें मुसम्मात भाभी ने ज़बर्दस्ती पकड़ लिया था।

हमने देखा, उनका चढ़ावा औरों की तरह अकिंचन नहीं था, मगर वे थीं अकेली-अकेली-सी। जय ने चाँदनी से उन्हें प्रणाम करने को कहा। परिचय जानते ही उनकी आँखें चमक उठीं। अंक में भर लिया, "अरे ई मोरी सवति है।" हँसते-हँसते पूछ बैठीं, "बाबा जानथेन?

"नाहीं।"

"चलो, कौनों बात नाहीं।" कहकर वे ढाक के पत्तल पर पूरी, कुम्हड़े की सब्जी, धनिया-सोया की चटनी परस बैठीं हम चारों के लिए।

"नहीं-नहीं, भौजी, यह क्या कर रही हो?"

"खियावत हई देवरे के। अरे दुलहिन बदे कलिहंइ महाभारत मचे। खाइ-पी लो, जाँगर रहे तब न लड़ि सकबऽऽऽ!"

जय असमंजस में पड़ गया तो उनका डाँटना करुणा में बदल गया। "का भैया, समुझि गए, हम राँड़ जो ठहरे!"

जय की सारी दुविधा मिट गई। भाभी को शायद अपने आँसू छिपाने का बहाना मिल गया, "हम पानी लेइ आई...।"

कुएँ की जगत पर पुण्य कमाने के लिए कुछ भक्त लोग नि:शुल्क पानी पिलाने का व्रत कर रहे थे। भाभी ने पानी लिया और एक मिठाई की दुकान की ओर बढ़ गईं। आईं तो पानी के साथ-साथ एक दोने में चोटे वाली जलेबियाँ थीं।

"लऽऽ बबुआ। 'चुनि-चुनि बेर सेबरी, डगरा बहारत रहलीं, एहि रहिया अइहैं भगवाऽऽन सेबरी के घरवाँ...'।" भाभी गा रही थीं।

"भाभी तुमको मेरी पसन्द अभी तक भूली नहीं!" जय झेंप-सा गया। हम कौर-कौर चुगते रहे, भाभी धीरे-धीरे स्वर में मांगलिक विवाह गीत गाती रहीं।

जय भले ही मुसम्मात भाभी के सम्मोहन में बँधा था, मेरी और चाँदनी की निगाहें उस भेंटने वाली औरत को रह-रहकर देख लिया करतीं। भेंटने की परिक्रमा पूरी करने के बाद उस औरत ने नाक छिड़की, फिर झुलवे को उघारकर स्तन बच्चे के मुँह में दे दिया और कुशल-क्षेम का आदान-प्रदान होने लगा। थोड़ी ही देर में विलाप करती औरतें फिर से हँसने-खिलखिलाने लगी थीं। चाँदनी को यह सारा कुछ इतना नाटकीय लगा कि रास्ते में वह बार-बार उनका स्वाँग भरती रही, "शुकर करो, तुम्हारी कोई बहन नहीं है, वरना तुम्हारा पाँव पकड़कर घंटों 'अरे मोरे बिरना' का टप्पा गाती रहतीं।"

"ये औरतें अजीब हैं, जब देखो पलकों में आँसू और होंठों पर फूहड़ से फूहड़ गारी, कंठ पर गीत...। लाजवन्ती ऐसी कि शादी के कई-कई साल बाद तक परिवार के बड़े मुख नहीं देख सकते—हाथ भर का घूँघट! और बेहया ऐसी कि बाप या भाई के सामने भी रसीले रिश्तेदारों को अश्लील गारी गाने बैठ जाती हैं।" मैंने चाँदनी का समर्थन किया।

राजा ने एक भिखारी को प्रणाम किया, "पालागी गोसाईं महाराज!"

"ये कौन-से देवता हैं?" जय ने पूछा, "कहीं साधू तो नहीं?"

"हाँ, वही! गाँव में मटरू, लुटई, बानरों और कुत्तों के अलावा एक और जीव बहेतू की तरह घूमता फिरता है—साधू गोसाईं। न माँ का पता है, न बाप का। पैदा करके कोई इन्हें मठिया के सामने खाँची से तोप गया था। तकदीर के बली थे कि बच गए। महंथ जी ने इस नवजात बालक को निस्सन्तान झगडू बहू कहाइन को सौंप दिया। गाँव के बड़कवों का खयाल था कि माँ-बाप द्वारा जनमते ही त्याग दिए गए ऐसे सभी बच्चे कबीर और तुलसी की तरह महान हुए तो बाभन के जाए होंगे, महान न हुए तो सूद (शूद्र) के। इस लिहाज से गोसाईं एक पहेली बने डोलते हैं गाँव में जिन्हें बूझा जाना अभी बाकी है। गोसाईं की महानता का कोई चिह्न अभी तक उजागर नहीं हुआ है। मेले-ठेले, भोज-भात में किसी ने खिला दिया तो खा लेते हैं, दक्षिणा दी तो रख लेते हैं। न जात का विचार, न पाँत का। बहते-बिलाते आ गए तो आ गए और बह-बिला गए तो बह-बिला गए।

"जिस किसी को भी अपने बैरी के नाम पर पेशाब करवानी हो, इन्हें एक भरुका चाय पिला दे, ये उसके नाम पर पेशाब कर आएँगे। अगर आपने दोबारा फरमाइश की तो एक भरुका और!"

11

किशनगढ़ की सबसे ऊँची कलगी का नाम है हवेली जिसकी दो-दो तोपें हैं, जो कभी दगतीं तो दूर-दूर के लोग उसके 'परताप' और आतंक में थर्राने लगते। अपने भतीजे कुँवर को सन् सत्तावन की गदर में भून देने का आदेश देने वाली हवेली के वारिस राजा रुद्रपाल ने उसके गौरव का फिर से उद्धार करना चाहा तो उनके पास सिर्फ़ एक मोहरा बचा था, उनका बेटा जयपाल। ठाकुर ने बहुत सोचा लेकिन जयपाल सिंह के अलावा उन्हें कोई साधन न दिखा। इसे वे प्रतापी बनाएँगे—पंचवीरों की तरह प्रतापी! असली राजा। इसके लिए उन्होंने क्या-क्या नहीं किया। लोग अपने बेटों को कलक्टर, कप्तान और पता नहीं क्या-क्या बनाना चाहते हैं लेकिन रुद्रपाल सिंह अपने बेटे को गुंडा बनाना चाहते थे—असली ठाकुर!...कि जिसका नाम लेते ही लोग छर्र से पेशाब कर दें!

ठाकुर जयपाल सिंह! बरसों पहले डस लिया था साँप ने, फेंक दिया गया था गोमती के पानी में, लेकिन मरे नहीं। पता नहीं, उन्हें और कौन-सी भूमिका निबाहनी बाक़ी थी अभी। ठाकुर जयपाल सिंह, नहीं-नहीं कुँवर जयपाल सिंह, नहीं-नहीं सिर्फ़ कुँवर! किशनगढ़ की माटी पर जब तक हमारे पाँव पड़ते, सन् सत्तावन के कालखंड को गुजरे हुए लगभग एक सौ साल बीत चुके थे।

रुद्रपाल सिंह के दिमाग़ में जाने कैसे यह ख़ब्त सवार हुई कि उनका बेटा हाथी पर स्कूल जाएगा।

हाथी पर बैठे होते जयपाल, उनके आगे बैठा होता महावत करीमुद्दौला। पीछे-पीछे पैदल चल रहा होता सुहैल और सुहैल के पीछे मक्खियों की तरह भिनभिनाते दूसरे छात्र। सुहैल रह-रहकर छात्रों को हड़काया करता—"जाओ-जाओ अपना-अपना काम देखो, यहाँ क्या तमाशा लगा है? एक भी पाँव पड़ गया तो चटनी बन जाओगे।"

लड़के एक चिबिल्ले! रुपई और अम्मर ने उड़ा दिया कि पहले-पहल जयपाल हाथी पर बैठे और उसने सूँड़ उठाकर फुरेरा मारा तो डरकर मूत मारे।

सुहैल ने उनके गिरते मनोबल को यह कहकर थाम लिया कि हाथी अपनी राह चला जाता है, कुत्ते भौंकते रह जाते हैं।

जयपाल पर बाप की आत्मा सवार होती तो गुरूर में ऐंठे रहते, माँ की आत्मा सवार होती तो भकुआए-भकुआए, झेंपे-झेंपे-से। कन्फ़्यूज़्ड! जिस दिन लड़के उन पर ध्यान न देते, उस दिन और भी कन्फ़्यूज़्ड! यह साँसत तब तक लगी रही जब तक हाथी उनका साथी बना रहा। एक दिन गोमती में पानी पिलाने के लिए जाते समय उसने महावत को मार डाला। सात दिन में पगलाए हाथी ने तीन आदमी मारे। वन विभाग वाले आए और उसे बेहोश कर बड़की गाड़ी पर लादकर ले गए तो किशनगढ़ वालों की जान में जान आई और हाथी से कुँवर का पिंड छूटा।

पिता के विपरीत धर्मपरायणा माँ उन्हें भक्त बनाना चाहती थीं। हवेली के नीम के चौरे और तुलसी माई को अर्घ्य चढ़ाते समय देर तक बुदबुदाती रहतीं। सती का थान और चमरदोख का चौरा दोनों पर हवेली का पाप खुदा हुआ है। महीने के ज़्यादातर दिन पूजा-पाठ और चिरौरी-विनती में ही बीतते। खँडहर बनती गई हवेली। अब यह अकेला कुलदीपक है जयपाल, "हे भगवान् भगौती माई, महाबीरन स्वामी, बरम्ह बाबा, सती माई, चौरे के देव हमारी गलती को माफी दो। हमरे कुँवर की जिन्दगी पर पाप के सराप की छाया तक न पड़े।"

मगर कहाँ-कहाँ तक रोकतीं ठकुराइन! एक दिन चीख़ें सुनकर बाहर आईं तो देखा—जयपाल ने तोप के मुँह पर दो लड़कों को बँधवा रखा है। एक ने मटर की लता उखाड़ी थी, दूसरे ने बरम्ह बाबा के पीपर का टेरा काटा था। बाप से सुन रखा था कि जिस तोप से आज भैंस बाँधी जाती है, उसी के मुँह पर अपने खानदान वाले बाँधकर तोप से उड़ा दिया करते थे सन् सत्तावन के बागियों को। ठकुराइन ने आकर दोनों लड़कों को छुड़ाया था उस दिन लेकिन कुछ ही दिनों बाद जब घर में फ़ाक़ा देखकर कुँवर महरिन की बेटी कलवतिया पर चढ़ बैठे तो वे उन्हें रोक न सकीं, कारण उस दिन वे बरम्ह बाबा को 'रोट' चढ़ाने गई हुई थीं। कलवतिया की माई ओरहन लेकर आई तो राजा साहब ख़ुश हुए, रानी साहिबा उदास; दोनों ने सुहैल को अलग-अलग बुलाकर एक ही हिदायत दी, "देखना, कुँवर जवान हो गए हैं, इनका खयाल रखना।"

और सुहैल ने इस जवान कुँवर का ऐसा ख़याल रखा कि उन्हें अनुमान भी न था।

इश्क में कोई हमसे न पूछे।
किस कदर चोट खाए हुए हैं।

कोई सुरीला नारी-कंठ रूमानी अन्दाज़ में बयाँ कर रहा है। रुपई, अम्मर और गाँव के नए रंगरूटों के साथ एक अन्य युवक भी झूम रहा है—कुँवर जयपाल सिंह! तबले की ताल पर नाच रही है जौनपुर की पतुरिया कनकलता। झूमते-झूमते

सहसा रुपई उठे, "हम पढ़े-लिखे एस्टूडेंट लोग हैं, फूहर-पातर नहीं, कोई ऊँची चीज बोलेंगे।"

और हाथ हिलाकर उन्होंने कनकलता की तारीफ़ में कशीदे कस दिए—

"कनक छरी-सी कामिनी, काहे को कटि क्षीण।

"काहे भैया, काहे?" जमूरों ने पूछा।

"सब हमीं बतावें और तुम सब क्या यहाँ 'लाँ...' चाटने आए हो?" जमूरों ने सरेंडर किया तो उस्ताद ने कहा, "चलो इस दफा तो माफ किया मुदा अगली बार पूरा ('पूरा' को शोले के गब्बरी स्टाइल में) कोकशास्त्र न पढ़कर आए तो क्लास से निकाल दिए जाओगे।" उस्ताद ने समस्या-पूर्ति पूरी की।

"कटि का कंचन काट विधि कुचन मध्य भरि दीन! कुच माने?"

"चूँची-ई-ई-ई!" समवेत उत्तर। दोस्तों ने दस-दस रुपये वार कर कनकलता पर न्योछावर कर दिया, तबला फिर 'धिनिक-धिनिक...धा-धा' बज उठा और साथ ही खनक उठे कनकलता के घुँघरू—

ऐ लहक अपनी मिट्टी से कह दे
दाग़ लगने न पाए कफ़न को,
आज ही हमने बदले हैं कपड़े,
...
आज ही हमने बदले हैं कपड़े,
आज ही हम नहाए हुए हैं...।

रस से सराबोर जयपाल अभी कव्वाली पर पेंगें ले ही रहे थे कि रसभंग। दो लठैतों ने दोनों ओर से उन्हें उठा लिया और कोठी में लिवा आए।

राजमाता ने सुहैल को कसकर धमकाया, "हमें मालूम है कि तुम्हीं ले गए थे मेरे बेटे को उन लुहाड़ों की महफिल में और ये भी मालूम है कि किसके कहने पर तुमने ऐसा किया। लेकिन एक बात जान लो, अगर गलती से भी मेरा बेटा ऐसी जगह दोबारा गया तो तुम्हारी खैर नहीं।"

"हम का करें हजूर, ऊ तो राजा साहब का फरमान था..."

"ऊ सब हम नहीं जानते सुहैल, मुदा एक बात जान लो, वैसे तो भूत-भवानी की किशनगढ़ में कौनू कमी नहीं है लेकिन 'मजार' अभी तक नाहीं बनी, फिर मेरे बेटे को बिगाड़ा तो जान लो, पहली मजार तुम्हारी ही बनेगी।"

काँप गया सुहैल, "ना मतवा, ना हजूर, कसम लेइ लो...।"

उदास चेहरा लिये इस पार से उस पार डोलते रहते जयपाल। ऐसे ही एक दिन कजरी बाग में अपनी मोटरसाइकिल से गुज़र रहे थे कि इनरपति सिंह ने रोक लिया। बाइक सुहैल चला रहा था पीछे-पीछे कन्धे पर बन्दूक लिये जयपाल।

"आओ कुँवर आओ, तनी पानी-वानी पी लो। ई कइसा चेहरा लिये गाँव में डोल रहे हो?

चक्रवर्ती के लक्षण तोरे, देखत दया लागि अति मोरे।" कलिका दुबे ने बाक़ायदा रामायण की चौपाई से उनकी आरती उतारी।

चाय की दुकान पर राजा गोसाईं समेत गाँव के कई बड़कवे थे।

"अहेरिन के गाँव के आप ठहरे सबसे बड़े खानदानी अहेरी। आपकी शान से शान बनती है हमारी...मगर यार, वो क्या है कि आपका अहेर कुछ जमता नहीं।" इनरपति रसा-रसा कर बोल रहे थे। कुँवर के गाल पृथ्वीराज चौहान-से फूल गए, मूँछें साही के काँटों की तरह खड़ी हो गईं, आँखें छिटक पड़ने को बेताब। पूछा, "कैसा अहेर देखना चाहते हैं आप?"

"कैसा बताएँ...? अब बाघ, सिंह तो रहे नहीं, ले-देकर बचा एक हिरण!"

सुहैल ने मोटरसाइकिल आगे बढ़ाई। सीने में एक जलती चुनौती लिये पीछे सीट पर बैठते हैं कुँवर जयपाल सिंह, "आपकी शान से शान बनती है। हमारी...न! शान नीची नहीं होने देंगे किशनगढ़ की। बाघ भी मारेंगे, सिंह भी पर पहले तो हिरण!"

"वो रहा हिरण।" सुहैल के मुँह से जैसे हिरण ने छलाँग लगाई हो।

"पर वह तो महंथ जी का हिरण है, मारने पर पाप लगेगा।"

"और वे जिस हिरन की छाल की आसनी पर बैठते हैं वो कहाँ का है?" सुहैल ने पूछा।

"यहीं का मारा हुआ था?"

"ना, बिलायत से मँगाया हुआ था।" सुहैल ने तंज कसा, "आप बेफिकर रहें, हम उसे लाकर ढकुलाही में ऐसे छोड़ देंगे कि लगेगा कि जंगल का हिरन है। जब तक पता चलेगा, आप हिरन का शिकार कर चुके होंगे।"

और कहीं हमरे नाम पर औरों की तरह कुत्ता पोस दिया तो?"

"वो दिन गए जब खलील मियाँ फाख्ता उड़ाया करते थे। जब से लकवा मारा है, मू से बकार फूट जाय, वही बड़ी बात! उनका आबाद किया हुआ कुत्तों का किशनगढ़! उसे भी लकवा मार गया।"

जहाँ-तहाँ सरपतों के जुट्टे उनके बीच कठजामुनों, सिंहोर, चिलबिल, कीकर-बबूल, झाल-मकोय, ढेरा-अडूस, करौंदे और ढाक के छोटे-बड़े पौधों का जंगल। इस जंगल में सुहैल लाकर छोड़ गया है हिरण-शावक को। अब उसने जयपाल के हाथों में बन्दूक थमाकर कहा, "लीजिए बन्दूक में गोली है और जंगल में हिरन, कर लीजिए शिकार।"

जयपाल ने दाईं आँख बन्द कर बाईं आँख से निशाना लेकर ट्रिगर दबाया—"धाँय!" ढेर सारे परिन्दे उड़ गए चीख़ते हुए, मोर डरकर पेहाँक-पेहाँक

करने लगे। और सब कुछ हुआ, मगर हिरण...? "नहीं, छलाँग लगाकर भाग गया स्साला!"

"कहाँ गया?"

"भागकर जा छुपा होगा दूसरे झुरमुट में।"

सुहैल ने दूसरा कारतूस भरकर थमाई बन्दूक। घात लगाकर दूसरा फायर—धाँय!"

फिर छलाँग लगाकर भाग गया हिरण। आगे से बढ़कर घेरते हैं, "साला जाएगा कहाँ!" अब शिकार और शिकारी में आक्रमण और बचाव की खुली जंग छिड़ गई। वह भाग रहा था, वे खदेड़ रहे थे। करौंदे, झाल, मकोय, कीकर, बबूल और दूसरे पेड़..., सरपतों की झौंराई झोंपें, आकाश में चक्राकार उड़ती चीलें, कौए और टीं-टीं करती टिटिहारियाँ सब मानो उपहास कर रहे थे। झोंप में बैठे दो मोर निकलकर भागे, फिर एक गोह, एक बनबिलाव और एक साँप...! लेकिन उन्हें हिरण, सिर्फ़ हिरण चाहिए था। दोनों की प्रतिद्वन्द्विता चरम पर थी। यह साला अदना-सा हिरण का बच्चा उन्हें चैलेंज पर चैलेंज दिए जा रहा था।

"धाँय!" तीसरा फायर!

"यह फायर भी मिस हो गया। जाने कहाँ गायब हो गया साला!"

"..."

"सुहैल, कारतूस भरो!"

"ना, बाबू साहब ना, सुहैल बन्दूक को छुपाने लगा। रोष से देखा जयपाल ने सुहैल को, "यह क्या हरामीपना है!"

"माफ किया जाय बबुआन! अल्लाहताला ने तीन-तीन बार बख्श दिया है उसे आपकी गोलियों से।"

"मतलब?"

"मतलब, अल्लाह ताला को मंजूर नहीं है इसका मारा जाना।"

वे तनिक दुबिधा में पड़े। पलटकर देखा तो हिरण-शावक उनके पैंट के पायँचे को चाटते हुए उनके ऐन पीछे खड़ा था। सुहैल ने हाथ से बन्दूक ले ली—"आपने बहुत से शिकार किए हैं, मगर एक शिकार की जान बख़्श कर जो शबाब लूटा है, वह सब पर भारी है।"

जयपाल तनिक गम्भीर हुए—"मरना तो इसे हई है, मेरे हाथों न सही, किसी दूसरे के हाथों...। रुको, लगता है प्यासा है।" उन्होंने थर्मस से पानी निकालकर हिरण के सामने रख दिया और चुपचाप उसका पानी पीना देखते रहे।

सुहैल के कन्धे पर बन्दूक, कारतूस की पेटी और थर्मस टँगे थे और गोद में हिरण-शावक, हवेली के कुत्ते भौंक पड़े—"भौं! भौं! यह कौन है!, यह कौन है!"

जल्द ही हिरण इतना परच गया कि जयपाल जहाँ-जहाँ जाते, वहाँ-वहाँ उनके पीछे हो लेता। छंगू के पीछे-पीछे रूदल भेड़ा चलता तो जयपाल के पीछे-पीछे

हिरण। भूलने-भटकने से बचाने के लिए रूदल के गले में घुँघरू बँधे थे और हिरण के गले में भी—हिरण, जिसके एक सिरे पर कुँवर की करुणा थी और दूसरे पर उनकी घृणा।

बड़ी अजीब और अटपटी बातें हो रही थीं उन दिनों। सुहैल मुर्ग़े को जबह करने के लिए 'दाव' पहँट (पजा) रहा होता और सामने से हिरण आ धमकता तो वह दाव रखकर पहले शावक को दूध-पानी पिलाता, फिर दूसरे काम में हाथ डालता।

गोमती के किनारे घटवार की मड़ई हो या कजरी बाग की बैठकी, किशनगढ़ के अहेरियों में इस बात पर गम्भीर विमर्श होता—किसने किसका अहेर किया?

"बचपन में ही साँप ने डस लिया था कुँवर को।"

"साँप ने नहीं, बाप ने डसा था।" कलिका पंडित कहते।

"कुछ भी हो, शिकार तो कुँवर का ही हुआ, पहले बाप ने शिकार किया फिर माँ ने...।"

"माँ ने?"

"हाँ! बाप बनाना चाहते थे बदमाश, माँ बनाना चाहती थी धर्मात्मा, किसी ने जयपाल से नहीं पूछा कि तुम क्या बनना चाहते हो।"

एक शिकार और बड़े-बड़े दावे—किसने किसको मारा।

"न सिर्फ साँप ने, न सिर्फ बाप ने, न सिर्फ माँ ने, बल्कि हिरण ने भी शिकार किया कुँवर का। छलनी कर दिया अहेरी के गुरूर को।" चाँदनी ने बाद में टिप्पणी की थी।

यह सारी बतकही छन-छनकर आती रहती कुँवर के कानों में। सुनते और गुनते रहते, मार ही डालें क्या इस कमबख़्त को? यह जब तक ज़िन्दा रहेगा, उनकी असफलता की याद दिलाता रहेगा। फिर जाने क्यों महटिया जाते। ठीक-ठीक समझ नहीं पाते कि हिरण से घृणा करते हैं या प्रेम। उन्होंने जीवन में न जाने कितने शिकार किए होंगे पर एक अदने-से हिरण ने उन्हें पस्त, परास्त और पराभूत कर दिया था।

12

बाढ़ घटने लगी। गोमती के पेट से ज़मीन निकलने लगी, जैसे गाय ब्या रही हो धीरे-धीरे—अकस-पकस और छटपटाहट। गीध की तरह दो अहेरी, इनरपति सिंह अपनी कोठी से और रुद्रपाल सिंह अपनी हवेली से दूरबीन से देख रहे हैं।

जहाँ भी दो-चार जन जुटते हैं चर्चा छिड़ जाती है।

इनरपति सिंह का बैठका। ताश जमा है इनरपति और रुद्रपाल में। दो ठाकुर ताश खेल रहे हैं, नहीं, गोमती के दो किनारे ताश खेल रहे हैं।

"जब दो बड़मनई लड़ रहे हों तो हमरे-तुमरे जैसे दुग्गी-तिग्गी को बीच में नहीं बोलना चाहिए।" एक टिप्पणी।

"सँभलो ठाकुर!" रुद्रपाल सिंह रंग के पत्ते को ऐसे पटकते हैं जैसे वह ताश नहीं गोजी हो।

आँखों ही आँखों में हँसते हैं इनरपति सिंह, "अब अहेर के तरीके बदल गए हैं राजा साहब।" पत्ते को ज़ोर से उठाया मगर धीरे से रख दिया।

हार गए पुराने राजा।

जीत गए नए राजा। उठ खड़े हुए राजा रुद्रपाल सिंह, "ताश और जुए से नहीं हल होते ऐसे मसले।"

"ताश से नहीं?"

"ना।"

'फिर कैसे?"

"लाश से। बाकायदा मार होगी मार! वह भी बद कर।"

"वो भी होइ जाय। बोलो—कब, कहाँ।"

रुद्रपाल ने तनिक सोचा फिर कहा, "दशमी के दिन, तीसरे पहर, उसी जमीन पर।"

और रणभेरी बज उठी। रणनीतियाँ तय की जाने लगीं। उस पक्ष से कौन-कौन रहेगा और इस पक्ष से कौन-कौन...न न न्यूटरल (न्यूट्रल) बनने से काम

नहीं चलेगा। ज़मीन लेनी है तो एक न एक पक्ष में शामिल तो होना ही पड़ेगा। न लेनी हो तब भी...आख़िर किशनगढ़ में रहना है कि नहीं? अभी पानी ढबइल है, फरियाने दो कि कौन किधर रहेगा, कौन किधर। तब जाकर तय होगा कि किससे कैसे निबटा जाए, किससे कैसे।

गोमती की छाड़न की सलेटी रेत पर पसरे पड़े हैं इस पार के अहेरी। फ़िलवक़्त यही उनकी हल्दीघाटी है, यही पानीपत और यही कुरुक्षेत्र!

कुरमुरा रहे हैं मटरू! छाड़न के उस पार टीले पर पूड़ी-दही-बुँदिया और कलेजी बँट रही है। मगर इस पार इनरपति सिंह जैसे कंजूस ठाकुर से लाई-चबेना गुड़ से ज़्यादे की उम्मीद नहीं। भला चना-चबेना पर मार करेंगे! तो फिर गाढ़े दिनन की पूँजी की तरह क्या निकाला जा रहा है—सत्तू! हाँ सत्तू! सानेंगे किसमें! यह देखिए, गमछे को गोमती माई के पानी में फैलाया। साफ़ पानी छनकर ऊपर आ गया अब उसमें सत्तू—नमक मिलाकर सत्तू सान लिया। प्याज आते समय किसी के खेत से उखाड़ ली थी। पत्ते नोचकर फेंक दिए "सतुआ के साथ पियाज मिल जाय तो छप्पन भोग फेल!" कौन टिपोरी कस रहा है? मटरू ने चौंककर देखा तो लुटई थे। दही-पूड़ी-बुँदिया-कलेजी के लोभ में नाव से उस पार जा रहे हैं—राजा साहब के दल की ओर'। लड़ाई और युद्ध सिर्फ़ लाठी-गोली और गुलेल से नहीं लड़ी जाती, भूतों से भी लड़ी जाती है। मटरू के भूत-परेतों से लड़ेंगे लुटई के भूत-परेत!

सत्तू खाकर गमछे का छाना हुआ पानी पशुओं की तरह मुँह लगाकर पिया और ज़ोरों से डकार ली। अब उन्होंने गमछे को धोकर रेत पर फैला दिया है। गमछा सूख जाए तो बिछावन का काम करेगा जिस पर छाँह में तीन बजे तक नींद ली जा सकती है। लेकिन युद्ध के मैदान में भला नींद किसे आती है! वे कोई नेपोलियन तो हैं नहीं कि घोड़े की पीठ पर बैठे-बैठे ही सो लें। मटरू सटकार रहे हैं—"हमरी तरफ से दरोगा जी आइ रहे हैं, पाँच खून माफ कइके सरकार उनको छोड़े हुए है—जीयो ज्वान! दूनों तरफ नावें तैयार हैं। गौरमिंट बोली है, जमकर मार करो। आज पँचबजवा रेलगाड़ी तब तक नहीं हिलेगी जब तक कुलि लहास और घायल न लदि जायँ। अस्पताल में डागडर और नर्स उज्जर कपड़ा पहिन के आला-साला लगाइ के औजार-सौजार, मरहम-पट्टी लेइके सूई में दवाई भरकर इन्तजार कर रहे हैं।" घड़ी देखकर इनरपति सिंह सबको सजग कर गए—आधा घंटा बाक़ी है तीन बजने में, सिर्फ़ आधा घंटा! गमछा झाड़कर खड़े हो गए मटरू, जैसे पंख झाड़कर पखेरू। सुरती निकाली चुनौटी खोली। हाय चूना तो सूख गया। माँगें किससे? बगल से गुज़रते हुए चैतू बाबा ने देख लिया सो अपनी चुनौटी खोलकर सामने कर दी। असगुन! लेकिन अब तो फँस गए हैं, लेना ही पड़ेगा। खैनी बनाई। चूना झाड़ा। खैनी होंठों में दबाई। अब गमछा पगड़ी बन गया है—लाठी का कवच। फिर अपनी-अपनी गोजी परखी गई। बल्लम परखे गए। गुलेल परखे गए।

उस पार भी एक-सा नज़ारा।

"बोलो-बोलो महाबीरन स्वामी की जै।"

"जै!"

"पंचवीर की जै।'

"जै!" दोनों ओर से जैकारे। देवता साझे हैं, सौ जैकारे साझे पर वार अपना-अपना।

पर हाय! सारा इन्तज़ाम धरा का धरा रह गया। उस दिन मार न हो सकी। पुलिस आ गई।

मटरू ने लुटई को बताया, "हमें तो तभी शंका हो गई जब चैतू बाबा हमें चूना दिए। मार होती कैसे जब पहिले ही असगुन हो गया।"

लेकिन मार हुई। अपने ढंग की निराली मार। मार नहीं अहेर! अहेरियों के गाँव का अनूठा अहेर! तीन महीने बाद!

"उस दिन क्यों न हुई?"

"वो इसलिए कि..." फुसफुसाहटों, कानाफूसियों में राज धीरे-धीरे खुलता है...।

राजा रुद्रपाल सिंह ने जिस दरोगा साहब के बल पर रण रोपा था, वे राघवेन्द्र सिंह उनके ख़ास भगिने, उस दिन ख़ुद मार रोकने के लिए पुलिस के जवानों के साथ आए थे। वो इसलिए कि ऐन वक़्त पर जेहल और पता नहीं कहाँ-कहाँ से जिन छँटे बदमाशों को चुन-चुनकर लाने वाले थे, वे आ ही नहीं पाए। उधर इनरपति सिंह ने दरोगा साहब के बदमाशों का करारा जवाब देने के लिए अपनी पगड़ी रामूसिंह डकैत के पाँवों पर रख दी थी जो झरिया-धनबाद से गुंडे ले आए, दरोगा को अपना पलड़ा हल्का लगा तो डाकू पंचम पासी को बुला लिया। माने सावन से भादों दूबर नहीं, इधर भी डाकू, उधर भी डाकू!

गाँव वाले मूँड़ी मटकाते हैं, "क्या बूझे? किशनगढ़ की मरजाद हमरे-तुमरे जैसे लल्लू-पंजू से नहीं बनती। वह बनती है दरोगा साहब, धनबादी शूटरों रामूसिंह और पंचम पासी जैसे खूँखार डकैतों से जिनके नाम पर लोग छर्र-से पेशाब कर बैठते हैं, छर्र से!" तीन महीने बाद फिर बदा-बदी हुई। लाठियों को फिर से तेल पिलाया गया। औजारों के ज़ंग फिर रगड़-रगड़कर छुड़ाए गए। शराब पानी की तरह बही। फिर से मार का रिहर्सल हुआ—बाभनों को पैलगी कर 'सम्हरो महराज,' कहकर पैंतरे चले जाएँगे। ठाकुरों को 'जैरमी' करके 'सम्हरो राजा' कहकर। मगर! दोहाई महाबीरन स्वामी की, उन्होंने फिर आँधी-पानी भेज दिया। पंचम को वार करने का मौक़ा ही न मिला। उस हरहराती आँधी में कोई कहाँ गया, कोई कहाँ गिरा...। शुकर था, मरा कोई नहीं। दरोगा रामू को पकड़वा पाए तो बलात्कारी मुद्रा में सिपाहियों ने बेचारे का मुँह खोल दिया और दरोगा ने छर्र-छर्र पेशाब कर दिया उसके मुँह

में और रामू ने इसका ऐसा बदला लिया कि उन्हें सात जनम तक सालता रहेगा। उसने राघवेन्द्र की बेटी, माने रुद्रपाल सिंह की भगिनी को भगाकर पंचम के साथ ब्याह दिया।

"दोनों में कौन भारी रहा?" बुझौवल बुझाते हैं अहेरी।

"रामूसिंह।" जवाब देते हैं अहेरी।

सान्त्वना देने वालों के बीच रुद्रपाल सिंह सिर झुकाकर बैठे थे, "साला पंचमवा ठाकुर गिनाता है अपने को बीहड़ों में।"

यह कुछ अचरज की बात नहीं। जिस संस्कृति को उन्होंने पाला है, वही डसती रही है उन्हें, मगर मोह है कि छूटता नहीं। यहाँ कुत्ते को बारह, सियार को तेरह, और क्षत्रिय को अठारह साल तक ज़िन्दा रहने का विधान है! क्या शानदार विधान! कदली के वन में मेढक बोलते हैं तो हाथियों के पाद बन्द हो जाते हैं, हाथियों के घंटे घहराते ही गर्भपात होता है, घोड़ा कई योजन उड़ सकता है। देश, जाति नहीं, सिर्फ़ एक शेखी या एक हिरण्यमयी राजकुमारी के चलते, जान पर खेल जाने वाले मिथकीय योद्धाओं का आल्हा रग-रग में समाया है अहेरियों की। खाट के सिरहाने बाभन, पैताने ठाकुर, जाज़िम पर बाक़ी अहेरी आल्हा सुनते हुए वीरता के कड़ाह में उबलते रहते हैं।

बड़की ठकुराइन (जयपाल की माँ) आईं, भरभराकर सब खड़े हो गए। न कुछ पूछा, न पछोरा, बस थूककर चली गईं।

तिरस्कार बहुत भारी पड़ा।

राजा रुद्रपाल सिंह फिर सिर न उठा पाए कभी। दिन-ब-दिन घुलते गए, घुलते गए। भला उनकी अपनी भाँजी को नीच जाति का डाकू भगा ले जाए! अभी ज़िन्दा ही बचे हैं वे!

इनरपति सिंह समेत गाँव के सारे मानिन्द लोग एक-एक कर आए सान्त्वना देने उनके पास। रुद्रपाल सिंह ने आहत नज़रों से उन्हें देख कुछ कहना चाहा, कह नहीं पाए। कहा बड़की ठकुराइन ने, "अब तो छाती जुड़ा गई?"

इनरपति सिंह की आँखें झुक गईं, कलिका दुबे से उधार ली हुई चौपाई से नज़र उतारी,

जौ जनतेउँ बन बन्धु बिछोहू
पिता बचन मनतेउँ नहिं ओहू।

"आप बेफिकर रहो। आज से पंचमवा पहिले हमार दुश्मन, फिर आपका।"

और एक दिन घोड़ी पर आ रहे थे कि हरिया के खोदे गए एक कोनसले में घोड़ी की टाँग जा फँसी। बुरी तरह घायल हो गए राजा साहब। उनकी घोड़ी भी। अचानक बुधई की नज़र पड़ी तो उठा-पठाकर लाए गए।

जब हम किशनगढ़ आए तो इधर उनकी उजरकी घोड़ी की साँसें गिनी जा रही थीं, उधर उनकी। इधर दूर-दूर के गिद्ध महाभोज की प्रतीक्षा कर रहे थे, उधर दूर-दूर के बाभन!

ध्वस्त राजमहल से कुछ आगे अतिथिशाला पर कंक्रीट और पलस्तर के पैबंद जोड़-जोड़कर इंटर कॉलेज चलाया जा रहा था। कक्षाओं के कमरों की बाक़ी समस्या फूस के छप्परों में बेंच डालकर हल कर ली गई थी। यहाँ बम्बई और दिल्ली के फ़ैशनों की तलछट के मानिन्द बड़े घरों के कुछ एक लड़के भी दिख जाते हैं और कचरा (पशुशाला का कचरा) निकालने, सनई धोने, चरी या गन्ने का बोझ काटकर लाने जैसे गृहस्थी के कामों को निबटाकर आने वाले संक्रान्ति काल के गँवई लड़के भी। अवधी के माध्यम से अच्छी शिक्षा देने वाले पाठक जी भी हैं और चुस्त जीन कसी घोड़ी से अंग्रेज़ी के माध्यम से सिर के ऊपर से गुज़र जाने वाले लेक्चर के लेक्चरर गुप्ता जी भी।

सबसे पहले खटारा साइकिल पर पाँव रोककर चुँधिआई आँखों से देखा परमानन्द वर्मा ने। अभिवादन करने के बाद संशय और जिज्ञासा में बूड़ता-उतराता आगे बढ़ गया। इस तरह कई खटारा और ब्याह में पाई नई साइकिलें ठमकीं और मुड़-मुड़कर पीछे ताकती हुई चली गईं। सबसे अन्त में मिले एक मोटरसाइकिल पर रुपई और हरिया—दोनों कॉलर वाले कुरते, तंग मोहरी के पाजामे के नव-नेता के परिधान में।

"अरे भैया! फेरि मिलब!" अभिवादन किया, आए और गए। यह वही जगह थी, जहाँ कभी छैलों के घोड़े हिनहिनाकर सामने की दोनों टाँगों को उछाल देते और उसके बाद उसी आतंककारी कलात्मक अन्दाज़ में 'कड़वच-कड़वच' करते हुए आगे की ओर निकल जाते। अंग्रेज़ चले गए मगर शासक बनने का सपना पाले ये नव-अंग्रेज़ तो हैं। वही जगह है, वही मुकाम, सिर्फ़ वक्त के सूरज ने उन गोरे चेहरों को तनिक काला कर डाला है।

मकदूमपुर और किशनगढ़—दोनों गाँवों के बीच एक कॉलेज! सो हमेशा ठनी रहती है। मकदूमपुर के परधान रामइकबाल सिंह कहते हैं—

"खुद को अहेरी बताते नहीं थकते ये साले किशनगढ़ वाले जबकि दर हक़ीक़त ये सौ साल पहले राजा साहब के अहेर के हाँका करने वाले मजूर थे। अभी भी सुन लो—आइ गए भयवा। जाइ न पावै बाबू? अरे मार रे मार। हुँह! झाँट भरे की साही भले न मार पावें, हल्ला मकदूमपुर तक सुनाई पड़ेगा।"

कॉलेज! जाति-व्यवस्था की भिंची मुट्ठी में कसमसाता उपादान! एक महत्त्वपूर्ण पॉवर प्वाइंट! पैसा और रुतबा दोनों ही। इस पॉवर प्वाइंट पर क़ब्ज़ा करने की होड़ लगी रहती है। राजा साहब की ज़मीन, राजा साहब के भवन मगर मैनेजरी जैसी छोटी चीज़ के लिए लड़ना अपनी तौहीन समझते हैं राजा साहब, सो जागीर के रूप में यह अधिकार उन्होंने मकदूमपुर के रामइकबाल सिंह को दे दी है और रिमोट

कंट्रोल से पॉलिटिक्स करते हैं। इनरपति सिंह से चल रहे शीत-युद्ध में इस पॉवर प्वाइंट पॉलिटिक्स की भी अहम भूमिका है। उस बार इकबाल सिंह ने अलग चाल खेली—मैनेजरी के लिए खड़ा कर दिया किशनगढ़ के फोन्नन सिंह को। सावन से भादों दूबर कहाँ? इनरपति सिंह ने उस चाल की काट ढूँढ़ ली, ठाकुरों के साथ-साथ ब्राह्मणों का भी साथ पाने के लिए खड़े किए गए बेचारे शुकुल जी—राधा के पति ब्रह्मचारी जी के भगिने; एक गाँव भर के फोफ्फा (फूफा), दूसरे गाँव भर के बहनोई! दोनों नवासों को कठपुतलियों की तरह गाँव के दो बड़कवे नचाते, खेलाते रहे। पॉवर प्वाइंट पर क़ब्ज़े के खेल-खेल में शुकुल जी मारे गए। राँड़ हो गई रधिया! तब से राजा कक्का इसे 'जिउधारी कवलेज' कहते हैं। फोन्नन सिंह का शिकारी भेस उतर गया और घायल नकटा चिरई की तरह उन्होंने फड़फड़ाते हुए तभी से खटिया पर टट्टी-पेशाब करते-करते दम तोड़ा।

यह दो वर्ष पहले की कथा है, आज की कथा कुछ और है।

कलिका दुबे रोज़ शाम को कथा सुना जाते कि किस तरह "इन दिनों इम्तहान चल रहे हैं। बड़े-बड़े योद्धा आए हुए हैं अपने-अपने बेटे-बेटियों को भवसागर से पार उतरवाने के लिए। ठाकुर ठाकुर की मदद कर रहा है, बाभन बाभन की, कायस्थ कायस्थ की, अहीर अहीर की...। सेनाओं और सैन्य सामग्री का भी समीकरण और समझौतों के तहत आदान-प्रदान!"

कॉलेज के ठीक सामने पगडंडीनुमा सड़क की दूसरी ओर गिरे-पड़े मकान पुरानी बाज़ार की शिनाख़्त देते खड़े हैं। इन खँडहरों का इतिहास मुझे नहीं मालूम लेकिन खँडहर मुझे डराते हैं। कई वर्ष पहले चरवाहों द्वारा खेल-खेल में उछाली गई झुलसी पंजे की खोल आज भी ऐसे चौंकाती है जैसे वह घटना कई वर्ष पहले नहीं, मेरी आँखों के सामने घट रही है—आज और अभी। रतिया! शायद यही नाम था उस दग्ध यौवना का। जगजीत की बहन रतिया। खँडहरों से दूर कुर्मियाने तक अनजाने ही राह खुलती जाती है आँखों के सामने।

महुआरी के बीच बँसवारी के झुरमुट से रह-रहकर वह चूना पुता खपड़ैल झाँकता है। परदा बन्द होता और खुलता है। उसी रहस्यमय लोक से सफ़ेद साये की तरह बढ़ी आती थी रतिया मेंड़-दर-मेंड़, खुटिहान-दर-खुटिहान, साँप-बिच्छू, कुश-काँटे से बचते-बचाते बरम्ह बाबा के चौरे पर 'दोख' उतरवाने। बरम्ह बाबा की ओर जाती डगर कब भटक गई और दल से कब छिटक गई—इसका ठीक-ठीक पता नहीं। सब कुछ आहिस्ते-आहिस्ते हुआ होगा और एक दिन धधक उठे होंगे ये खँडहर। चमरौटी में उस रात सूअर का नहीं, एक औरत का अहेर किया गया था—दोनों ओर से खदेड़कर गर्म राड से बेधना...। पंचायत का यही फ़ैसला था। चर्र-चर्र जली होगी घास, चर्र-चर्र जले होंगे बाल, सों-सों सनसनाई होंगी हरी टहनियाँ, सों-सों सनसनाया होगा जवान औरत का चाम। चट-चट चटकी होंगी

लकड़ियाँ, चट-चट चटखी होंगी हड्डियाँ। केरोसिन की गन्ध में जलती नारी-देह की गन्ध घुलकर एकाकार हो गई होगी। उस दिन कोई सामान्य अहेर नहीं, एक औरत भूनी गई थी गाँव में मरजाद की आग में।

इसी रतिया को उसके मृतक पति के साथ जीवित जलाया गया होता तो यह सती माई कहलाती। लेकिन अपने फ़ौजी पति की अनुपस्थिति में ज्योतिसी बाबा द्वारा भ्रष्ट की गई रतिया ने एक ग़लत-सही राह ढूँढ़ ली, तो गाँव की नाक कट गई। परिवार कलंकित हो गया। बिरादरी ने बहिष्कार किया और वापसी तभी होती जब रतिया से मुक्ति मिलती। एक तरह से शुद्धि-यज्ञ में हवन हो गया 'पापिन' का। ज्योतिसी बाबा ने ही दो बार हमल गिरवाया था। आज वह सती नहीं, एक चुड़ैल है और वे इस चुड़ैल का साया उतारते हैं अन्य औरतों पर से। उसके बहादुर फ़ौजी पति गाँव भर में दुहाई दिए फिरते हैं कि उनकी पत्नी को जलाकर मारने के पीछे असल मकसद उसका हिस्सा हड़पना है। इसके पहले पत्नी को पतिता कहकर अपने घर से बाँह पकड़कर 'खर-खर-खर-खर' खींचकर उन्होंने ही घर से निकाल बाहर किया था। ससुराल की वही प्रक्रिया मायके में भी दुहराई गई। आग के समन्दर में तैरते पंजे की यह खोल मानो 'त्राहिमाम' कह रही थी—कोई उसे बचा ले!

भीट पर खड़ा हूँ। झलक रहे हैं राजमहल के भूतीले खँडहर। जंग खाई तोप अब भी मलबों के बीच उभरी पड़ी है मृत सामन्तवाद के डायनासोर की रीढ़ की तरह। उस पर बैठकर कितनी ही बार मैंने सुनी है नए अहेरियों से पुराने अहेरियों की प्रशस्ति-गाथा। अक्सर सुनते-सुनते वे बुर्ज, वे अटारियाँ, वे झरोखे अपनी क़ब्रों से उभरने लगते। बताने वाले की मुद्रा में कौंधने लगती झरोखों से बन्दूक ताने स्वामिभक्त अहेरियों की तत्परता। जाति-बिरादरी, और शेखी की ललकार पर, एक-दूजे पर दाँत कटकटाते, शोषकों के प्रलोभन पर पूँछ हिलाते हुए। इनमें से कितने अपने-अपने ज़ख़्मों को चाटते, दर्द से बिलबिलाते कुत्ते की मौत मरते हैं।

सुबह-शाम, दो-दो बार यह तोप दगती तो दो-दो कोस तक के गाँव दहशत में हिलकोरे खाने लगते। कुँवर की हत्या के प्रसंग पर अक्सर भावुक होने लगता तो जय मेरे लद्धड़पने पर कुढ़कर पूछ बैठता—"कुँवर की नजर विदेशी अहेरियों पर तो गई मगर अपने देसी अहेरियों पर क्यों नहीं गई?"

सामने 'हत्याहरणा' आ गया। गँधाती काई का नीला पानी—ठहरी हुई संस्कृति के सड़े पानी का मोह! इसमें नहाकर हत्या का पाप धोया करते हैं अहेरी! मैं एक ढेला उठाकर फेंकता हूँ, खूनी लहर का वृत्त फैलकर किनारों की ओर बढ़ता है, दूसरा ढेला, दूसरा वृत्त, फिर तीसरा...फिर...हर बार कुछ अस्पष्ट भूतीली आकृतियों के अक्स उभर आते हैं। मैं आहत नज़रों से देखता हूँ कुंड को। यह कुंड कभी सूखता नहीं। हर बार रक्त पीकर इठलाता रहता है। कलिका पंडित ने कभी कहा था, "मेरे पास सामर्थ्य होती तो समूचे किशनगढ़ को इसी कुंड में भाठ देता!"

"खून को धोने का इतना मुकम्मल इन्तजाम...और आँसुओं को पोंछने का...?" चाँदनी ने पूछा था।

परिचित परिदृश्य के बीच अजनबी-सा चला जा रहा था कि भेड़-बकरियों की मिमियाहट पर चौंककर देखा—सामने आ गया है गड़रान। खाँचे में ढके मेमनों की पुकार ताकि कोई जानवर उन्हें खा न जाए! तोप दगने के दिनों में भी सबसे ज़्यादा हड़कम्प मचता भेड़ों-बकरियों में ही, कुछ दूर तक जान लेकर भागतीं। गड़रियों को काफ़ी मशक्कत उठानी पड़ती उन्हें फिर से सहेजने में। इसका लाभ उठाकर भेड़िये या कोई और उठा ले जाता उन्हें। मेरी नज़रें झिनकू भैया को ढूँढ़ती हैं जो शहर की प्रत्येक बात को मुँह बाये सुनते रहते और वह मुँह जब हमारी ज़िद पर भेड़ियों की दास्तान सुनाने के लिए खुलता तो एक ही बात पर आकर टेढ़ा होता "भैया बड़ा नाम है हमरे गाँव के अहेरिन का, मुदा एक्कौ दाँय केहू के बन्दूक नाँय उठी बड़कवा सियारे (भेड़िये) की ख़ातिर!"

मटरू, लुटई की तरह उन्हें भी भूत-पिशाचों की ख़ासी पहचान थी। रातों को जब लोग उनसे अपने खेत की पैदावार बढ़ाने की ख़ातिर 'भेड़ बैठवाते' तो भेड़ों से निगाह हटाकर वे आसमान के तारों को देखा करते। उनके हिसाब से रात को भूत-परेत आकाश के रास्ते इस पार से उस पार आया-जाया करते हैं। माने जिसे 'आकाश-गंगा' कहते हैं, वह दरअसल भूतों का रात का रास्ता है। चिलचिलाती दोपहरी में लू से बचने के लिए कम्बल लपेटकर लोटा-डोरी लिये यायावर झिनकू भैया को प्राय: तिरस्कार ही मिला है। रामबुझावन यादव के भाई छंगू तो उनके लिए साक्षात् काली माई ही हैं, हर साल एक भेड़ा चढ़ाना पड़ता है। हिसाब-किताब बराबर करने के लिए झिनकू भैया मौक़ा देखकर उनका खेत चरा लेते, उनके आम हिला लेते और पकड़े जाने पर दुहाई देने के बावजूद लग्गा-कम्बल गँवा आते, मगर एक काम और करते झिनकू भैया, हर साल दुर्वासा महंथ जी को एक कम्बल और एक चिलम गाँजा चढ़ाकर 'पुन्नि' कमाते।

राजा कक्का ने कभी कहा था कि गड़रिये भेड़-बकरियों को अपने बेटे-बेटी की तरह मानते हैं और मास्टर बेटे-बेटियों को भेड़-बकरियाँ! प्राइमरी स्कूल के नाम पर कितनों ने चन्दा उगाहा लेकिन आप चलकर देख लीजिए, स्कूल अभी भी खँडहर है, फुलवारी चरकर साफ़ है और हैंड पम्प का हाथ और मस्तक गणेश जी की तरह किसी और हैंड पम्प में लग चुका है। यूँ तो सुरक्षा के लिहाज से झिनकू भी झुंड और गिरोह में रहते हैं, उनकी भेड़-बकरियाँ भी और भेड़ियाधसान में ही जीती-मरती हैं लेकिन उधर झिनकू धरती पर गुम हुई भेड़-बकरियों को आकाश में ढूँढ़ते, इधर धरती के सयाने चोर हरा चारा दिखाकर मनचाही भेड़-बकरी-बकरे को गिरोह से अलग कर चुरा ले जाते।

"आप झिनकू की बात कर रहे हैं कि चुनाव की?"

"झिनकू की।"

"हाँ तो फिर...?"

"फिर हुआ ये कि पिछली बार सुरुज गरहण लगा—पूरा गरहण। मास्टर रामपरसाद कजरी बाग में कुछ लोगों को बता रहे थे कि इस गरहण में ऐसा बहुत कुछ दिख सकता है जो वैसे नहीं दिखलाई पड़ता, बहुत से न देखे गए तारे भी मगर...।" झिनकू मुँह बाये सुनते रहे। उन्होंने 'मगर' को नहीं सुना और यही मगर उन्हें खा गया। "गरहण के समय सुरुज भगवान को ताकते रहे—एक बार नहीं बार-बार! कहीं तो उनकी गुम हुई भेड़-बकरियों या बकरों का पता चले, कोई भूत-परेत तो दिख जाए। वो तो न दिखे मगर आँखें गँवा बैठे।"

"उफ!" सबके मुंह से एक साथ निकला।

झिनकू को छोड़ नज़र प्राइमरी स्कूल पर गई तो बच्चे आपस में पहाड़ा रटते हुए धमा-चौकड़ी मचा रहे थे और एक मात्र शिक्षक पांडेजी की आँखें बन्द थीं। उनका एक पाँव टेबल और चूतड़ टुटही कुर्सी पर विराज रहा था।

बाक़ी दो मास्टर दयाशंकर और शराफत कुछ आगे एक झाड़ी के पास झगड़ रहे थे। राजा कक्का ने उन्हें सलाम करते हुए पूछा, "स्कुलवा छोड़ि के हियाँ का कर रहे हैं?"

शराफत शायद राजा को कुछ कटु कहते पर हमें देखकर शराफत से पेश आए।

"ये भी स्कूल का ही काम है चाचा।"

"स्कूल का काम?"

"अब सुनिए, किशनगढ़ ठहरा अहेरियों का गाँव। तो ऊपर से वन-विभाग का फरमान आया कि उन्हें आँकड़ा चाहिए कि यहाँ कितने पशु हैं, कितने पंछी, कितने पेड़। जब भी कोई गणना करानी होती है जनगणना, जाति-गणना, ये गणना, वो गणना, तो हमें ही जोता जाता है। नौकरी करनी है, सो कर रहे हैं।"

"अभी आप दोनों किस बात पर झगड़ रहे थे?" जय ने पूछा।

"वो एक गोह भागी, हम लिखने वाले थे कि गोह-एक तो ये एतराज कर बैठे गोह नहीं नेवला था। इसे नेवले की संख्या में जोड़ो। ये रिपोर्ट में जोड़ संख्या लिखते हैं, हम कहते हैं संख्या हमेशा बेजोड़ लिखी जानी चाहिए। इससे विश्वास होता है। पेड़-पौधे, जीव-जन्तु—ये कहते हैं एकुरेट संख्या लिखो, हम कहते हैं सब की एकुरेट संख्या तो 'ब्रह्मा' भी नहीं बता सकता।"

आगे बढ़ते ही राजा ने ऊँट की नकेल कसकर पकड़ ली थी, "हम उँटहरे वैसेई बदनाम हैं, चराएँगे दूसरे, नाम जाएगा हमारा।" हमारी दाहिनी ओर फुलाती, रेंड़ती-पकती फ़सलों का सिलसिला दूर-दूर तक चला गया है और बाईं ओर पसरा पड़ा है उसरहटा—किशनगढ़ के कोढ़ की तरह। ऊसर में कुकुरमुत्तों के छत्ते की तरह उग आए थे कुछ छप्पर। यहीं वितरित की गई थी भूमि भूमिहीनों को। किशनगढ़

के अघोषित क्रीतदास! किशनगढ़ के गौरांगों का वर्ण विवर्ण न हो, इसलिए सूरज की तपन सोख-सोखकर काली होती जा रही है इनकी लुनाई। गाँव की मरजाद के मुताबिक़ सदा दक्षिण की ओर बसी हुई। पँचइयाँ (नागपंचमी) के दिन इसी चमरौटी के चनरा ने फ़ौजदार सिंह के लड़के कामता को उठा लिया और पटकने ही वाला था कि दंगल में जुटी भीड़ में खलबली मच गई।

"अब पत न रहे गाँव की।" हुँकारों के बीच उसे सुनाई पड़ा, "चमरा सारे के खनि के तोपि दो" और कुश्ती का परिणाम उलट गया।

हलबन्दी का वह नेता था और इमरजेंसी की गिरफ़्तारी से बचने के लिए पंजाब भाग गया था। अवधू, सिद्ध, फेरू, गंगू—कुछ केवट, कुछ चमार मिलकर ठेका लेते हैं कच्चे मकानों का। सनी माटी का झौवा एक के सिर से दूसरे के सिर, ऐसे रिले रेस में चिनी जाती रहती है दीवार। जय ने कभी इसका एक रूपक लिखते हुए टिप्पणी की थी, "लेकिन श्रम की इस परस्पर सहयोग की भावना ने कभी इन जातियों में एकता के तागे नहीं बाँधे। चमारों के गुरु अलग हैं, अन्य जातियों के अलग, कंठी ले रखी है, मांस-मछली तो क्या लहसुन-प्याज तक खाना छोड़ दिया है। ब्रह्मचारी बाबा की चौकी कोई छू दे तो गालियों का आशीर्वाद लेकर आए लेकिन अब वही कहते हैं, नेति धरम तो छोट जतियन में ही रह गया है।" ये उसे सुनकर फूलकर कुप्पा हो जाते हैं, और आचार-विचार में और भी कड़ाई बरतने लगते हैं। पाँच-पाँच बरस के बच्चे जिस प्रकार शादी की पियरी बाँधे चलते हैं, उसी प्रकार कंठी भी! अपने को कबीरपंथी भी मानते हैं लेकिन कबीर की चादर भी इन्हें ढककर एक नहीं कर पाती। इनका अपना-अपना 'सेल' बना रहता है—इनके चिमटेधारी गुरु, खद्दरधारी नेता और पग्गड़धारी चौधरी!

आगे बढ़ता हूँ तो आम की मंजरियों की खट्टी सुगन्ध का एक झकोरा आता है। गाँव के चरागाह पर चकबन्दी के कानूनगो को पटाकर लगाई गई खोभारू सिंह, रामधन चौधरी के कलमी आमों की बगिया में बौर आए हैं। ज़मीन की लूट! किशनगढ़ वाले शेखइत थे, एक हद तक बेईमान भी, मगर उन्हें परले दर्जे का बेईमान बनाया इन चकबन्दी वालों ने। खोभारू सिंह ने बुजुर्ग अवधू चमार को सरेआम पीटा था। उनकी चकपरे ज़मीन में डोलडाल (पाखाना) करते आए थे, उन्हें पता भी न चला कि चमरौटी के बगल में ठाकुर की 'चकपरे' ज़मीन कब अवतरित हो गई। सबै भूमि परधान की। कब कहाँ क्या निकल आए, कब कहाँ क्या लुप्त हो जाए—कोई नहीं जानता है।

चाँदनी ने महज़ जिज्ञासावश पूछा था, "कक्का, गाँव का सबसे समर्थ किसान कौन है?"

कक्का ने हँसते हुए बताया था, "उ तो परतच्छै दिखाई पड़ रहा है, जिसकी खेती चकरोड और ट्यूबवेल की नाली पर हो रही है।"

"और धनी?"

"जहाँ नगदी पइसा आइ रहा है—ठीका वाले! आपके बगल में हैं, देख लीजिए।"

हमने चौंककर देखा, ठीकेदार रामबुझावन यादव की ईंटों की चिमनी हमारे बाएँ बाजू आ लगी थी। कोई पम्प पानी उलीच रहा था।

"यादव जी ने उसरहटे में पम्प लगाकर बड़ा नेक काम किया।" पानी की तासीर में डूबी शायद मन से दुआ निकली थी चाँदनी की।

"लेकिन उसरौटी की बस्तियों में तो पानी का अभी भी अकाल है।" कक्का ने बताया।

"यह कुआँ तो छंगू चाचा का होना चाहिए।" मुझे कुछ याद-सा आया।

"छंगू का हाल नाँय मिला का?"

"ना।"

"हदबन्दी में ठीकेदार रामबुझावन की जमीन चली जाती, सो मिलाय लिहेन भाए (छंगू) का। होनी बड़ी बलवान है भैया, छंगू के उनहीं का सिखावा भेड़ा एइसन कुजगहाँ मारेसि कि...। हमार असली दोस (दोस्त) रहा जवान, गाँव की नाक!"

कभी छंगू को अहीरों की नाच में देखा था। कछनी काछे, घुँघरू झनकारते हाथ में वंशी बजाते नगाड़े की ताल 'आगड़ घम्म' पर नाचते हुए। हेंगा भाजने से लेकर फरी मारने तक अनेक कलाएँ थीं उनकी। कुश्ती, झाबर, हुडुडुआ (कबड्डी) आदि में उनका जोड़ न मिलता। आल्हा में आगे-आगे कलिका पंडित गाते और उनकी छोड़ी टेक को छंगू पुराते। कलिका पंडित ने जब से आल्हा गाना छोड़ दिया, छंगू के दहिने चलने वाला अल्हइत मिला नहीं।

गड़रान से सबसे होनहार मेष-शावक छाँटकर लाते, चारा-चूनी खिलाकर पोसते! पत्नी ताने देती, "बैल बेचारे हल जोतते हैं, उन्हें एक मूठी खली नहीं और इस मुए भेड़े को छप्पन भोग! हल में चलेंगे क्या?" और उनके हाथों पिटकर रहती। जैसे ही भेड़े की छोटी-छोटी सींगें दिखतीं छंगू को इतनी ख़ुशी होती, जितनी गेहूँ के अंकुर देखने पर भी न होती। अब शुरू होती प्रक्रिया उसे 'सिंघाड़िया' बनाने की! दो-दो अंगुल की सींग में सरसों का तेल, सिन्दूर और बैगन भूनकर बाँधा जाता। उससे सींग की खोल नर्म हो जाती। तब वे उसे दाँत से ऐंठकर खींच निकालते, उसके बाद उर्द की पीठी बाँधकर ज़ख़्म भरे जाते। एक पखवारे में फिर एक खोल चढ़ जाती तो फिर वही प्रक्रिया दुहराई जाती। हर बार सींग में ऐंठन पड़ती जाती और वह मस्तक को ज़्यादा दूर तक घेरती जाती। भेड़ा थोड़ा मज़बूत हुआ कि उसे हाथों पर वार करने के लिए ललकारा जाता। "छंगू की छह अँगुरी—पाँच छंगू की, छठवीं भेड़ा, या भरथू?" गाँव में पहेली बूझी जाती।

कन्धे पर भरतनाथ, उर्फ़ भरथू और गोद में भेड़ा लिये हुए वे इसी 'पौदर' की ढलान पर आते। भेड़ा सिंघाड़िया बनता जाता और उसके गले में घुँघरू बँध जाते। अब उसके अभ्यास के लिए पुर की गड़ारी (पुली) का इस्तेमाल होने लगता। पौदर के ऊपर से नीचे ढलान में उतरती गड़ारी की गड़गड़ाहट और नीचे से ऊपर चढ़ते घुँघरुओं की खनक चिनककर टूटती—खटाक! गड़ारी चढ़ान की ओर गड़राकर लौटाई जाती, भेड़ा खिसककर पौदर के निचले छोर पर! गड़ारी और भेड़े की फिर वही टक्कर-वही गड़गड़ाहट, वही घुँघरू, वही खटाक!

भेड़े को युयुत्सु बनाने की साधना में इस क़दर डूबे रहते कि खेती पिछड़ जाती, न्योता-हँकारी, ख़ुशी-गमी, कुछ भी याद न रहता भरथू को। मदरसे के अतिरिक्त खेती-बारी और ये सब भी देखना पड़ता। कोई भी दंगल नहीं हारा छंगू का भेड़ा जबकि हर कक्षा में दो-दो, तीन-तीन बार फेल होता रहा बेटा। मगर भेड़े की जीत की ललकार में भूले रहते। भोले इतने कि हमेशा उनकी जड़ खोदने वाले बड़े भैया रामबुझावन ने जिस दिन सारा बैर भूलकर दोनों घरों और ज़मीनों को एक कर देने का प्रस्ताव दिया तो भरत मिलाप कर लिया। रामबुझावन की हदबन्दी की ज़मीन बच गई। अहेरियों के गाँव में रामबुझावन को एक मज़बूत अंगरक्षक मिल गया। इनरपति सिंह यूँ ही उन्हें रामबुझावन का भेड़ा नहीं कहते!

उस बार छंगू की बदौलत ही घाट के हथियाए ठेके पर क़ब्ज़ा जमा सके थे रामबुझावन। छंगू गए और रुपई चमके तो घाट के झमेले से दूर ईंट की चिमनी लगा ली उन्होंने, वह भी छंगू की ज़मीन पर! अब भरथू अपनी ही ज़मीन पर बनी बड़के बाबू की ट्यूबवेल के ऑपरेटर हैं।

मकदूमपुर की दशमी को किशनगढ़ की उस ऐतिहासिक मार के पीछे भी छंगू का भेड़ा ही था। भला मकदूमपुर वालों की यह मजाल कि किशनगढ़ वालों को ललकारें, वह भी भेड़े की लड़ाई में, जब छंगू ज़िन्दा हों!

पहले ही सब सजग होकर गए थे, तेल पिलाई लाठियाँ साथ थीं। भेड़े को एक चोंगी दारू भी पिलाई छंगू ने। इधर से छंगू और लुटई ने भेड़े को पकड़ रखा था, उधर से सोहगत और रमई ने। ओह! वह भी क्या दृश्य था—उत्तेजना का ज्वार! दोनों ओर से ललकारें बरस रही थीं। दोनों ओर से अपने-अपने 'योद्धा' के अंडकोशों को मरोड़ा जा रहा था। भेड़े उत्तेजित होते गए, उत्तेजित होते गए। इधर इनरपति सिंह समेत पूरा किशनगढ़ खड़ा था, उधर रामइकबाल सिंह समेत पूरा मकदूमपुर। आख़िर पूरी तरह युयुत्सु हो उठे दोनों भेड़े, युयुत्सु हो उठे दोनों गाँव! नाक फुनकारते, आँखें भैंगी करते एक-दूजे पर तलवार और ढाल की तरह टूट पड़े—रूदल की तरुआरि इनरमणि ढाल से रोका...। ठहाक! उत्तेजना परवान चढ़ी। दूसरे ही वार में सोहगत के भेड़े का मस्तक फट गया और वह भाग चला। किशनगढ़ वालों की फब्तियाँ तेज़ हो गईं—"सियार ले आए हैं मकदूमपुर वाले।"

उदयभान तिवारी बोल उठे। तिवारी ही नहीं, पूरा किशनगढ़। उधर रामइकबाल सिंह के भाई बीरबहादुर सिंह की जबान से समूचे मकदूमपुर ने जवाबी ललकार भरी, "अरे भेड़े को छोड़िए, आओ हमसे पूछ लो कि सियार हैं कि भेड़ा।"

"उहौ होइ जाय आज!"

और सचमुच, वह भी हो गया उस दिन। मेले में भगदड़ मच गई। कितने लोग बिछड़ गए अपने स्वजनों से, कितनी औरतें, कितने बच्चे! कितने लोग खटिया पर उठाकर लाए गए और हफ़्तों हल्दी-प्याज थोपकर खटिया का बाध तोड़ते रहे। राजा का पंजा तभी से करकता है। अँजोरिया डूबने तक पूरे घंटे भर मार हुई। बड़ी शान से लोग सुनते-सुनाते हैं उस दिन की कथा।

वह एक अजीब मार थी जिसमें तत्काल तो किसी की मौत न हुई पर मौत ने जिसका भी पीछा किया, उसे रिरका-रिरका कर मारा।

उस मार के थोड़े ही दिन बाद वे भेड़े के साथ बाहर निकले थे। निबटने के लिए कहीं दूर बैठे थे। भेड़ा चरते-चरते उनके पास तक चला आया था, उस बात की उन्हें आहट तक न मिली। घुँघरुओं से ही आहट मिलती थी और वे उस मार में टूट जाने के बाद फिर से बाँधे न गए थे। छंगू के नंगे नितम्बों से भेड़े को गड़ारी का वहम हुआ। कुछ-एक क़दम पीछे खिसककर दौड़कर उसने इतने ज़ोर से वार किया कि छंगू उझककर मुँह के बल जा भहराए। मुँह, नाक से बिलबिलाकर ख़ून बहने लगा। इस तरह मकदूमपुर की उस ऐतिहासिक मार का समापन पर्व सम्पन्न हुआ।

छंगू मर गए लेकिन भेड़ों की लड़ाइयाँ ख़त्म नहीं हुईं। अपनी पुस्तक 'द रॉयल हंटर्स ऑफ़ किशनगढ़' लिखते समय, जय ने मुझे अपने हाथों से एक विचित्र जीव दिखाया था। गोल-मटोल बहुत कुछ उल्लू जैसा।

"क्या है?"

"बूझो, क्या है। अहेरियों के यशस्वी गाँव के आदमी को इसका नाम तो मालूम होना ही चाहिए।" फिर उसने उसे छोड़ दिया तो अंग में सफ़ेद छाईदार काँटे खिल आए।

"साही! यह तुम्हें कहाँ मिली?"

"हरी (हरिया) दे गया था। इसी का शिकार करने सुबह-सुबह अहेरियों ने धावा बोला था और हाथ न लगी थी।"

"तुम्हारे हाथों में तो यह बड़ी मासूम लग रही थी!"

"है ही! हर शिकार इसी तरह मासूम होता है। हर शिकार! भेड़े को ही लो। युयुत्सु या गुंडा बनाने की प्रक्रिया में विलोम की ओर लौटते चलो तो हर सिंघाड़िया की जगह तुम्हें मिलेगा एक निरीह मेष-शावक—निर्दोष, निष्कलंक!"

13

समूचा गाँव फूला मारे कड़ाह के गुड़-सा इस ख़बर पर फूल-पिचक रहा था।

जय और चाँदनी! कॉलेज के लड़कों और अन्य लोगों से उनके घर में क़दम रखने के पूर्व ही यह ख़बर उड़ रही थी। ज्योतिसी बाबा अनुमान भी नहीं लगा पाए थे कि जय के साथ वह चर्चित लड़की कौन है। शायद रिश्तेदारी की कोई हो, शायद कोई सहपाठिन हो या शायद...छोड़ो, जो भी है सामने आएगी। जैसे ही यह पूरक ख़बर राजा कक्का द्वारा उड़ाई गई कि वह जय की पत्नी है, ज्योतिसी बाबा सातवें आसमान से गिरे। तभी कजरी बाग से तीसरी चटखारी पूरक सूचना प्रसारित हुई कि वह विजातीय भी है। पहली बार कोई बड़े घर की दुल्हन पैदल आई थी किसनगढ़ में, पहली बार किसी दुल्हन के मुख पर घूँघट नहीं था और पहली बार लोगों द्वारा पतोहू की जाति पूछने पर जवाब नहीं मिला था।

बेचारे बाबा! सरेआम पगड़ी उछल गई। बिना दाना-पानी छुए चुपचाप निकल गए। कहाँ जाएँ? हर तरफ़ से कई जोड़ी आँखें शिकारी की तरह ढूँढ़ रही हैं उन्हें। सामने दिखे नहीं कि कोंच-कोंचकर मार डालेंगी। वक़्त-वक़्त की बात है। आज सरेआम लोमड़ी के अहेर की तरह बरछे से बिंधी यह तस्वीर वे भी दिखाते फिरेंगे जिनकी सात पुश्तों की कहानी वे उछाला करते थे। रखैल होती तो कोई बात न थी। बड़कवों और पैसे वालों में तो यह आम प्रचलन है। शान बढ़ती है, उन्होंने ख़ुद क्या-क्या नहीं किया, पर जय की ब्याही माँ के एक पत्नी-व्रत पर रहे। मगर यह तो ब्याहकर लाया है और वह भी अज्ञात कुलशीला! क्या पता, पिछले सारे पापों की सज़ा दे रहे हैं भगवान! ये वही मेंड़ें थीं जिन पर घास छीलती औरतों को पाँव से स्पर्श सुख देते हुए आगे-आगे बाबा पीछे-पीछे लुटई चला करते, हाल-हवाल पूछते हुए। आज जीवन के अपराह्न में न वे औरतें हैं, न लुटई, अकेले किसी प्रेत की तरह बढ़े जा रहे हैं। किसी को देखते हैं तो डर जाते हैं, कहीं टोक न दे।

ठकुरैया, बभनौटी और अन्य जातियों के गण्यमान्य लोगों को इस बात की आशंका हो आई कि कहीं ख़ुदकुशी तो नहीं कर ली उन्होंने। कहाँ गए बाबा?

अनाहूत और अवांछित जय और चाँदनी अपने ही घर के सामने अजनबी-से खड़े थे। पिता कहीं गए हुए थे। घर सूना पड़ा था।

माँ के मरने के बाद वैसे भी जय के लिए घर कभी घर न रहा, न गाँव कभी गाँव! रहता आया था आसनसोल में मेरे घर पर, जहाँ चारों ओर से बह-बिलाकर आख़िरकार हम जड़ जमा रहे थे। गाँव के एक अदद घर को छोड़कर मेरा भी सब कुछ निगल लिया था पट्टीदारों ने।

शुकर था, सोना आई और उसके साथ गायत्री—वह औरत जो बाबा (राजा गोसाईं) की रसोई-पानी करती थी। जय और चाँदनी ने पाँव छुए तो निहाल हो गई।

"बाबूजी कहाँ हैं?"

"कहि के गएन नाँय। साँझै-बिहाने आइ जाइ के चाही।"

और अब मेरा घर।

डेढ़ कमरे का घर जो मुझे गाँव से जोड़े हुए था। कालू ने हमारे आने के पहले इसकी साफ़-सफ़ाई कर रहने योग्य बना दिया था। छत पर खड़े होकर फिर से मैं देख रहा था, दूर-दूर तक के फैले विस्तार को।

इस फैले लैंडस्केप में कहीं मेरे भी पाँच बीघे खेत हुआ करते थे कभी। धरती ने नहीं निगले, गोमती ने नहीं निगले मेरे खेत! पट्टीदारों और गाँव वालों ने निगल लिया—मेरे अपनों ने। आज इस अदद घर के सिवा मेरा कुछ भी अपना नहीं है इस गाँव में न कोई पेड़-पल्लव, न कोई ज़मीन-जायदाद। बालकनी पर खड़ा मैं अपने लुटे साम्राज्य को निहार रहा था।

यहाँ से कई एकड़ का लम्बा प्लॉट खिंचा चला गया। पीली-पीली सरसों के फूलों का आँचल और किनारे पर लाल-बैंगनी मटर और तीसी के नीले फूलों के जरी-गोटे! उन्नत बीज, रासायनिक खाद, कीटनाशक दवाओं और आधुनिक उपकरणों से लैस इनरपति सिंह का प्लॉट। वहीं बगल में अगल-बगल के खेतों में काँस की तरह मरियल फ़सलें! मेरे सामने समय की धारा का एक ओर कटाव है, अरराकर बैठने वाले कगार हैं तो दूसरी ओर जमाव।

मुझे चाय पिलाने को आया कालू एक कुशल गाइड की तरह बता रहा है, गाँव का वृत्तान्त..."कटनी के दिन करीब हैं मगर तुमरे काका अहिवरन भगत और हरखू के गेहूँ ने अब रेंड़ना शुरू किया है। एक बर्दा (बैल) एनकर, एक ओनकर! एक ऊँट एक छेरी! गरज कि बेडौल बैलों की जोड़ी सधी नहीं। बोआई पिछड़ि गई।"

और वो कोने पर बिना गर-गुसइयाँ के सुखनन्दन बाबू के खेत 'उनमें तो कुछ दिखता ही नहीं,' मैंने टोका था।

"वही तो! पता नाँय, सुखनन्दन बाबू परदेश ग हएन, बेमार हएन कि कचहरी सी.ओ. के हियाँ दौड़ रहा हैन। मेहरारुन निकर नाहीं सकतीं। बड़मनई हैं। बिटिया के बियाह है। ठाकुर की तरह न रहैं तो उहौ मुसीबत!"

"उनसे तो अच्छे-भले हैं दुक्खू पासी। दुक्खू को रुपई ने जेहल भिजवा दिया, लेकिन दुक्खू बहू और दुक्खू की बिटिया ने सँभाल ली है खेती। एक पुर हाँक रही है। एक मोट टेक रही है।"

"लेकिन वहाँ भी तो बैल भड़क रहे हैं।"

"एक तो नवा बैल, दूसरे मेहरारू, तीजे इनरपति बाबू के टरेक्टर (ट्रैक्टर) का भड़-भड़! देह में जइसे खून, वोइसे फसल के लिए पानी। बिजली राति के आए। एक्को पल की देरी, एक्को बून की कमी, चाहे पछियहा (पछुआ) के एक्को झकोरा कमजोर बनाय देगा फसल को। पानी की लूट चल रही बा। नीचे के सम्मै पानी खींच के उड़ेल दो अपने खेत में। अब तुमहीं बताओ, पइसा वालन के पम्प के आगे बेचारे कुआँ वाले कब तक टिक पइहैं।"

कालू मेरा परम भक्त बन गया था। अवधी की बघारी गई हिन्दी—अजब सोंधापन था उसकी बातों में। शाम हो चली थी। आकाश साफ़ था। डूबते सूरज की गुलाबी आभा में छत से दूसरी ओर दिखाया कालू ने, "इधर देखो ई कोइरान, लोहरौटी, कोंहरौटी और भूँज-केवट लोगन के घर और खेत। सँभले नहीं तो समा जाएगा महामाई के पेट में।"

"महामाई?"

"अरे ये पैसे वाले, बड़कवे...।"

जय की गाँव पर लिखी गई एक रपट का हर्फ-दर-हर्फ जलता दिखाई देता है—"यह जाति-व्यवस्था सिर से पाँव तक नकली है। प्राचीन ग्रामीण जातिवादी व्यवस्था के जातिजनित सभी धन्धे डूबते जहाज हैं। उनका मोह छोड़कर नई टेक्नोलॉजी के आलोक में नई सामूहिकता की जरूरत है, जो जातिगत उत्थान का झाँसा न देकर जाति (वर्ण) विहीनता की ओर ले जाती है। पैसे की कोई जाति नहीं होती। और गाँव इसी पैसे या पूँजी से वंचित हैं। अर्थव्यवस्था बड़ी है कि जाति-व्यवस्था? जानकर भी अनजान हैं लोग।"

जय की बात को कालू कुछ अपने ही अन्दाज़ में पेश करता है—"आ कि सोचिए, दूध के धन्धे वाले उदयभान तिवारी बाभन है कि अहीर, माटी के धन्धे वाले रामबुझावन अहीर है कि कोंहार, इनरपति सिंह की जाति क्या है। ठाकुर कि कोइरी, कि कुर्मी कि तेली, कि बनिया...? ई सब अहेरी हएन—दूसरे के धन्धे का हड़पइ वाला। बड़कवा बने बैठे हैं। ई का मजाक है कि धन्धा बदल गया मुदा जाति नहीं

बदली? हम लोग तो खैर कौनू गिनती में नहीं आते, लेकिन ई बभनौटी, ठकुरैया और कैथान जाति के ओहार से कब तक ढकिहैं अपने फटेपन को?"

सूरज डूब गया। सलोनी द्राभा अब कोहरे में डूबने लगी। छत से नीचे उतरना होगा। नीचे कोई बूढ़ा आदमी सोंटा टेकते गुज़र रहा है।

"मनरूप बाबा हैं। अब दिखाइ नाँय देत। लेकिन कान कुकुर से भी तेज।"

"के है बच्चा?" मनरूप ने नीचे से पूछा!

"पइसा दो, एनके नाती-पोता को छोटी-मोटी नौकरी लगवाइ दो," कालू ने धीरे से कहा।

"ये लो सौ रुपये दे दो इन्हें।"

"कितनों को देंगे।"

"इन्हें तो दे दो और सुनो, दिया-बाती का समय हो रहा है।"

"अरे हाँ!"

"यहाँ तुम्हारी जरूरत नहीं है। तुम अब जय भैया को देखो, शायद कोई जरूरत हो।"

कोहरा घना होने लगा। मनरूप दादा और कालू समा गए कोहरे में।

कई साल पहले का एक कालखंड उभर आया। बँसवारियों के परदे के पीछे हुलकने लगा अपसकुनी तेलियान!

उस बार उस घने कोहरे के भोर में ही आ धमका था मनरूप दादा के घर। घानी का शुद्ध सरसों का तेल ले आने की माँ की हिदायत थी। शायद पूस का उत्तरार्ध था। मैं 'सी-सी' करता हुआ दादा के अलाव पर हाथ सेंक रहा था। दो-दो, तीन-तीन फटे-पुराने कपड़ों पर—'गाँती' बाँधे बच्चे अलाव में भुनी जा रही आलू और मटर की कच्ची छीमी के लिए लड़-झगड़ रहे थे। कुहरा गले तक लहरा रहा था। छप्पर पाले की पर्त से सफ़ेद थे। औरतें रात के बर्तन मल रही थीं और मनरूप दादा खेत पर गए हुए थे। नथुनों में बार-बार कड़ाह के 'फूला मारे' गुड़ की गन्ध भर रही थी। मेरी नज़रें घड़ी देख-देखकर कुहरे से उलझ-उलझकर लौट आतीं। वहाँ से स्टेशन पहुँचने में आधा घंटा तो लग ही जाता और मैं सोचने लगता सात बजे की गाड़ी पकड़ पाऊँगा या नहीं। तभी घने कुहरे से आवाज़ तेज़ होती आई, "कब के काटि के छोड़ दिया है ऊख! भिनसार अबहिं नाँय भवा का?" कुहरे से लिपटे धुआँए मनरूप के आते ही दुआ-सलाम हुआ। उनके लिए हमने अलाव में और लकड़ियाँ डाल दीं।

"भैया कमइ डारो, अब जलावन है कहाँ?" लपलपाती लौ में सबसे पहले उन्होंने कीचड़ सनी एड़िया सेंकीं, फिर सी-सी करते हुए हाथ! मुँह से भक-भक भाप फेंक रहे थे वे। बोले, "प्रात लेइ जो नाम हमारा, तेहिदिन ताहि न मिले अहारा—बोलो भइया, ई सबेरे-सबेरे हमरे दरवाजे कैसे?" पता नहीं विद्रूप था या कसक थी!

"माँ ने कहा था, घानी का शुद्ध तेल लेते आओगे।"

वे अवाक् रह गए, "तेल हमरे इहाँ...? अब तो भैया, बाबू इनरपति के इहाँ से हम तेल लेइ आइ थऽऽऽ! तेल छौंकै भरे के मिली जाय तो बहुत है। पर साल तो 'लाही' पाँच पसेरी मिलि गइ रही, ई साल तो उहो नाहीं। सरसों में माहूँ लागि गा..." वे चुप हो गए। फिर बोले, "अब तो भैया ई धन्धा बचा नाँय। हमहू शहर के कनस्टर के रेपसीड खरीदी थ-अ। उहै सस्ता पड़थइ।"

दिन-दिन कमज़ोर होती हुई आँखों पर पट्टी बाँधे घानी के सफर में वहीं रह गया तेलियान, जबकि चालाक आगे निकल गए। उदयभान, इनरपति के तेल पेरने की मशीनें बैठ गई हैं। अच्छा हुआ, खेती की राह पकड़ ली उन्होंने। उनके घर से निकलकर मैं स्वयं कुहरे की आवर्त में घिरा हुआ चल पड़ा। हाथ फिर ठिठुर गए थे। छप्पर के पाले की एक परत को उकेरकर हाथों पर लिया मैंने। ठिठुरे हाथ पर गला नहीं बर्फ़ का चकत्ता...। मेरे मुँह से अनायास ही उस रात-सरीखी भोर को कैसर-उल-जाफरी की ग़ज़ल थिरकने लगी थी—

फन की आग बुझी जाती है, सर्द हुए जाते हैं शेर।
जाने कब तक पिघलेगी ये सदियों की पथराई रात?

आज फिर यह सवाल मेरी हथेलियों पर हिमखंड की तरह बिना गले पड़ा है।

अहेर एक आदिम इंस्टिंक्ट है और पूरा किशनगढ़ इसके हाँके में रपटाता रहा है। मैं एक-एक अहेरी को ताश के पत्ते की तरह फेंटते-फेंटते आ पहुँचा हूँ एक विचित्र पत्ते पर—ताश का जोकर! मेरे पिता रामबरन भगत! अपने दबंग बड़े भैया अहेरी रामलखन के विलोम—उनका नाम कलंकित करने वाले।

जाति के कुम्हार मगर संगत ब्राह्मणों की। संगत ब्राह्मणों की, सो संस्कार भी शुचितावादी। हमारा पूरा परिवार घोर वैष्णव। मांस-मदिरा, अंडा-मछली एकदम वर्जित। फिर भी अहेर की गुहार होती तो 'लौर' लेकर निकल पड़ते। पेशे के नाम पर एकदम काहिल। खेती नगण्य, चाक उनसे चलता न था। माटी काटो, सानो, चाक पर चढ़ाकर माटी के बर्तन, भरुका-परई, घड़ा-वड़ा बनाओ या खपड़ा-नरिया पाथो। फिर आवाँ के लिए ईंधन जुगाड़कर उन्हें पकाओ, क़दम-क़दम पर टूटने-फूटने का डर! बच गए तो उन्हें घर-घर पहुँचाकर अँगोछा फैला दो। भीख की तरह अन्न-कुअन्न जो भी मिले उसे लेकर धन्य मानो ख़ुद को, वह भी न मिला तो? धिक है! लानत है ऐसी ज़िन्दगी पर! बाभनों की बेगार और ग़रीबी से तंग आकर आजा कभी भागे थे रातोंरात। सस्ती का समय था। हावड़ा के लिए मामूली पैसे लगते, वो भी न थे। रेल लाइन पकड़कर चलते गए, चलते गए। रास्ते के तमाम जोखिमों से बचते-बचाते आसनसोल पहुँचकर उन्होंने ही चलबलपुर कोइलरी में मलकट्टे की नौकरी पकड़ी और परदेश की नींव रखी, फिर कुल्टी, फिर बर्नपुर उसके बाद तीन पीढ़ियाँ गुज़र गईं।

आधा परिवार उन दिनों बर्नपुर चला गया था। बगल में आसनसोल था जहाँ मिट्टी की एक से बढ़कर एक मूर्तियाँ बनतीं, दादा वहाँ कब गए, मूर्तियाँ बनाना कब सीखा, हम नहीं जानते! पता नहीं, कैसे राजा साहब को इसकी भनक लग गई और उनके फरमान पर गाँव में दशहरे में मूर्तियाँ बनाने लगे। वैसे मैंने तो उन्हें खपड़ा पाथते ही देखा था, वह भी कभी-कभी। न उनके पाथे खपड़े सुडौल होते, न मूर्तियाँ।

हम जब तक उनके इस फन को जान पाते, उनकी कला उतार पर थी। कलिका दुबे के भाई दुअरिका दुबे उन दिनों गाँव के पुरोहित थे। बगल का घर था। उन्हीं के साथ रहे। दुबे को 'सीधा' मिलता तो दादा को भी मूर्तियों के लिए 'सीधा' मिलता! यद्यपि हमेशा नहीं! इस तरह दादा जातिगत हीनता को कलाकार की ऊँचाई तक खींचने की दम भर कोशिश करते। 'परजा' नहीं' परजापति! फिर भी चूँकि गाँव अहेरियों का था, कभी-कभी दुर्गामाई के किस हाथ में कौन-सा अस्त्र होगा, यह सोच ही रहे होते कि गुहार मच जाती और वे देवी का बल्लम या त्रिशूल लेकर ही दौड़ पड़ते। मटरू, लुटई, गोसाईं और चैतू महराज की तरह दादा का जीवन भी व्यर्थ था। अब था, तो था। क्या किया जा सकता था! किशनगढ़ में रहने का अधिकार सिर्फ़ अहेरियों का था।

शाम के धुँधलके में अक्सर भटककर झाल-झप्पड़ में उलझ जाते। लौटकर आते और 'दुत-दुत' करे रहे होते तो माई एकदम से समझ जातीं कि आज इन्हें चुड़ैलों ने फिर पकड़ लिया है।

"अरे, ई मैला-जैसा गन्धा क्या रहा है?"

"अब का बताएँ, बुकवा (उबटन) लगाइ रही थी छिनार।"

"के...?"

"अरे वही चुरइलिया! मोहाइ गइ मो पर।"

"कैसे नहीं मोहाती! तुम-सा बाँका जवान कोई है पवस्त माँ!" माई धीरे से टुहुँकती, फिर ज़ोर से डाँटती—"हुँअइ खड़े रहो।"

दद्दा को गगरा-गगरा पानी उलीचकर नहलाया-धुलाया जाता, कपड़े-लत्ते, खटिया-मचिया, कत्थड़ गूदड़ धोए जाते। फिर शुरू होता चुड़ैल उतारने का अनुष्ठान। वह अजीब समा होता। लुटई और मटरू ज़ोर-ज़ोर से पचरा गा रहे होते, दुअरिका दुबे मंतर पढ़ रहे होते और माई गालियाँ...! धार, लोहबान, अगियार और तरह-तरह की बू से घर महमहा उठता! दद्दा को किरिया खिलाई जाती कि अब से अहेर में नहीं जाएँगे। आश्चर्य! वे कसम खा भी लेते।

फिर से जुट पड़ते अधूरी मूर्तियों को पूरा करने में। लेकिन कब तक? कुछ दिनों के बाद फिर से पुकार उठती और सारा कौल-करार फेंक-फाँककर चल पड़ते अहेर को, "आइ गए भयवा, जाइ न पावैं!"

वह तो अच्छा हुआ कि काका और दादी हम सभी को हाँककर लिवा आए बर्नपुर, अच्छा हुआ कि हम सब पढ़-पुढ़ लिये, वरना उनकी सनक में बिला ही गए होते हम।

पिता फिर भी गाँव न छोड़ पाए। अलबत्ता उनकी सनक छुड़वाने के लिए माई ने गुरु महराज को बुलाकर कंठी ले ली। यह एक तरह अहेरी का नाथ-पगहा-छरकी लगाने-जैसा हुआ। उन्हें मरते दम तक गुमान रहा कि वे एक बड़े अहेरी हैं, अगर भूत-परेत और चुड़ैलों ने भरमा न दिया होता तो वे दिखा देते कि अहेर क्या होता है।

"जरा अपनी बनाई मूरतें दिखाना तो कक्का।" जय ने एक बार दद्दा से इसरार किया था। दद्दा झेंपते हुए 'ना-ना' करने लगे थे। जय पूछता रह गया, दद्दा ने बताया नहीं।

"वह तो दद्दा—माई के गुजर जाने के बहुत बाद जब हम खबर पाकर किशनगढ़ आए, जय ने मुझे नदी के किनारे ले जाकर बताया, मैंने मूर्तियों का पता लगा लिया है।"

"कहाँ थीं?"

"पिछवाड़े में एक तहखाना है, वहीं!"

"तहखाना?"

"अरे वो राजा जी के परित्यक्त गोदाम जैसा कुछ, जिसे उन्होंने कक्का को अपने पुरखों और देवी की मूर्तियाँ बनाने को दे रखा था। बहुत पहले कदाचित् नील की गोदाम रही हो, अब तो उसकी दीवारों को फोड़कर पाकड़, पीपल, गूलर और बरगद के पौधे निकल आए हैं, वैसे ही कक्का ने भी अपने आने-जाने का एक गोपनीय रास्ता बनाया।"

"किस देवी की मूरतें हैं?"

"देवी के बहाने कक्का की ग्यारह प्रेमिकाओं की!"

"अरे! तो मेरा बाप प्रेम-वेम भी करता था! मुझे तो अब भी यक़ीन नहीं हो रहा कि मेरा गावदी बाप प्रेम भी कर सकता है।"

"वही तो। इस लिहाज से वे अहेरियों के गाँव के सबसे निराले अहेरी हुए।" वह बोगनबेलिया के एक-एक गुलाबी पंखुरी को तोड़-तोड़कर नदी में फेंक रहा था मानो एक-एक प्रेमिका की प्रतिमा को विसर्जित कर रहा हो!

"पर दुर्गाजी या किसी देवी-देवता की मूर्तियाँ तो पूजा के बाद जल में विसर्जित कर दी जाती हैं!"

"हाँ, पर यहाँ नहीं करने दी कक्का ने, इसी शर्त पर मूर्तियाँ बनाने को राजी हुए थे वे। बाद में मेरे पिता ज्योतिसी जी, इनरपति सिंह, रामबुझावन यादव और राजा रुद्रपाल सिंह ने इस पर विचार किया तो उन्हें रोक दिया मूरत बनाने से! तब से मूर्ति बाहर से लाई जाती है, उन्हें पूजा के बाद गोमती में विसर्जित कर दिया

जाता है। मगर वे ग्यारह की ग्यारह देवी प्रतिमाएँ, आज तक जस की तस सुरक्षित हैं। तहखाने में। इसके अलावा सुरक्षित हैं पंचवीरों की मूरतें—किशनगढ़ के सबसे बड़े तिलिस्म!"

"मेरी समझ में कुछ नहीं आया।"

"मैं बताता हूँ, सब समझ में आ जाएगा! कक्का में चूँकि प्रत्यक्ष प्रेम-निवेदन करने की हिम्मत न थी सो ढाल दिया उनका चेहरा उन मूरतों में और रख ली सामने। प्रेमिकाओं का कुछ बिगड़ा नहीं, जान भी न पाई होंगी! कक्का ने उन पर दाग तक न लगने दिया—वो एक गीत है उमराव जान का 'तुझको रुसवा न किया खुद भी पसेमा न हुए, इश्क की रस्म को इस तरह निभाया हमने...' यह एक बहुत ही महीन और बहुत ही ऊँचे दर्जे का बौद्धिक अहेर है! एक बात, बंगाल की तरह यहाँ प्रतिमाओं के मस्तक बने-बनाए नहीं मिलते, खुद ही बनाना पड़ता है, सो देवी के जो भी मुखड़े हैं, उन्हीं के बनाए हुए हैं! अपनी इस स्वतंत्रता की छूट भी ली उन्होंने।"

"मेरा दब्बू और लद्धड़ बाप इतने महीन ढंग का अहेर कर सकता है—मुझे तो अभी भी यकीन नहीं होता।"

"इसका राज कहाँ छुपा है, मालूम?"

"कहाँ?"

"सिक्के के दूसरे पहलू में, जहाँ वे अहेरी नहीं अहेर हैं, शिकारी नहीं, शिकार, ऐसा शिकार जो शिकारियों से अपनी जान बचाता फिरता है। इस गाँव में कारीगरों, कलाकारों को पैसे कोई नहीं देना चाहता। कुम्हारों के मिट्टी के कुल्हड़, कलश, खिलौने, दीये—इनके प्लास्टिक आदि के बेहतर विकल्प आ गए हैं, बस टोटका या नाममात्र चाहिए, बाकी कुछ नहीं, सो बचने के लिए गाँव छोड़ो, धन्धा छोड़ो, किसानों तक के सामने संकट है। कक्का के सब ने पैसे मारे, जो सामान बना भी, वो बिका नहीं! अन्त में यही बहाना ढूँढ़ा कि उन्हें कुछ आता नहीं।"

"ऐसा ही था तो फिर से हमारे पास चले आते बर्नपुर!"

"कैसे चले जाते? उनकी प्रेमिकाएँ तो यहाँ थीं, तहखाने में! मजे की बात बताऊँ, इन ग्यारह में से छह तो मर गईं, पाँच अभी भी जिन्दा हैं, एक तो मुसम्मात भौजी ही है, मगर बाकी बूढ़ी हो गई हैं।"

"और तहखाने में ग्यारहों जवान हैं...?"

"हाँ! और देवी बनकर अमर भी!"

"अरे! माई तो गाँव न छोड़ने के लिए उन्हें अक्सर कोसती रहती, तुम्हारा तो नार (गर्भनाल) गाड़ा हुआ है जैसे?"

"अभी सबसे अचरज की बात तो बताई ही नहीं!"

"वह कौन-सी?"

"पाँच जो जिन्दा हैं, उनमें एक काकी भी हैं। तुम्हारी माई।"

"स्ट्रेंज!"

हर आदमी का एक तहखाना होता है, नितान्त गोपनीय! कक्का का भी, जहाँ वो अपने राज को छुपाए रखता है, खुद को भी! मेरी बड़ी इच्छा थी, पिता की उन प्रतिमाओं को देखने की और उससे भी ज़्यादा उन पंचवीरों की मूरतों को... जिनके लिए अमावस को पंचमुखी दीये जलाते हैं किशनगढ़ के लोग। लेकिन न, नहीं देख पाया कभी! जय ने सिर्फ़ इतना भर बताया था कि जिनके पुरखों की मूरतें थीं, उन्हें सौंप दी उन्होंने।

आज दद्दा नहीं हैं, माई नहीं हैं।

जय के अनुसार, "जब तक जिन्दा रहे अकेले-अकेले जाते रहे तहख़ाने में। आखिरी बार माई को भी लिवा गए थे उन्हें उनकी जवानी का चेहरा दिखाने! पहली बार जब गवने पर आई थीं माई, तब का। वहाँ बहुत-से कुल्हड़, परई, घंटियाँ, जँतोले और माटी के खिलौने पड़े थे, कुछ सामान्य दीये, कुछ पंचमुखी दीये भी, एक मिट्टी की डंका गाड़ी का खिलौना भी जो मेरे और जय के लिए बनाए गए थे। दोनों आगे बढ़ते रहे, फिर आई एक-एक कर ग्यारह देवी की मूरतें, दद्दा ने एक-एक चेहरे की चूनर की नकाब उतारी, पहचानो यह कौन है, और वह कौन!" माई किसी को भी नहीं पहचान पा रही थीं अन्त में दद्दा ने आख़िरी मूरत की लाल चूनर की नकाब हटाई—"इसे तो पहचानती होगी?" माई ने कहा, "नहीं!"

"खुद को ही नहीं पहचान रही हो? अरे, यह तुम हो, तुम! याद करो, गवने में आई थी तो ऐसे ही हुआ करती थीं तुम!"

अवाक् होकर देखती रहीं माई ख़ुद को पचास साल के पार से, जहाँ वे तब भी जवान थीं, सुन्दर थीं, उनके गले में सोने का हार, सोने का माँगटीका और वे सारे गहने थे जो माई की कभी हसरत हुआ करते थे और जिन्हें दद्दा कभी भी मुहैया न करवा पाए। पता नहीं, क्या-क्या महसूस होता होगा माई को!

माई उन्हें छू-छू कर देखती रहीं, फिर पूछा—"ये सब सोने के हैं?"

"दुत पगली! माटी के हैं, माटी के! सोने का रंग चढ़ा हुआ है, सोना अपनी नसीब में कहाँ है?"

कहते हैं, उसी तहख़ाने में किसी साँप ने डस लिया दोनों को। मेरे काका ने हमें बताने की ज़रूरत नहीं समझी, दोनों लाशों को गोमती में प्रवाहित कर दिया और रही-सही सम्पत्ति पर कुंडली मारकर बैठ गए।

और अब मेरे चचेरे भैया रामराज!

वाकया छोटा था। कोई चाहता तो इसे आसानी से नज़रअन्दाज़ करके आगे बढ़ जाता, मगर ऐसा हुआ नहीं! वह एक भँवर की तरह रामराज भैया को नचाते-नचाते अपनी सुरंग में ले डूबा! तब वे इसी कॉलेज में थे। मैथ का क्लास ले रहे

थे। ब्लैक बोर्ड पर एक वृत्त बनाकर ज्यामिति या त्रिकोणमिति का कुछ बताने जा रहे थे कि सामने से रुपई ने पूछा—"चाक है?"

पलटकर देखा—"किसी ने कुछ कहा क्या?"

"हमने पूछा माटसाब क्या यह चाक है!"

आवाज़ एक छात्र की नहीं, कोई मगरूर सामन्त-शावक बोल रहा था—वही आवाज़ जो रूप बदल-बदलकर कभी राम प्रसाद मास्टर को लाला कहकर गलियाती, कभी गुप्ता को बनिया! पर वह आवाज़ पीछे से आती थी। आज पहली बार आँखों में आँखें डाल बैताल के सवाल-सी राह रोके खड़ी थी। रामराज के अन्दर कहीं गहरे कुछ दरक-सा गया। क्लास छोड़कर बाहर निकल आए...।

"मैं होता तो कतई क्लास न छोड़ता!" मैंने कहा था।

"पर कहते क्या?"

"कहता, हाँ चाक भी मान सकते हो, चक्का भी, जिसने सभ्यता को गति और विस्तार दिया और सुदर्शन चक्र भी जिसने मगरूरों का संहार किया।"

"कहना मुझे भी यही चाहिए था, पर मैं कह क्यों नहीं पाया?"

जय चुपचाप रामराज भैया के अनुतप्त चेहरे को देखता रहा।

पर रामराज भैया से जुड़ा जो वाकया सामने है, वह है उनकी बेटी 'तृतीया' की शादी! तृतीया यानी तीसरी बिटिया! अपनी इस ग्रेजुएट बेटी के लिए बिरादरी में कोई योग्य लड़का न मिलने से ख़ासे परेशान थे! अन्त-अन्त में जय का नुस्खा ही काम आया—जब चारों ओर से घिर जाओ, समझो खोज की कोई न कोई बड़ी भूमिका तुम्हारा इन्तज़ार कर रही है।

वही हुआ। कनौजिया बिरादरी की लक्ष्मण-रेखा को लाँघकर अवधिया बिरादरी में विवाह ठाना है उन्होंने और एक महाभारत का शंख फूँक दिया।

14

एक साथ तीन शादियाँ पड़ जाना वैसे ही मुसीबत थी। खाटें, बिस्तर, दरी, गलीचा, जाज़िम, हंडा, कंडाल, परसनी, नाई, कहार, पंडित चाहिए तीनों को थे, मगर थे कहाँ?...ये वे दिन थे जब टेंट का धन्धा नहीं शुरू हुआ था, और अब सुखनन्दन सिंह...।

"जुगाड़ हो गया सब कुछ?" जय ने पूछा।

"कहाँ? हो जाए तो समझें।" उनका चेहरा लटक गया।

"लड़का कैसा है?"

"है...! गृहस्थ है, कोई आइएएस नहीं।"

अन्दर से भाभी आ गईं, जैसे दुखड़ा सुनाने ही आई थीं।

"बबुआ सब तकदीर-तकदीर की बात है। मेरी छमा (क्षमा) को पुष्पलता के सामने खड़ा कर दो, पुष्पलता कहीं भी ठहरेगी नहीं। मुदा आज वही लड़का, जिससे हमने बात चलाई थी, इनरपति पाँच लाख गिन के लेइ आइ रहे हैं।"

"तब वह आइएएस नहीं रहा होगा भाभी।"

"हाँ, तब वो हमारे दूर के रिश्ते का महज एक होनहार लड़का था। हमको सबसे ज्यादा मलाल इनरपति का है। जब हम वहाँ शादी की बात चला रहे थे तो उनको बीच में कूदने की क्या जरूरत थी? हम कोई लखपति तो नहीं थे जो उनसे होड़ लेते!"

"हड़प लिया।" सुखनन्दन बाबू एक लम्बी साँस खींचकर बोले। तभी उनका एक आदमी साइकिल से उतरा और तौलिये से पसीना पोंछते हुए बताने लगा, "पंडित, नाऊ, कहार कोई भी सही-सही जवाब नहीं देता। काका, लगता है, ये ऐन मौके पर दगा दे जाएँगे।"

"हूँऽऽऽ!...और शाहमियाना, गैस..."

"वो तो राजा ऊँट पर लेकर आ रहा है।"

"हलवाई...?"

"हलवाई और पूरी छानने वाले बाभन सब के सब इनरपति बाबू के यहाँ आज से ही पिले पड़े हैं।"

"तब पत कैसे रहेगी भगवान?" भाभी ऊपर भगवान का सन्धान करने लगी थीं।

किवाड़ की ओट में दुबकी क्षमा अब सामने आई, "मुझे मिठाइयाँ बनानी आती है, मैं बना लूँगी।"

"तेरी ही शादी और तू ही मिठाई बनाएगी?" सुखनन्दन बाबू, लगा कि रो पड़ेंगे।

"घबराओ नहीं भाभी, चाँदनी सब कुछ सँभाल लेगी।"

भाभी के चेहरे पर ख़ुशी छलकी और सूख गई, "मुदा अगर गाँव वाले जान जाएँ कि...।

"गाँव वाले जानि जाएँ? जानि जाएँ गाँव वाले...! हम गोहराइ के कहब, सुनो अहेरिउ, हमारे यहाँ आने से तुम्हारी जाति जाती हो, तो मत आओ।"

"आप खामखाह घबरा रहे हैं शहर की दुकानों में बिना जाति पूछे लोग खाते-पीते हैं।"

"वे ही भैये, यहाँ एतराज करते हैं। कल भगत की बरात में देखिएगा।"

उसी समय अपने सिर पर एक झिलंगी पलंग लिये हाँफते हुए पहुँचे उनके काका शोभनाथ सिंह। उनके पीछे उनका एक आदमी दो झिलंगी खाटों को उठाए आ रहा था। आते ही बोले, "लो भैया, इहै मिली है, कुलि निकि-निकि खटिया-पलंग चुनि-चुनि के लेइ गएन रुपई। हमरे बदे इहै बची महाबभने के दान की नाँय। बैठ जाओ तो मचमचाइ के बैठि जाय। उनकर हरवाहौ आज शेर है। बिस्तर तो एक नहीं है। अब कथरी लेइ आई कहो तो माँग के!"

सुखनन्दन बाबू स्तब्ध रह गए थे।

"बछवा खूँटे के बल से उछलता है।" हमने घिसी-पिटी बात कही थी।

"लेकिन खूँटा तो हमारे सीने में धँसा है भैया।" शोभनाथ बोले, "हमारि सम्मै भुइं एइ इनरपति औ जोतखी बाबा मोंह मीजि के लेइ लिहेन!"

"का करबऽऽ, जौन मिलइ लेइ आवऽऽ। औ हाँ, काका...पंडित...?"

"घबड़ा जिनि, कलिका पंडित अउतइ हएन बिटिया के इहाँ से।"

कलिका पंडित! नाम से ही हमें राहत मिली थी जैसे उस रूप में हमें हनुमान मिल गए थे संजीवनी बूटी ले आने वाले।

कलिका पंडित! अहेरियों के गाँव में कोई संगति नहीं बैठती इस पात्र की। अहेरियों के नायकत्व में एक खलनायक! पहले पुश्तैनी पुरोहित थे। कंठ इतना अच्छा था कि कलिका का आल्हा सुनने दो-दो कोस तक के लोग चले आते। कलिका आगे-आगे ढोलक बजाकर गाते, पीछे-पीछे टुनटुनी बजाकर छंगू उनको पुराते। बहुत धीरे-धीरे खिले थे अन्तर्विरोध। बहुत धीरे-धीरे पानी उनके कंठ तक

आया था। एक-एक कर तीन लड़कियाँ जवान होकर पहाड़ की तरह सीने पर आ बैठीं। सबकी शादी रचने वाले पंडित अपनी लड़कियों की शादी रचाने में निरुपाय। उन्हें उम्मीद थी कि उनका मान-सम्मान देखकर कोई तो द्रवित होगा। पर नहीं! हर जगह दहेज की मार। "किशनगढ़ के खानदानी पंडित ऐसी शादी रचाएँगे कि लोगबाग देखते रह जाएँगे।" ऐसी आम धारणा थी। लेकिन समय बड़ा निर्मम होता है। अब जवान लड़कियों पर अहेरियों की नज़रें जाने लगीं। उन्हीं के फैलाए आल्हा के नाग फन काढ़कर चोट करने की मुद्रा में उनके आसपास डोलते दिखने लगे। सम्मान सूखता गया। उनकी दीनता के दाँत बाहर निकालते ही मित्र तक मुँह फेरने लगे। अब कोई बुलाता तो मानो अब वो पुरोहित नहीं, गुलामी बजाने जाते। और जातिगत सम्मान की कलई तो उस दिन उतर गई जब फ़ौजदार सिंह की बरात में रामबुझावन, सुआरथ साहू और लुटई तक को बस में सीट मिल गई और वे झोला लिये खड़े-खड़े हिचकोले खाते रहे डोभी तक! ज्योतिसी बाबा ने अपनी सीट पर से ही कहा, "पंडित होइ जाय लाखन के बियाह...।" उदयभान तिवारी ने कहा, "अरे पंडित, तोहरी बिटिया का बियाह का बेलवा के बियाह होइ गा?" उपहास का एक दौर चल पड़ा था, बस में, किसी ने भी उन्हें कंगाल और लाचार समझकर सीट नहीं दी। बस की पूरी यात्रा में मंथन की प्रक्रिया से गुज़रे कलिका। "नहीं, ऐसे तो मर जाऊँगा!" और बस परम्परा की केंचुल उतारकर फेंकते देर नहीं लगी। दूसरे गोत्र की हीन समझी जाने वाली उपजाति में उसी यात्रा के दौरान उन्होंने तीन घर देखे। लड़के वालों को ऐसी उच्च गोत्रीय ब्राह्मण की कन्या पाकर अपनी बिरादरी में शेखी हाँकने का अवलम्ब मिला और अपेक्षाकृत सस्ते भाव खाते-पीते परिवार के लड़के मिल गए। एक साथ तीनों अहल्याओं का उद्धार कर वे एक प्रकार से भूमिहीन और मुक्त काम हो गए। रिश्तेदारों ने मुँह फेर लिया। फेर लें! गाँव वालों ने 'बेटी-बेचवा' कहा। कहते फिरें! इसके बाद एक दिन पोथी-पत्रा गोमती के हवाले कर आए। आल्हा की ढोल खूँटी पर टाँग दी। तब से सारा ज़हर वक्रोक्तियों में फूटता है। इस बार शायद सुखनन्दन सिंह के लिए फिर क़सम तोड़ेंगे।

कलिका क्या आए, एक तरह से चांडाल-चकौड़ी पूरी हो गई। गाँव के सारे परित्यक्तों का दल! बात जो जमी तो चाँदनी के आने पर ही टूटी। किरान्ती पारटी के टूटने की बात, वर्ग और वर्ण का संघर्ष और सामंजस्य, अहेरियों की खुली धोती और तनी मूँछें...और जाने क्या-क्या...!

चाँदनी से परिचय कराया गया तो बोले, "बिटिया तुम मिठाई बनाओ, पूरी हम छानेंगे।"

दूसरे दिन इनरपति बाबू के यहाँ जैसे 'दशमी' लग गई थी। चार बीघों में खाटें ही खाटें! दस-दस बारादरियाँ। भट-भट करते जेनरेटर! रोशनी के बन्दनवार! 'दुआर का चार' होने में कुछ देर हो रही थी। तब तक मिठाइयों के काग़ज़ी प्लेटों

का एक ख़ासा पतझड़ सम्पन्न हो चुका था और ज़ंग खाए ड्रम का केवड़ा-जल से सुगन्धित कितना पानी पीकर डकार रहे थे लोग।

"हेलीकॉप्टर उसरहटे में उतर चुका है।" एक अफवाह! "नहीं, नहीं। बीच रास्ते में खराब हो गया है। कार से आ रही है बरात!" "मगर कार चलेगी किस पर? सड़क पर तो सिर्फ पत्थर हैं, सड़क छोड़कर बगल से ही चलते हैं लोग!" "अरे इन्हीं के हाथ में तो सब कुछ है। पीच फिर बिछा दी गई।" "कई साल का पैसा इस साल लगा!" चलो, इस बहाने सड़क तो बन गई। दो-तीन चिथराये लोगों को मटरू और लुटई दूर से ही दुरदुरा रहे हैं। भगेलू और मँगरू को दो-दो बार मिठाई दी जा रही है मटरू के द्वारा, "बतावौ, ये सारे इज्जत लेइ लेइहीं कौनो भलमनई के!" हमसे साखी भराई जा रही है।

हम इन सबसे विरक्त होकर पहुँचे सुखनन्दन बाबू के घर। द्वार के पूजे की रस्म निभाई जा चुकी थी। पानी पिलाने वाले में हमने हाथ बँटाया। आज फिर सुखनन्दन उदास नज़र आए। कुरेदा गया तो बोले, "हमारे आदमी तो इनरपति ले ही गए, बराती भी वहाँ की शोभा देखने को हमें वीरान कर गए। यह कैसी उदास बरात है?"

हम उन्हें ढाढ़स बँधाकर अपने काका के घर चल पड़े। वहाँ बरात जैसा नहीं, कुछ मारपीट जैसा वातावरण था। काका एक खाट पर कोपभवन में पड़े थे। औरतों की भीड़ बिलकुल नहीं थी। दस-पन्द्रह खाटें और बाक़ी जाज़िम पर। विवाह के बदले बिरादरी की बहस चल रही थी।

भौजी अलग रो रही थीं।

"इसमें सरासर गलती रामराज मास्टर की है। चार अक्षर पढ़ि-लिख गया क्या, बिरादरी से ऊपर हो जाएगा?" हरिया ने कहा।

"भगत तो जिनगी भर 'बाबू-बाबू' कहकर हमसे पूछकर हर काम करते रहे, तिरिन तक नहीं तोड़े भगत हमसे पूछे बिना! नज़र हमेशा झुकी रही। अब बताइए, भगत की बिरादरी की एक साख रही है, अहेरिन के गाँव में। न मांस छुए, न मछरी! बिटिया पढ़ाकर जज बनाएँगे क्या? जाएगी तो इन्हीं की जाति के पास! भला यह कहाँ का नियाव है कि कनौजिया भगत जी की नातिन अवधिया बिरादरी के पास जाए? बिरादरी तो बिरादरी! पूरे किशनगढ़ की मरजाद धोकर धर दिए।" हम चौंके, भगत की बिरादरी का फ़ैसला करने रुपई आए थे!

"ठाकुर कहाऽऽ लाख टके की बात! जैसे बिजुरी भक्क से जरि जाय!" काका की गद्‌गद आवाज़! हमें देखते ही रुपई खिसक लिए।

अँधेरे में गोले दगने और आकाश में 'सरग बान' के द्वारा छोड़ी गई रंग-बिरंगी लड़ियाँ बता रही थीं कि इनरपति बाबू की बरात आ गई है।

सनातनी सामन्तवादी परम्परा, "जिहि की बिटिया सुन्दर देखी, तिहि पर धाइ धरे हथियार!" नायिका सोनवा हो, बेलवा हो, कोई भी हो सकती है! लड़कर ले

जाने आए हैं आल्हा, ऊदल, लाखन, मलखान। पहले हाथी, घोड़े, ऊँटों पर लदकर तेगा, बरछे चमकाते आते थे योद्धा, अब कारों, बसों पर बन्दूक लिये या निहत्थे! युद्ध के दमामे बज रहे हैं! 'चोबदार' किसी सेनापति की तरह नियंत्रित कर रहा है फ़ौज को। उधर और इधर की सेनाएँ आमने-सामने हैं! पूरे इक्यावन बन्दूकों के धमाके उधर से हुए, जवाब में उतनी ही बन्दूकें इधर से दगीं। शुकर है, जोड़ी बराबरी पर छूटी यहाँ। एक भी कम होती तो नाक कट जाती! अब मिलन हो रहा है इधर और उधर द्वार का चार! तीन-तीन गिरोह नाचें हैं। हाथी सलामी देने दौड़ पड़े हैं प्रतिस्पर्धात्मक दौड़ पर! उधर दूसरी ओर से भीड़ को चीरते हुए इम्पाला हंस की तरह तैरती हुई बढ़ी चली है द्वार की ओर। वो भगदड़ है कि कुछ न पूछिए। हाथी से बच भी गए तो शहरी बूटों से कुचल जाने का भय है। खुटिहान पर रोलर चला हुआ है फिर भी कितनों के चप्पल टूटे, कितनों के पाँव टूटे, कितनों के बच्चे कहाँ गए, पता नहीं। एक अँगूठियों से जगमगाता मलमल के कुरते वाला हाथ पैसे और बतासे फेंक रहा है। किसी की आँख में लगें, किसी के मुँह में। गाली-गलौज और धक्कमपेल! भिखारियों की तरह लूट रहे हैं पैसे किशनगढ़ के कंगाल! ताक-ताककर सुन्दरियों के वक्ष पर निशाना साध रहे हैं बीरा मारने वाले बाहर के अहेरी! दबे-कुचले बच्चों की चीत्कारें! बाजे-गाजे का शोर, चर्खियों की सीटी! स्फुलिंगों के फव्वारे और रंगों की लड़ियाँ!

पाँव पूजने वाले नहाकर धोतियाँ ओढ़े ग़ुस्से में गाली बक रहे हैं! जल्दी कीजिए। 'बारे का मेटा' कहाँ है? सेन्हुर-सुपारी कहाँ है? इस पर पिनक गए हैं वर के 'आजा' शिवबकस जी, "फेरि-फेरि बियाह नाहीं होत!"

इनरपति भूखे होने के कारण फट पड़ते हैं, "पहिले कहे हेलीकॉप्टर से आइ रहे हैं। नाक कटाइ दिए। अब आधी रात को बरात लेइ आए हैं, हम लोग मर जायँ भूखे-पियासे, नचाइ लो नाच पहिले आप।"

शिवबकस सिंह रिसियाकर लौटे जा रहे हैं पैदल, "चलो, बियाह नहीं होगा।" ज्योतिसी बाबा, ब्रह्मचारी जी, तिवारी जी और गण्यमान्य ठाकुर-बाभन दौड़ पड़े हैं मनाने उन्हें। बड़ी मुश्किल से मानते हैं ठाकुर। रामबुझावन कन्धे पर लिये आ रहे उन्हें।

पानी पीने के बाद सलमे-सितारे टँगी बारादरी में आकर बैठता है अफ़सर दूल्हा।

मंडन मिसिर शास्त्रार्थ शुरू करते हैं, "अस्मिन विद्वत् सभायाम ये केचित... इस विद्वत् सभा में जो भी विद्वान् हैं उनसे मेरा प्रश्न है कि...।" बरातियों की भनभनाहट, उधर का नाऊ एक लम्बी डंडी वाला पंखा लेकर ज़ोरों से हवा कर रहा है घूम-घूमकर, इत्र, ताज़े बेले के फूलों की सुगन्ध और जर्दे की महक में विद्वत् सभा मसमसा रही है। संस्कृत 'सास्तरारथ' सिर से गुज़र रहा है मगर परम्परा है संस्कृत के संस्कृति की।

वर पक्ष के पंडित बड़े ही घाघ! वाक्य की एक विभक्ति की टाँग पकड़कर तड़ाक से खींच ली और उसे झुलाते हुए 'विद्वत् सभा' को दिखाने लगे, "व्याकरण की दृष्टि से प्रयोग गलत है।" शस्त्र और शास्त्र की झंकार। वो चख-चख मची कि फ़ौजदार सिंह को कहना पड़ा, "बन्द करो सास्तरारथ। मंगल काज है टोटका भर बहुत होइ गा! उहाँ पवपुजवन का परान पाते पर धरा है। शुरू करो बाई जी "सेहरा मुबारक!" तबले ठनक पड़े।

"अरे आपकी मौसी है।" किसी नए ने फिकरा कसा, भिलभिलाहट मच गई।

मगही पान की पीक और मसले गजरों के साथ पतुरियों की खिलखिलाती बासी गन्ध का अजब सुस्त-सा राजसी माहौल।

इनरपति बाबू के यहाँ जब आख़िरी पाँत खाकर उठी तो एक पहर दिन चढ़ आया था और ज़िले के कतिपय उच्चाधिकारी नाश्ता करके वापस जा चुके थे। कहते हैं, न खाने वाले थके, न खिलाने वाले। दूसरे दिन 'खिचड़ी' पर वो दहेज, वो महफ़िल की वो रंगत कि कुछ न पूछिए। वैसा न हुआ है, न होगा। अरे दिल चाहिए 'दरियाव' जैसा और ठकुरई चाहिए ठाकुर जैसी। ये कोई सुखनन्दन सिंह की बरात थी 'चमार की बरात' जैसी? कहते हैं, पच्चीसों औरतें, बूढ़े-बच्चे कुचले गए भीड़ में। कहते हैं, इस शादी में शिवबकस सिंह और इनरपति बाबू का जोड़ काँटे पर छूटा।

यह सब तो हुआ, मगर कहाँ चले गए राजा गोसाईं, कहाँ ढूँढ़ा जाय उन्हें?

15

ढूँढ़ने की ज़रूरत नहीं पड़ी। पाँचवें दिन अपने आप अवतरित हो गए ज्योतिसी बाबा—पूरे दल-बल के साथ। वह साँझ का धुँधलका था। दालान में आकर खड़े हो गए सब। अभिवादन के शिष्टाचार के बाद मंडन मिश्र गम्भीर आवाज़ में बोले, "बेटा, तुम्हें पता नहीं कि ज्योतिसी जी को कहाँ से पकड़कर ला रहे हैं हम।"

जय बोला नहीं कुछ तो उन्होंने स्वयं कहना शुरू किया, "दु:ख से कातर शिवाले के पुजारी जी के पास ये बौराए बैठे थे। तुम्हें मालूम है कि तुम्हारे लिए कितना सहा है उन्होंने। इंजीनियर हमारे गाँव के तुम पहले बने तो किसकी बदौलत? इनकी बदौलत। तुम्हारी शादी की बात एम.एल.ए. साहब की बेटी से तय थी। आखिर हमारी भी कोई मान-मर्यादा है और तुम्हारे भी कुछ कर्तव्य हैं! हैं कि नहीं?"

"जी, मगर मैंने किया क्या?"

"माने...माने...यही के।"

"अरे क्या माने-माने लगाए हो? साफ-साफ बोलो न कि तुम अपनी मरजी से बिना जाति-कुजाति के विचार किए बियाहि के काहे लेइ आय-अ?" फ़ौजदार सिंह पिनक गए।

"बाबा अपनी शादी किसकी मरजी से करूँ? रहना मुझे है उसके साथ! मुझे अपनी तरफ से पिताजी के लिए सिर्फ यह कहना है कि मैंने उनकी रकम का गलत उपयोग नहीं किया है आज तक और कोई भी ऐसा काम नहीं किया कि उन्हें और आप सबको कोई शर्मिन्दगी हो।"

"तब का हो? चलो उठि के!" रामबुझावन यादव अपमानित-सा महसूस करते हुए उठ पड़े।

"भैया किहा गजब! पियासा आवत रहे तो एक लोटा पानी पीयत रहे एक ढोका 'गुर' खाइके, अब इहौ दुआरि बन्द।" तिवारी बोल उठे।

"बाबा, पनिया पी लिहाऽऽ नाहीं तो अबहिं एक्के पियासा बाभन मरि के बरम्ह भ हयेन, जोड़ा होइ जइहीं।" लुटई बोल उठा था टिपोरी। राजा के बाद बाहर का काम देखने बीच-बीच में आ जाता था। उसे क्या पता था कि टिपोरी इतनी महँगी पड़ेगी। चार बिस्से की सारंग सरसों काटकर आ जाएगी तिवारी के नेसुहे पर। ज्योतिसी बाबा ने लुटी नज़रों से देखा, उनका पूरा समाज उन्हें छोड़कर अपने-अपने घर जा रहा है। कर भी क्या सकते हैं लोग! उन्हें ख़ुद ही राह निकालनी होगी।

"बाबूजी खाना तैयार है।" चाँदनी ने इसी बीच पुकार दी तो एकबारगी झुँझला पड़े, "हमार भोजन तोहैं बनावै के के आयसु देहेसि? अरे अबहिं मरा नाँय अही बच्चा! आधी जिन्दगी अकेल बनइ खाइ आए, बहुत गई, थोरि बा, उही बीत जाए। हमका बेधरम जिनि करऽऽ।"

जय ने और स्वयं चाँदनी ने लाख कोशिश की लेकिन मानने को कौन कहे वे उग्र से उग्रतर होते गए। किशनगढ़ की वह रात निराहार कटी। सबेरे सोना आकर ले गई सारा खाना।

"क्या करोगे?" सबेरे हमने पूछा। यह सब तो अकल्पित न[illegible]। सदियों-सदियों के संस्कार हैं, टूटते-टूटते टूटेंगे।

"तब...?"

"तब क्या! मुझे अपना काम शुरू करना है। आज से ही लग जाऊँगा। खाने की चिन्ता मत करो। दो-एक दिनों तक हम इधर-उधर खाकर दिन काट ले जाएँगे। पिताजी भी। और जिस दिन वे अलग खिचड़ी पकाएँगे वही हमारा पहला दिन होगा घर की रसोई का।" यही सचमुच हुआ भी।

रुपई भी इनरपति बाबू के विरोध के बावजूद जब भी मिलते, आदर से मिलते, जयपाल भी। गाँव के भूमिहीन किसानों को हम अपनी बातें समझाते द्वार-द्वार फेरा लगाते। "वर्गविहीन और वर्णविहीन समाज, घाटों का सामूहिक ठेका, सामूहिक खेती, सबको सम्मान भरी जिन्दगी और इसके लिए सतत संघर्ष अपने अन्दर और बाहर।" लोग हँसकर टाल जाते इन बातों को। आख़िर हो क्या रहा है यहाँ—गजाधर सिंह जैसे देशप्रेमी तो यही जानने के लिए वहाँ मँडराया करते।

16

देखते-देखते बीत गए तीन महीने। आम के टिकोरों में गुठलियाँ पड़ गईं। चिलचिलाने लगा उसरहटा। दुबली हो गईं गोमती। गाँव के नौजवान और इक्की-दुक्की लड़कियाँ आकर्षित होने लगे थे। कुछ सरकारी इमदाद की बात पूछते, कुछ नौकरी की। संघर्ष की बात आने पर बगलें झाँकने लगते। सम्पन्न किसानों के कान खड़े हो रहे थे—आख़िर क्या बात थी कि इंजीनियर जय ने खेती शुरू कर दी थी और चाँदनी ने बच्चों की पढ़ाई। छोटे से बड़े—सभी लड़के-लड़कियाँ विरोध के बावजूद वहाँ जाने लगे थे लुके-छिपे। कुछ अनहोनी की गन्ध फैलने लगी थी फ़िज़ा में। रुपई, तिरलोकी, कभी-कभी जयपाल भी आ टपकते। राजा, दुक्खू पासी, अम्मर सिंह, चन्द्रभूषण, कौशल...और भी कितने। पुष्पलता सिंह की बिदाई के बाद हरिया ने जो मूँड़ी गाड़ी थी, वह मूँड़ी उठी किसान-सभा की इस पहली बैठक में। कजरी बाग़ गुलज़ार हो उठा था इस तपती दोपहरी में भी। वैसे साधू गोसाईं भी कम उत्साहित न थे।

उत्साह में किसी की कमी थी तो वह थे राजा कक्का, "अहेरिन के गाँव में रातोंरात सबका मन कैसे बदल गया?"

अम्मर जय से मिलने आए तो पता चला कि पैंट के नीचे कच्छा, जाँघिया सबसे महरूम हैं मगर सपने वही आसमानी...! बोले, "सुना, सम्मै दुनिया घूमि के आइ हय-अ, तनी हमहूँ के अँगरेजियत सिखाय द-अ बड़का भैया।"

"एहिका जरूरत तुहैं काहे आनि पड़ी?" जय ने पूछा।

अम्मर ने तनिक झेंपते-झिझकते बताया, "ससुर ने कहा है, तनिक एटीकेट-फेटीकेट सीखि के कल्चर्ड बनो।"

ऐसे कई सिंघाड़िया आते रहे-जाते रहे, कुछ आदर, कुछ अजूबा, कुछ हिकारत के भाव।

एक और सिंघाड़िया आ रहा था। 'रहा नहीं, रही।' पुष्पलता! ऊँची एड़ी का सैंडिल पहनकर चलने का अभ्यास कर रही थी कि मेंड़ पर गिरी और नेटिव डस्ट में सन गई।

"पर वह ऊँची एड़ी का सैंडिल पहनकर आ ही क्यों रही थी?" मैंने पूछा।

"आ रही थी, चाँदनी से शहरी मॉड संस्कृति के कुछ टिप्स सीखने पार्टियों में डांस-वांस के...। वही लुक बदलने की।" उस दिन आख़िर में आए सबसे बड़े सिंघाड़िया भी...कुँवर जयपाल सिंह!...राजा साहब ने भेजा है। सफ़ेद घोड़ी हिनहिनाई।

"बाप-बेटे के बीच ये कमबख्त 'राजा' और 'कुँवर' कहाँ से चला आया।" चाँदनी कुरमुराई पर जय ने प्रकटत: कुछ और ही कहा, "घोड़ा तो अच्छा है।"

"घोड़ी है।" जयपाल ने कहा।

देर तक गुफ़्तगू होती रही। मसला वही था 'लुक' बदलने का, 'आउट लुक' बदलने का नहीं। घोड़ी गई। ऊँट आया। राजा कक्का ने घोड़ी की लीद को फावड़े से उठाकर परे फेंका, "अभी कोई कला बाकी रह गई है का?"

अगला दिन!

"ई उजाला कैसा है? कोई आग-सी लगी है कहीं?" चाँदनी चकित हो गोमती की ओर देखने लगी।

"आगि नहीं है, सती माई अगिन-अस्नान कर रही हैं।" कक्का ने हाथ जोड़ लिये।

"आप प्रणाम कर रहे हैं?"

"हमीं नहीं, इस समय समूचा किशनगढ़, जो जहाँ होगा, खड़ा होगा हाथ जोड़े! कल से मेला लगेगा। सती माई की राख की पुड़िया बिकेगी।" यह एक अद्भुत दृश्य था। दूर-दूर तक जलते पत्तों की चकराती उड़ान! खरहे उछाल मार रहे थे। नीलगायें कुलाँचें मार रही थीं। साँप, नेवले, गोह, मोर, महोख...भाग रहे थे। कौवे, चील और दूसरे पक्षी चीख़ते हुए ऊपर चक्कर काट रहे थे। पालतू जानवरों की आँखें भय से घबराई हुई थीं। दूर-दूर तक ज्वाला का आलोक। अपने-अपने दरवाज़े पर या जो जहाँ था, वहीं हाथ जोड़े खड़ा था। औरतें अभुआ रही थीं। मर्द अभुआ रहे थे, जैसे उन्हें मिरगी आई हो। जब भी मैं इस दृश्य को याद करता फ़िल्म के स्लो-मोशन से ये दृश्य जेहन में गुज़रने लगते।

17

दुनिया की खोजों का इतिहास गवाह है कि एक को खोजने चलो तो कई और मिल जाती हैं। कुएँ में गिरा गगरा निकालने चलो तो न जाने अतीत में गिरी हुई कितनी चीज़ें निकल आती हैं। हरिया की यह खोज भी कुछ वैसी ही थी। हरिया और कालू ने बड़कवा सियार की माँद खोदी तो मादा भेड़िया और उसके दो बच्चों के अलावा एक और बच्चा निकल आया—आदमी का बच्चा, जिसके लम्बे-लम्बे बाल और नाखून थे, जो नंगा था और उन्हीं की तरह चौपाया बनकर चल रहा था। बड़ी मशक्कत से उसे भेड़ियों से छुड़ाकर बाँध-छानकर किसान-सभा की मड़ई ले आए। राजा कक्का ने थाली में पानी दिया तो पशुओं की तरह पीने लगा। दाल-चावल-रोटी उसने छुई नहीं। पका मांस भी नहीं। अलबत्ता, कुँवर के यहाँ से कच्चा मांस आया तो उसने खा लिया। भेड़ियों के साथ रहते-रहते उसकी शक्लो-सूरत तक बदलने लगी थी। देह बदबू दे रही थी। वह सिर्फ़ गुर्राता, आदमी की बोली-बानी बिलकुल न समझता।

जल्द ही यह ख़बर हवा की तरह फैल गई कि बड़कवा सियार की माँद से मनई का एक बच्चा मिला है जो मनई नहीं, लमकुड़वा बानर (लंगूर) की तरह चार हाथ-पाँव से चलता है। सिर्फ़ कच्चा मांस खाता है। कभी-कभार माठा पी लेता है। नौ-दस साल का है मगर नंगे रहता है।

जय ने स्लीमैन साहब की 'अवध की डायरी' का वह अंश दिखाया जिसमें 1840 के आसपास सुल्तानपुर में गोमती नदी के ऐसे बीहड़ों में भेड़िया-बालकों की मार्मिक सूचनाएँ लिखी हुई थीं। पुस्तक में ऐसी अनेक सूचनाएँ दर्ज थीं जिनमें बचपन में ही मानव-शिशुओं को ये भेड़िये उठा ले जाते। ज़्यादातर तो उन्हें खा जाते पर कुछ बच भी जाते, जाने कैसे! जिन बच्चों को खा जाते, बाद में उनकी तावीज़, पायल, कान की बाली जैसे गहने भेड़ियों की माँदों से झुखिया कहे जाने वाले बंजारे निकाल लाते। जो बच जाते वे धीरे-धीरे भेड़िये के चलन में ढल जाते। कैप्टन निकोल्टस साहब ने 1850 के सितम्बर महीने में स्लीमैन साहब को इस

बाबत दो-दो चिट्ठियाँ लिखीं। सुल्तानपुर, गोमती नदी के ज़्यादातर पूर्वी हिस्से कोइरीपुर, चाँदा, किशनगढ़ और कहाँ नहीं होते रहे ये हादसे। इन्हें आदमी नहीं बनाया जा सका। प्राय: सभी दो से पाँच साल तक जाते-जाते या तो मर गए या बीहड़ों में भाग गए। दो ही दिन में किसान-सभा की मड़ई एक चिड़ियाख़ाना बन गई। दूर-दूर से लोग उसे देखने आते, पूछते, "कहाँ है?"

तीसरे दिन से उसे आदमी बनाने का काम शुरू हुआ। सबसे पहले डॉक्टरी जाँच हुई। पकड़-पुकुड़कर उसे जबरन बेहोशी का इंजेक्शन दिया गया, तब भूलन काका ने उसका मुंडन किया। औरतों की तरह लम्बी-लम्बी जटियायी जटाएँ गिरकर ज़मीन में लोटने लगीं। मुंडित सिर बनसूरन-सा दिखने लगा। जगह-जगह गूमड़! नाखून काटने में भूलन काका की हिम्मत और हथियार दोनों जवाब दे गए तो हम सभी को जुटना पड़ा। हम भी फेल हुए तो अस्पताल से स्पेशल डॉक्टर-नर्स आए, पशु-रोग विशेषज्ञ भी। फिर शुरू हुई उनकी देखरेख में नहलाने-धुलाने की प्रक्रिया। उबटन, साबुन, डिटॉल, नीम की पाती—क्या-क्या नहीं! पर डॉक्टरों ने मना किया, बस हल्के से पोंछ दें। देह पोंछकर क्रीम। "हे नदिया गाड़े भगइया कहाँ छोड़ि आए!" के गीत से परछन करते हुए मुसम्मात भाभी ने कहा, "अरे इसे एक चड्ढी तो पहना दो।" इस प्रक्रिया में वह होश में आने लगा। होश में आते ही उसने पहले सिर को छुआ फिर चड्ढी को खींच-खींचकर फाड़ डाला। वह फिर से नंगा हो गया। पागलों की तरह वह, जहाँ होता, पाखाना-पेशाब कर देता। सिखाने के बावजूद वह बन्दरों की तरह चार पाँव-हाथ से चलता। बोली-बानी एक न समझता। रात रजाई दी गई तो चिन्दी-चिन्दी कर डाली। जय ने झाड़-पोंछकर एक अर्थपूर्ण नाम निकाला—"वन-मानव।" लेकिन लोग उसे 'जंगली' ही कहते रहे बल्कि जंगली भी नहीं, "जंगलिया।"

चाँदनी का कहना था कि जैसे भी हो, उस बच्चे को ज़िन्दा रखा जाना चाहिए। दो महीने बीत गए मगर उसके विषण्ण चेहरे पर न सन्तुष्टि की कोई छाया दिखी, न शरीर से दुर्गन्ध गई। सभ्यता के मानदंडों को ठेंगा दिखाते रहे उसके आचरण। और हम जिसे उसके शरीर की बदबू मान रहे थे, उसे ही सूँघ-सूँघकर एक शाम दो भेड़िये वहाँ तक चले आए थे। उसका चेहरा ऐसे खिल आया था मानो जनमों के मीत मिले हों। भेड़िये उसे चाट रहे थे, उससे खेल रहे थे। अद्‌भुत भरत मिलाप के क्षण थे वे! लोग बिना खलल डाले बहुत दूर से घेरा डालकर देख रहे थे यह अजूबा।

"यह एक बहुत बड़ी चुनौती है एन्थ्रोपोलोजी के लिए और दिलचस्प प्रयोग हमारे लिए भी" जय कहता। पचास हज़ार साल पहले इनसान पहली बार अपने दो पंजों पर मेरुदंड के बल पर तनकर खड़ा हो पाया था—होमोसैपियंस! और इतनी जल्दी हमने उसे फिर लौट जाने दिया वहीं वापस।

गोसाईं ने गाँव-गाँव की टोह लेकर उसकी माई का भी पता लगा लिया। कटघरा गाँव की निकली जिसने वन-मानव के पुट्ठे के काले लक्षण (चिह्न) से अपने छह

साल पहले गुम हुए बच्चे की शिनाख़्त कर ली, जिसे ढाई-तीन साल का था तभी खटकी दैत (दैत्य) बड़कवा सियार का भेख धरकर उठा ले गए थे। लेकिन लाख जतन के बावजूद न बेटा माँ में माँ ढूँढ़ पाया, न माँ बेटे में बेटा!

जय ने किसान-सभा में एक दिन 'द जंगल बुक' का हवाला देते हुए बताया कि उस पुस्तक से रुडयार्ड किपलिंग ने 42 वर्ष की उम्र में ही नोबेल पुरस्कार पाया तथा विश्व ख्याति अर्जित की, जगह मध्य प्रदेश में कहीं चिह्नित की लेकिन ख्याति का असली हकदार तो कैप्टन स्लीमैन साहब, उनकी 'अवध की डायरी' और किशनगढ़ या गोमती की घाटी है। सन् 70 तक भी बताते हैं कि ऐसे वन-मानव मिलते रहे हैं।

"क्या पता अब भी हों।" किसी ने कहा।

"कौन जानता है?"

"अच्छी चीज देखकर किपलिंग को लालच लगी होगी, चुरा लाया होगा।" चाँदनी ने कहा।

"ठीक चुराना कहना ज्यादती होगी।" जय कहीं दूर देखने लगा था, "दरअसल लेखक का अधिग्रहण क्षेत्र हकीकत से कल्पना तक इतनी दूर-दूर तक फैला हुआ होता है कि सपाट ढंग से इसे चोरी कह नहीं सकते। कभी विज्ञान लेखक देवेन्द्र मेवाड़ी जी ने बताया था..." आगे बढ़कर उसने रुडयार्ड किपलिंग पर एक छोटा-मोटा लेक्चर ही दे डाला, "प्रथम विज्ञान कथा लेखक, नोबेल पुरस्कार विजेता रुडयार्ड किपलिंग के पिता बम्बई के मूर्तिकार, पॉटरी डिजाइनर और जे.जे. स्कूल ऑफ आर्ट्स के मूर्ति शिल्प के प्रोफेसर थे, प्रिंसिपल भी। वहीं जे.जे. स्कूल ऑफ फाइन आर्ट्स के परिसर में 30 दिसम्बर, 1865 को किपलिंग का जन्म हुआ, फिर इंग्लैंड, भारत, लाहौर, शिमला और अन्तत: इलाहाबाद—पायोनियर के सहायक सम्पादक के पद पर। सीनेट भवन की घड़ी की सुइयों को पीछे घुमाते चलो तो 1888 से 1889 के बीच किपलिंग तुम्हें सीनेट हॉल के पीछे खड़े दिखाई दे जाएँगे। अब इलाहाबाद और सुल्तानपुर जितने करीब हैं, उतने ही करीब हैं 1850 और 1888 भी...माने स्लीमैन और किपलिंग भी। सो 1850 के आसपास की भेड़ियों की माँद से निकलकर मानव-बच्चों की स्लीमैन साहब की सत्यकथा, पिता की मृदा मूर्तियों के संसार और अन्य अनुषंगों से कल्पना की चाशनी में घुलकर 'जंगल-बुक' में ढली होगी—इस सम्भावना से इनकार नहीं किया जा सकता। अपनी हिन्दी कहानी के पुरखे सप्रे जी तो इसके काफी बाद हिन्दी की पहली कहानी 'टोकरी भर मिट्टी' लेकर हाजिर होते हैं।"

"तुमने तो यार हमारा रहा-सहा श्रेय भी हमसे छीन लिया।" गजाधर सिंह ने कहा।

"यही नहीं, 42 वर्ष की आयु में मिलता है किपलिंग को नोबेल प्राइज, जन्म हुआ था 1865 में। 1865 में 42 जोड़ दें। कितना हुआ—1907 तो 1907 में मिला भारत में जन्मे रुडयार्ड किपलिंग को नोबेल प्राइज?"

"हाँ।"

"और अपने गुरुदेव रवीन्द्रनाथ टैगोर को नोबेल प्राइज मिलता है 1913 में—किपलिंग से छह साल बाद।"

"लो, रवीन्द्रनाथ वाला श्रेय भी गया। प्रथम भारतीय नोबेल पुरस्कार विजेता तो एक अंग्रेज निकला।" गजाधर सिंह उठकर खड़े हो गए।

"बशर्ते अंग्रेज उसे छोड़ें और आप किपलिंग को भारतीय मानने में कोई आनाकानी न करें। वह प्रथम ब्रिटिश नोबेल लॉरिएट भी था अंग्रेजी साहित्य का।" गजाधर सिंह का जैसे कुछ खो गया है। वे सिर झुकाए उदास भाव से ख़ुद में रुनते-धुनते चले जा रहे हैं। उन्हें लगता है, 'पलासी', 'बक्सर' और 'गदर' के बाद अंग्रेजों से एक बार फिर पराजित होना पड़ा है, अभी-अभी, यहाँ अपने किशनगढ़ में और सामने बैठा जय जय नहीं कोई मीरजाफर है।

इस बीच कालू चेन में बँधे वन-मानव को लेकर आ गया और वह कुत्ते की तरह पुट्ठों के बल बैठकर उदास भाव से हमें ताकने और हमारी बातें सुनने लगा। आज उसे चड्ढी और हाफ़ क़मीज़ पहनाई गई थी और वह मदारी के बन्दर-सा लग रहा था।

उसे देखते हुए मुझे याद आया, "पर मेरा सवाल इससे अलग है।"

"क्या?"

"ये जो कुछ इनसानी बच्चे भेड़ियों से बच गए, वे बचे कैसे?"

"इसका तो सिर्फ अनुमान ही लगाया जा सकता है। मेरा खयाल है, जननांगों की तरह स्तनों के स्पर्श से हिंस्र भाव नरम पड़ने लगता है। हो सकता है, भेड़ियों के बच्चों की देखादेखी मानव-शिशु ने भी मादा भेड़िये के स्तनों का पान किया हो या करना चाहा हो।" जय ने कहा।

"तुम ठीक कहते हो बच्चा, छेरी (बकरी), गाय या भैंस के थन छूते ही..." राजा कक्का की बात चाँदनी की डाँट से आधे में ही भूल गई, "आए थे हरिभजन को ओटन लगे कपास! बम्बइया फिल्मों की तरह चीजों को इतना सरलीकृत न कर दो कि सेक्सजनित प्रेम ही सारे मर्ज की दवा है।"

"अहा! तुम तो खामखाह बुरा मान गई।" जय ने उसके आक्रोश को शमित करना चाहा, "तुम इसे अहेर के कंटेक्स्ट में देखो न...स्नेह का सेंटिमेंट नफरत और हिंसा पर कैसे भारी पड़ता है! क्या होता है, जब शिकार और शिकारी की भूमिकाएँ एक्सचेंज हो जाती हैं, जब मदारी की ताल पर नाचने वाला बन्दर मदारी को ही नचाने लगता है, जब आदमी द्वारा लड़ाए जा रहे तीतर, बुलबुल या भेड़े आदमी को ही लड़ाने लगते हैं।"

"कुछ भेजे में आया जंगलिया भैया?" कालू ने चेन खींचकर वन-मानव से पूछा।

"चुराने की बात पर हम फिर उसी मुकाम पर आते हैं...भेड़ियों ने चुराया आदमी के बच्चों को। खा डाला या भेड़िया बना डाला। दूर होते गए ये मानव समाज से। ग्रीस या दूसरी जगहों पर इनसान और पशुओं के बीच संवाद और समझ की आवाजाही की सैकड़ों कहानियाँ बिखरी पड़ी हैं। कितनी सच हैं, कितनी झूठ—हम नहीं जानते। पर वे कहानियाँ हैं और किशनगढ़ का यह वन-मानव एक जिन्दा हकीकत। इसके आईने में स्लीमैन साहब के दूसरे वन-मानव भी दिखने लगे हैं हमारे सामने। दोनों ही अहेरी—भेड़िये भी, इनसान भी। दोनों ही हिंस्र और बर्बर। पर यह भी सच है कि दोनों की हिंसा-प्रतिहिंसा, या उनके बर्बर थ्रिल के सेंटिमेंट पर स्नेह और वात्सल्य के सेंटिमेंट भारी हैं। बम्बइया फिल्मों ने इसके एक अंश को ही अपने स्वार्थ के लिए भुनाया पर अपनी टोटैलिटी में यह सत्य सार्वभौम है।"

दूर-दूर से लोग उसे देखने आते, पूछते, "कहाँ है जंगलिया?" कलिका दुबे को जब-जब मसखरी सूझती, साधु गोसाईं को चौपाया बनाकर रस्से से बाँध देते। कहते, "यह रहा जंगलिया।" कुछ लोग मिथों की तरह इस मज़ाक़ को भी सच मानने लगे थे कि हो न हो साधु गोसाईं बड़कवा सियार की माँद से ही निकाले गए हों। अब इसका असली पता तो भूतों की पार्लियामेंट में ही हो सकता था! मटरू, लुटई और दूर-दूर तक के ओझा, सोखा सीरियस हो गए। ब्रह्मचारी बाबा, ज्योतिसी बाबा और गण्यमान्य पंडित, विद्वान् तथा कॉलेज के शिक्षित तबकों में इसकी जड़ें महाभारत काल तक खोज निकाली गई थीं। लोग इस निष्कर्ष पर पहुँचने लगे थे कि अनादि काल से ही यह अहेरियों का क्षेत्र माने शिकारगाह रहा है।

जय का कहना था, "स्लीमैन की डायरी में भेड़ियों की माँद से मिले एक भी वन-मानव को मानव नहीं बनाया जा सका। भेड़ियों के साथ रहोगे तो भेड़िये बन जाओगे।"

"पर हम इसे आदमी बनाएँगे।" चाँदनी ने कहा।

"बनाओ।"

सभा के काम में व्यवधान आता रहा। तमाशबीनों का ताँता लगा रहता। अन्तत: तय हुआ कि इसे इसकी माँ के हवाले कर दिया जाए। चिकित्सक आकर उसकी जाँच करते रहेंगे। चाँदनी उसे रोज़ देख जाया करेगी। इस तरह 'जंगली' के तमाशबीनों से छुटकारा मिला।

18

हरिया को इनरपति सिंह फूटी आँखों देखना पसन्द न करते। उन्हें लगता, जयपाल को सुहेल बिगाड़ने में लगा हुआ है और रूप कुमार सिंह को हरिया। उन्हें अनुमान भी न था कि बात इससे भी कहीं ज़्यादा गम्भीर है। हरिया रुपई को ही नहीं, पुष्पलता को भी बिगाड़ रहा था। वह चुपके-चुपके चबेना और गुड़ दे जाया करती थी उसे और हरिया उसका प्रेम-पत्तर 'परोफेसर' गजाधर सिंह के हाथों में।

घटना या दुर्घटना शायद आम की बाग़ से मोड़ लेती है। हरिया बड़कवों की इस बाग़ का एकमात्र रखवाला था। पुष्पलता आई थी कोई ज़रूरी खबर देने—अपनी या भइया की। मालदह आम की एक 'कोइल' चुभ गई आँख में। बिना कुछ पूछे पुष्पलता ने ढेले उठाए और लगी तोड़ने उस आम को। हरिया ने पहली बार देखा उस औरत को, जो उससे इतने दिनों से परिचित थी, जिसका वह महज़ सन्देश-वाहक था उस गुड़ और चबेने की एवज़ में। एक-दो माह में कहीं और चली जाएगी। बार-बार फल तोड़ती जवान लड़की के रूप का ज्वार उसे भिगो-भिगो जाता।

और उसके एक ही ढेले में 'कोइल' नीचे। वह चहकते हुए उसे उठाकर भागी तो हरिया ने कहा, "औरो लिहे जाओ।"

"ऊँहूँ! खदेरुआ आइ के लेइ जाए।" पुष्पलता ने कहा और चल पड़ी। हलवाहा खदेरू इस बात की रिपोर्ट नमक-मिर्च लगाकर दे आया रुपई को। रुपई को यक़ीन नहीं आया, मगर हलवाहा लगातार जोश दिलाता रहा, "उस साले बहेतुआ की यह मजाल कि आँखि गड़ावे ठाकुर की बिटिया पर? जिस पत्तल में खाए, उसी में छेद करे?"

रुपई बेचैन हो उठे तो वह बोला, "तुम ठाकुर के कैसे लड़के हो? अगर हम ठाकुर होइत तो सारे के आँखि निकारि के चील्ही के देइ दिहे होइत।" गजाधर सिंह ने स्वयं रुपई से हरिया की निन्दा की थी। बेचारा हरिया!

मुसम्मात भाभी जब भी आतीं चाँदनी के लिए कोई न कोई सौगात लेकर आतीं और कोई न कोई गीत सुनाकर जातीं। कभी "जल भरें हिलोर-हिलोर, रसरिया रेशम

की", कभी "ठाढ़ि गोरी गंगा हिलोरैं, मुनरिया लेइगै मछरिया..." कभी कुछ, कभी कुछ!

एक दिन जयपाल के हरिणा-शिकार का प्रसंग उठाया था कलिका दुबे ने कि जय भाभी से इसरार कर बैठा—"भाभी, 'छापक पेड़ छिउलिया' तनिक सुनाओ न!"

"ना-ना, हमसे न होए।" भाभी 'ना'-'ना' करती हुई मूँड़ी गड़ाती गईं। जय उदास होकर जाने लगा। अचानक सोहर के बोल ने उसका कुर्ता पकड़कर खींच लिया। भाभी ने सिर उठाया, अब वे गा रही थीं—

छापक पेड़ छिउलिया कि पतवन गहबर हो।
*रामा तेहि तर ठाढ़ि हरिनिया मनइ मन अनमन हो...**

कलिका दुबे के चलते उजली साड़ी के घूँघट को खींचकर ओट बना लिया था उन्होंने। उनकी नाक की सोने की नकछुच्छी हल्के बादलों के गर्दीले आसमान में तारे-सी टिमटिमा रही थी। माहौल भारी होता गया। वह एक न भुलाया जा सकने वाला भावुक मुहूर्त था। अचानक वे फूट-फूटकर रोने लगीं। "इस एक छोटे-से सोहर के सामने तुलसी की महिमामयी पूरी रामकथा बौनी पड़ जाती है।" जय ने कहा।

"तुलसी ने क्या लिखा है मालूम," कलिका ने कहा, "जे मृग राम बान के मारे, ते तन तजि सुरलोक सिधारे।" कुछ सयानों ने हरिणा की लाश को अपनी ओर घसीट लिया—"बाउर भइयु तू हरिनिया न केन मति मारे हो। हरिनी परबइ रमैया जी की छठिया तरनितरि जाबइ हो।"

एक-एक कर इस सोहर के कई अवधी संस्करण पेश कर दिए कलिका ने।

"एक में हरिणी शाप देती है कि बारह वर्ष के होते ही राम बन को सिधारेंगे और रानी, जैसे मैं हरिणा के लिए कलप रही हूँ तुम भी वैसे ही कलपोगी। मगर कुछ रूपान्तर फिर उसे तुलसी की ओर ले आते हैं। घूमते-घामते फिर उसी मुकाम पर घसीट लाए जहाँ से बगावत कर यह लोकगीत चला था।"

खिसिया गया जय, "कहाँ लाके मारा रे...। और मारकर उसकी खाल में भूसा भर दिया।"

---

* पलाश के घने पत्तों के नीचे हरिणी अनमनी-सी खड़ी बिसूर रही है। उसका हरिणा पूछता है, क्या तेरे चरागाह सूख गए हैं, या पानी के बिना मुरझा गई है, इतनी उदास क्यों हो? हरिणी बताती है कि न तो चरागाह सूखे हैं, न ही जलाशयों में पानी की कमी है, उदासी की वजह कुछ और है। वह यह कि कल राजा दशरथ के बेटे रामचन्द्र की छठी है, वे तुझे मार डालेंगे। मार डाला जाता है हरिणा। हरिणी मचिया पर बैठी कौशल्या रानी से अरज करती है कि रानी, हरिणा का मांस तो रसोई में पक रहा है मुझे इसकी खाल ही दे दो, मैं उसे देख-देखकर मन को मना लूँगी कि मेरा हरिणा जीवित है। रानी कौशल्या ने कहा, "हरिणी घर जा। हरिणा का मांस तो रसोई में पक ही रहा है, तुझे हरिणा की खाल भी नहीं दूँगी। मैं उसकी खँजड़ी बनवाऊँगी, मेरा राम उससे खेलेगा।" उदास हरिणी लौट जाती है। जब-जब खँजड़ी बजती है पलाश के घने पत्तों की छाँव में खड़ी हिरणी चिहुँककर अनमनी हो बिसूरने लगती है।

"भूसा नहीं दिमाग का गोबर।'

"अहेरियों का गाँव है।"

"टग ऑफ वार है—रस्सा-कशी!"

"हर जाति अपने-अपने आग्रहों के हिसाब से मिथ गढ़ती और तोड़ती रहती है।" अब यही देख लो मज़ाक़-मज़ाक़ में रामायण को कैसे पेश किया जाता है—

राम रवन्ना, दुइ जन्ना
एक ठाकुर, एक बाभन्ना
वोय ओनकर नारि चुरन्ना
ओय उनका मारन्ना।

परस्पर जातिगत घृणा के सारे भूमिगत फिकरे फिर से निकले आ रहे थे। गजाधर सिंह कहीं जा रहे थे, साइकिल रोककर खड़े हो गए, "बाभन-ठाकुर की यह लड़ाई देवासुर संग्राम से भी पुरानी है, वेद बनाम उपनिषद, मनु-याज्ञवल्क्य बनाम बुद्ध-महावीर, परशुराम, रावण बनाम राम...।"

कलिका ने बीच में रोककर कहा—"ऐसे न फरियाए! आओ हम-तुम लड़ि के फरिया लें।"

बाभन-ठाकुर की लड़ाई एक तीसरे आदमी को सामने पाकर थम गई।

"क्यों भैया, तुम कौन हो, बाभन कि ठाकुर!" कलिका ने टोका।

"कोई नहीं...।" युवक ने कहा।

"तो यहाँ क्या तमाशा देखने आए हो, जाओ अपना रास्ता लो।"

"यहाँ मेरा ननिहाल है। यहीं के कॉलेज में पढ़ा है मैंने। फैजाबाद से किसान-सभा के बारे में सुनता आया था सो आज देखने चला आया।"

"ऊँ, क्या नाम है, किसके घर ननिहाल है?"

"नाम परमानन्द, "परम' कह लें, बूचुन चौधरी मेरे मामा हैं।"

"अरे भैने! तब दूर क्यों खड़े हो, पास आओ। तुम्हारे जैसे पढ़े-लिखे जवान की ही तो किसान-सभा को जरूरत है।"

परम अभी जय से बातें कर ही रहा था कि दूर कोई चीत्कार-सी उभरी।

कोई मर्मान्तक चीख़ कलेजे को बेध रही थी। कालू ने बताया बैरागी बाबा को सूअर के छौने की बलि दी जा रही है। चीख़ की डोर पकड़कर अतीत में उतरता है जय, "क्या कसूर था बैरागी बाबा का?" अपने ढंग से मैं समझने-समझाने की कोशिश करता हूँ...

बाभन तो बहुत थे, मगर कोई चरवाहा न था। ठाकुर तो बहुत थे, मगर कोई हलवाहा न था। राजा साहब के पुरखों ने बाभन, महाबाभन, ठाकुर से लेकर कहार, धोबी, नाई, दर्जी, रंगरेज, मुसहर, चमार, लोहार आदि लाकर बसाए थे माने वही वैदिक श्लोक—

सृष्टि के पहले सत्य नहीं था/असत्य भी नहीं/अन्तरिक्ष भी नहीं/आकाश भी नहीं/ छुपा था क्या कहाँ/किसको पता था/उस पल तो अगम-अटल जल भी कहाँ था।...

अब राजा रुद्रपाल सिंह का मानना है कि चूँकि सभी लोग उनके पुरखों द्वारा बसाए गए हैं अत: उनसे बेगार लेना उनका हक़ है। इसी मान्यता के तहत उन्होंने चमार जाति के बैरागी बाबा को बेगार में लगाना चाहा। बैरागी ने कुछ आनाकानी की होगी। ठाकुर सह न पाए होंगे और हँसी-हँसी में जान से हाथ धो बैठे बैरागी। यह तो लोक आस्था है कि बैरागी की जगह बरगद का पौधा उगा। प्रमाण? बैरागी को भी दाढ़ी थी, और बरगद के पौधे को भी जनमते ही दाढ़ी! उसी चमरदोख के पाप को जो हत्याहरणा में नहाने से भी न धुला, शमन के लिए हर साल एक सूअर के छौने की बलि दी जाती है।

हम सभी मुक्त जेल के क़ैदी थे। कहीं भी रहते, एक अव्यक्त घेरा बना रहता। न्यूनतम इतना दाना, इतना पानी, इतनी हवा, इतना मान जिसमें ज़िन्दा रह सकें और इनकी सेवकाई कर सकें। ज़्यादा देने से पखना (पंख) निकल आएगा। हमारे परिवार का आसनसोल जाना इस घेरे के बाहर जाने की पहली उड़ान थी।

दूसरी उड़ान हरिया की...।

19

किसान-सभा में हरिया अक्सर बैठकर हमारी बातें सुनता। दो ही महीने में कितना बदल गया था हरिया! अब बाहर मोटरसाइकिल पर बैठकर जयपाल 'हॉरन' दें या रुपई, किसान-सभा के सिवा उसे अन्य कुछ सुनाई ही न पड़ता।

किसान-सभा की मड़ई में उस दिन भगत सिंह के बयान के साथ दो-दो कविता पोस्टर चिपका रहे थे गोसाईं और हरिया। रुपई कब आकर खड़े हो गए, कुछ पता ही न चला। पता तब चला जब वे कविताएँ पढ़ने लगे—

पौ फटने की सुनगुन पाकर सोच रही है अपना हस्र
ढलते अँधियारों से लिपटी फिरती है बौराई रात
धरती के कोने-कोने में ढूँढ़ रही है अपनी क़ब्र
सदियों के गहरे कुहरे की चादर में कफ़नाई रात
वाह! वाह!

और दूसरी—

चिड़िया उड़ रही है।
अपने नन्हे-नन्हे परों से आकाश को बुहारती
चिड़िया उड़ रही है।
कितना अच्छा लगता है नीले आकाश में
नन्ही चिड़िया का इस तरह उड़ना
और हम देख रहे हैं नन्ही चिड़िया
का आकाश में उड़ना
प्रत्यंचा की तनी हुई डोर के पीछे से।

"अरे! ई तो बहुतै बड़ी चीज लिखी है एहमा।" रुपई ने हरिया की पीठ ठोंकी।

हरिया ने कहा, "ई सब जय भैया का परताप है, वरना कहाँ हम, कहाँ ई सब गियान की बात! आप भी अब किसान-सभा में आ जाओ।" हरिया उत्साह से भर उठा था। रुपई जय की ओर मुखातिब हुए, "अच्छा भैया, हम भी अहेरियों के गाँव के और तुम भी, मगर तुमरे दिमाग में ई बात आइ गई, हमरे दिमाग में नाँय!"

जय उसे कौतुक-भाव से देखने लगा।

"पहिले-पहिल कब ई बात आई तोहरे मन में?" रुपई ने पूछा।

जय ने हँसकर कहा, "ई पोस्टर देख रहे हैं न...!"

"ईऽऽऽ! एक माँ एक चिरई है, शायद बगुला, और एक माँ हनुमान जी!

"हाँ! एक बार हम माईथान डैम के पास देखा, एक पानी वाला साँप जात रहा। बगल में एक टाँग पर बगुला। धरकर दबोच ही तो लिया साँप को। हमने सोचा, साँप तो अब गया। तभी देखा, साँप अपने बचाव में बगुला की चोंच को रस्सी की तरह कसकर ऐसे लिपट गया कि वह उसे खाने को मुँह ही न खोल सका। उसकी अपनी जान के ही लाले पड़ गए।"

"अरे!" जयपाल सिंह आ गए थे।

दूसरे पोस्टर की बात हम सभी जानते हैं—सुरसा और हनुमान जी का "जस-जस सुरसा बदन बढ़ावा, तासु दुगुन कपि रूप दिखावा।" दोनों में एक ही भाव—"मुझ निर्दोष को खाओगे? खाओ तो जानें।"

गाँव का जो भी आता इन पोस्टरों को देखने लगता। उस दिन माहौल ख़ासा उत्साहवर्धक था। जयपाल कम्युनिस्ट पारटी ज्वाइन करने जा रहे थे। रुपई से पूछा, "चलबऽऽऽ?"

"आना तो हई है। आप जाओ, हम बाद में आएँगे।"

जय और जयपाल के चले जाने के बाद रुपई दोबारा से हरिया के पास आए, "आज से तुम गुरु, हम चेला, तुम्हें दोस (दोस्त) कहते हुए सचमुच गरब हो रहा है।"

विगलित हो उठा हरिया। उस दिन पुरानी दोस्ती के कितने ही वाकये याद किए गए। अहेर की बात चली, "जिनगी ससुरी फालतू चीजन में जाया होइ गई भयवा! हमतो आजइ जय भैया के साथे चला आइत मुदा एक परन पूरा कइ लेई तब!"

"का?"

"एक आखिरी शिकार! बाभनों को गंजी खिलाने को बोई थी, एक ससुरी साही आइ के नाश कइ दिहेसि! मारि नाँय पाए। ससुरी चैलिंज पे चैलिंज देत बा।" तनिक रुककर तजबीजने लगे, "तोंहसे बड़ा शिकारी के बा! तनिक हेलप कइ देत-अ तो आज ही...।"

"लेकिन हम तो...।" हरिया हकलाया।

"मालूम है, सब कुछ छोड़ चुके हो, लेकिन हमारी भी आन की बात ठहरी, आखिर तो ठाकुर ठहरे। कोई सार आँख दिखाए और... इसी को मार दो, तुम्हें अपनी

पुरानी दोस्ती की क़सम, फिर हम हत्याहरणा में नहाकर सीधे किसान-सभा में...। घर भी नहीं जाएँगे, पानी तक नहीं पिएँगे, पहिले किसान-सभा फिर बाक़ी कुछ।" उस दिन चर्चा यूँ ही छिड़ गई। साधु गोसाईं ने पूछा, "सबसे बड़ा अहेरी कौन?"

"बाभन! अकेले किशनगढ़ को क्यों दोष देते हो," कलिका ने कहा, "धर्म और जाति से बड़ा कोई अहेरी हुआ है। तीन हजार सालों का मारा हुआ ऊँच-नीच का बान, जहर है कि उतरने का नाम ही नहीं ले रहा। जो जहर उतारने आए, वे भी कहर (कराह) और बर्रा रहे हैं—बौद्ध, जैन, इस्लाम, ईसाई, सिख सब। पेड़-पौधों, नदी-पहाड़, चरिन्दों-परिन्दों, दरिन्दों—सब की जाति बना दी हमने।"

"जैसे?" पूछा चाँदनी ने।

"जैसे कुम्हड़ा बाभन है, लहसुन-प्याज शूद्र।"

कलिका ने जैसे पिंडारा का सन्दूक ही खोल दिया, हर कोई अपनी जानकारियाँ परोसने लगा।

"बेल बाभन है, कैंत शूद्र।"

"पीपर बाभन है, नीम बभनी।"

"गंगा बाभन है, कर्मनाशा शूद्र।"

"गाय बाभन है, भैंस, बकरी ओबीसी यानी शूद्र, सिंह-बाघ ठाकुर, कुकुर, गदहा, सूअर, सियार महा शूद्र, चिरइन में हंस, नीलकंठ, तोता बाभन; कौआ, चील, गीध शूद्र। मुसलमान भी हैं, मुर्गा-मुर्गी, बुलबुल, कपड़ा में पायजामा, गोल टोपी, अंडरवियर मुसलमान, धोती, दूफलिया टोपी हिन्दू।"

"दिशा में भी शुद्ध-अशुद्ध है, यानी 'बाभन-शूद्र' है, मुहूर्त तक के ग्रहों-नक्षत्रों तक में भी...माने क्या कहते हैं कि मरने के बाद भी जाति और लिंग से पिंड नहीं छूटने देंगे हम...बरम्ह बाभन, चमरदोख शूद्र, चुड़ैल औरत और शूद्र, जिन्न, मुसलमान...!"

"यह ज्ञान तक को संक्रमित कर जाता है। जानते-बूझते हुए भी लोग उसी तरह अनुशासित होते चले जाते हैं। ज्ञान पापी!" मैंने अपनी कुढ़न व्यक्त की थी, "डायरेक्ट न भी हो तो सायलेंट किलर।"

"रवीन्द्रनाथ टैगोर की एक उक्ति कहीं पढ़ी थी, देखना पड़ेगा कि कौन बोल रहा है और कहाँ से बोल रहा है।" चाँदनी ने कहा।

"लेकिन तुमने बिटिया, तुमने तो जात को मात दे दी।" सुखनन्दन सिंह ने पूछा, "कैसे जीता इस जिन्न को?"

"वहीं से जहाँ इसका गोमुख है, यानी दिमाग—ऊँच-नीच की गाँठ।"

बहुत दिनों के बाद गोसाईं ने पेशाब की ऊँच-नीच की गाँठ पर।

कमाल का उत्साह था। आसपास के शहरों, क़स्बों से भी लोग चले आते किसान-सभा के प्रयोग को देखने। उत्साही नौजवानों द्वारा दो-दो ब्लूप्रिंट तैयार

हो रहे थे—एक वर्णोच्छेद का, दूसरा वर्गोच्छेद का। जाति या वर्ण के उच्छेद की सैद्धान्तिक इस प्रकार गढ़ी गई—पहले समान पेशे वाली जातियों का आपस में विलय हो, फिर सबका एक साथ विलय। उसके लिए जो संवर्ग बने थे, एक—माली, कोइरी, कुर्मी; दो—यादव, पाल; तीन—भड़भूजे, हलवाई; चार—सोनार, लोहार, कुम्हार, ठठेरा; पाँच—सभी दलित, सभी बनिये; छह—सभी कायस्थ, सात—सभी ठाकुर; आठ—सभी ब्राह्मण! पहले ये संवर्ग मिल-मिलकर एक-एक बनें, फिर सारे एक मिलकर एक! इस पर ऐसा घनघोर मंथन चला कि समुद्र-मंथन सामने होता तो लजा जाता। विलय होगा, नहीं होगा। स्वामी सहजानन्द सरस्वती बुन्देलखंडी बाभन थे जुझौतिया, फिर भूमिहार बने। बढ़ई और लोहार एक बने कि नहीं? भगत की घटना ही देख लो। लगा, मार हो जाएगी। लेकिन वर्णोच्छेद का रोलर सबको पस्त करता आगे बढ़ रहा था।

वर्गोच्छेद के ब्लूप्रिंट के हिसाब से समूचे किशनगढ़ को एक मानकर उसकी खेती-बारी, खाद्य सामग्री, अंडा, फल-फूल, दूध—सबका को-ऑपरेटिव!

रामसुहाग मौर्य, अम्मर और जगजीत वर्मा तो इतने उल्लास में आ गए कि तीनों ने हाथ मिलाकर ऐलान कर डाला, हम किशनगढ़ को मॉडल बनाकर छोड़ेंगे!

पर नहीं।

वर्गोच्छेद और वर्णोच्छेद में छेद हो गया। और इस छेद से पिलपिलाकर जो निकला, वह जाति के सुप्त ज्वालामुखी का लावा था।

किसान-सभा के परम उत्साही 'परम' चुप होते-होते एकदम से चुप हो गए और फिर भड़क उठे—

"ठाकुरों के भगवान राम हुए, बाभनों के परशुराम, कायस्थों के चित्रगुप्त हुए और अहीरों के कृष्ण—इसी तरह औरों में भी खोज मच गई। अपने-अपने भगवान, अपने-अपने नायक खड़े करने की हड़बोंग मची हुई है। कालू तक ने किन्हीं 'दीना-भद्री' का आविष्कार किया है। इतिहास हो, मिथ हो, पुराण हो, लोककथा हो, कहीं से भी ढूँढ़कर ले आओ, मगर ले आओ। ये जाति-जाति के भगवान अपनी-अपनी जाति का कल्याण करेंगे, फिर हम जैसों का क्या होगा जो इनकी जाति के नहीं हैं।"

उस दिन न जय था, न चाँदनी। दोनों जंगली को देखने गए हुए थे, जो अस्वस्थ चल रहा था।

उस दिन परम की घुटती हुई आत्मा छिटककर इस घुटन के पार चली गई और एक नए देवता का आविर्भाव हुआ—'परम'! परमानन्द किशनगढ़ में बुड़की मारकर लंदन में उतराएँगे, तीस साल बाद, वह भी इस रूप में यह मेरी कल्पना से भी परे था। 'परम टेम्पल' में यूँ ही लिवा गए थे एक पत्रकार मित्र। उस समय एक टेम्पल में परम भगवान की जिस आवक्ष प्रतिमा की कोई भक्त सेवा कर रहा था, वह अपने 'परमानन्द' की है—मैं सोच भी नहीं सकता था।

सेवा कर्म के दौरान एक भक्त उन्हें तौलिये से पोंछ रहा था कि उँगली प्रतिमा की नाक में चली गई। मुझे छींक आ गई। भक्तों ने मुझे रोष से देखा, मैंने अपनी इस अभद्रता के लिए क्षमा माँगी। तभी प्रतिमा को ग़ौर से देखा तो पता चला, अरे यह तो अपना परम है।

आज की तारीख़ का हाल यह है कि परम का भले ही पाँच वर्ष पहले देहावसान हो चुका है, मगर परम द्वारा स्थापित परम टेम्पल में वह अभी भी ज़िन्दा है कई-कई क्लोनों में।

जैसे हनुमान जी ने पातालकाली को चरणों से दबाकर उनकी जगह ख़ुद को स्थापित कर राम-लक्ष्मण को बलि से मुक्त कराया था उसी तरह परम ने...। कहने को पूजा विष्णु की मगर वास्तव में पूजा होती है 'परम' की। अब तक जातिवादी देवताओं ने परम की जाति और आत्मा का शिकार किया था, परम ने 'परम टेम्पल' में ख़ुद की पूजा करवाकर सबका बदला ले लिया।

पर यह सारा मसला आज का है। तीस साल पहले जिस दिन परम ने किसान-सभा का परित्याग किया था, माहौल दूसरा था।

उन दिनों राम प्रसाद मास्टर जब भी किसान-सभा में आते एक अच्छे श्रोता की तरह चुपचाप सुनते रहते मगर एक दिन जैसे उन्हें मौक़ा मिल गया बोलने का—

"भैया जय!"

"हाँ काका!"

"एक बात कहें?"

"कहिए न!"

असम के सम्बन्ध में तुम्हारी ही एक किताब में छपा है—"सूरज का आखेट! नरभक्षी थांकुल नागाओं में एक युवक अपनी प्रेमिका के लिए भावी श्वसुर के यहाँ नौकरी करता है। क्षुब्ध रहता है कि श्वसुर उसे बहुत ज्यादा खटाता है—दिन भर! फिर दूसरे दिन, फिर तीसरे दिनों की न अन्त होने वाली शृंखला। उसने सोचा, कि उसके कष्ट की जड़ में है सूरज का होना। जब तक सूरज रहेगा, दिन बदलते रहेंगे, मगर उसके दिन नहीं बदलेंगे। उसने सूरज का आखेट करना चाहा। आखेट की इसी कोशिश में उसकी उम्र तमाम हो गई मगर सूरज...?"

"समझ गया काका!" जय ने कहा, "यानी मैं इस ब्राह्मणवाद या जातिवाद का आखेट न कर पाऊँगा चाहे इस कोशिश में उम्र तमाम हो जाय।"

"हाँ! यह सारा कुछ यूटोपियन खुशफहमी है।"

रात को यही दुविधा चाँदनी से बाँटते हुए जय ने कहा, "क्यों नहीं आखेट कर पाया कोई इसका, मालूम है?"

"क्यों?"

"इसलिए कि शिकार मूर्त चीजों का होता है, और यह अमूर्त है।" चुप हो गई चाँदनी, फिर कहा, "अमूर्त चीजों का भी आखेट होता है सिर्फ उसके तरीके अलग होते हैं।"

जय विस्मया विमुग्ध भाव से लगा देखने अपनी प्रिया को, "सत और असत की लड़ाई यूँ भी पूरी तरह कभी खत्म नहीं होती। सतत द्वन्द्वात्मकता! हम अपनी-अपनी भूमिकाएँ निबाह कर चले जाएँगे इस जहान से। फिर कोई और आएगा... फिर कोई और...।" एक दुर्दम्य आशा भरी रहती उसके मन में, चाहे वह जंगली प्रकरण हो या हरिया का।

20

जय की डायरी में यह दस्तावेज दर्ज हैं।

किसी को कुछ पता नहीं है कि क्या हुआ, कैसे हुआ। सरपंच, प्रधान और गाँव वालों के सामने कालू हरिया की लाश का हाथ पकड़कर 'खर-खर, खर-खर' खींच लाया था इस कोनसला से बाहर।

हलवाहा बड़े रहस्यमय अन्दाज़ में बताता है रुपई, हरिया के कोनसले तक आने की बात। उस दिन इसी माँद को चुनने के पीछे भी योजना थी। यह माँद ऊपर की ओर जाती है जबकि बाक़ी नीचे की ओर। हमेशा की तरह हरिया ने कमर में रस्सी बाँधी होगी, साही को बाँधने के लिए। एक हाथ में कपड़े का लम्बा टुकड़ा और दूसरे हाथ में बसुली लेकर अन्दर घुसा होगा। अभी वह उस हल्के उजाले में उनींदी आँखें किसी मोरनी की तरह सोई साही पर जमा ही रहा होगा कि धुआँ और अँधेरा भरता चला गया होगा। बाहर ठीक माँद के मुँह पर धुआँ किसने सुलगाया था—कौन जानता है? बाक़ी काम किनारे की तेज़ हवा ने अपने आप कर दिया। जिस रस्सी से हरिया अन्दर शिकार की हुई साही को बाँधकर लाता, कमर में मुजरिम की तरह बँधी हुई थी अब भी। माई छाती पीट-पीटकर रोई मगर कोई क्या करे! पंचनामा बना और लाश फूँक दी गई और हरिया की 'अनन्त कथा' का वहीं अन्त हो गया।

मौसम की कोई भी नाराज़गी, बारिश की कोई भी बौछार, वक़्त का कोई भी बहाव अभी तक नहीं पोंछ सका है इस माँद के काले धब्बे को—माँद, जो रुपई की मैत्री की तरह सँकरी और छिछली है, माँद जो नीचे से ऊपर जाने का निषेध करती है। हरिया अगर किसी बड़े घर का लड़का होता या लखनऊ, दिल्ली या किसी और बड़े शहर के स्कूल-कॉलेज में होता तो शायद उसकी कीर्ति दूर-दूर तक फैलती, मगर। किशनगढ़ में उसके इतिहास का अन्तिम पृष्ठ माँद का यह धुआँया धब्बा भर रह गया है। ठीक ही कहा करता था, "भइया, जख्म भर जाते हैं, लेकिन दाग नहीं जाते।"

और पुष्पलता! इस वारदात के बाद बखरी में उन्हीं डांस सीखने वाली टाँगों

पर फतवा—"बाहर गोड़ निकारू तो गोड़ काट लेंगे।" उसे आधुनिका अधीश्वरी बनाने का ख्वाब पालने वाले परिवार ने विधिपूर्वक उसका 'बॉडी वाश' और 'ब्रेन वाश' किया। छत से टुकुर-टुकुर ताका करती गोमती के आर-पार फैले लैंडस्केप को। रुपई के अनगिनत बलात्कारों के सहयोगी की उनकी बहन से एक फुसफुसाहट भारी पड़ गई।

किसान-सभा की मड़ई में पोस्टरों को देख रहे थे हम। इन्हें मंच पर सजाकर ख़ुद नेपथ्य में चला गया था हरिया।

"हत्यारे!" ख़ुद ही ख़ुद से बात कर रहा था जय, "मुझे दिनोंदिन यकीन होता जा रहा है कि सचमुच यह अहेरियों का गाँव है। एक से बढ़कर एक अहेरी। अहेरी के पीछे भी अहेरी! आदमी शिकार क्यों करता है—हमेशा क्षुधा के शमन के लिए ही तो नहीं? एक थ्रिल है, एक नशा, एक गेम, जिसे वह जीतना चाहता है। ये तमाम खेल युद्ध की अभिव्यक्ति ही तो हैं। पत्थर की आँख वाले ठाकुर प्रसाद सिंह बूढ़े हो गए, खुद अहेर नहीं कर पाते तो बाज पाल लिया है, पाले हुए बाजों से कबूतर तुड़वाते हैं। फोन्नन सिंह यही काम कुतिया से कराते रहे, महंथ रामबालक जी विरोधियों के नाम पर कुत्ते पोसकर...।" जय उस दिन पूरी रौ में था, अहेरियों का विश्लेषण करते-करते बहुत दूर तक चला गया, फिर अपने क़रीब लौट आया, और नहीं तो मारिया पूजो के उपन्यास 'गॉड फादर' पर बनी फ़िल्म के नायक डॉन कोटलीन की तरह ज़रूरतमन्दों की मदद कर अपनी दया की वसूली से उनकी नैतिकता, उनके विवेक का शिकार, उन्हें अपना वफ़ादार या भेड़ा बनाकर। एक माफ़िया की औपनिवेशिक निर्मिति—अद्भुत शिकार! हवेली में लटकते सिंह, बाघ, गैंडे, हिरण, बारहसिंगे से लेकर छोटे-बड़े, मोटे, महीन, ज़हर से मरे या अमृत से—दुनिया में जितनी तरह के शिकार हो सकते हैं जैविक से लेकर, बुद्धिजैविक तक—सब! कुछ हो गए, कुछ हो रहे हैं।

कितने चेहरे याद आ रहे हैं। शायद आवेगवश वर्ण से विमुक्त दिख रहे थे वरना फिर लौटकर अपनी-अपनी खोलों में लौटते कैसे?

गाँव हज़ारों वर्ष पहले की मिथकीय संस्कृति जी रहा था।

बड़े अजीबोग़रीब अनुभवों से गुज़रना पड़ा था उन दिनों। ज्योतिसी बाबा के प्रारम्भिक दिनों की तरह हम घर-घर फेरा लगा रहे थे। लोग हमें शंकित नज़रों से देखते। एक आतंक भरा अटपटा आदर होता उनके आचरण में। बड़ी हँसी आती, भोजन तो दूर, पानी तक किसी सवर्ण के द्वारा ही हम तक भिजवाया जाता। उनके वर्ण की दीवारें इतनी सहज नहीं थीं। उनके अपने दर्शन और अपने तर्क थे। उन्हें हम समझाते फिर रहे थे कि उनकी वह हीन दशा किनके चलते हैं और वे उससे कैसे उबर सकते हैं। लोग नेताओं के लेक्चर सुनने के आदी थे। राजा, राजपुरुष, ग्लैमर, चमत्कार और तात्कालिक मुक्ति के आग्रही। ये घरेलू आत्मीयता भरी बातें

उनके लिए कदाचित् नई थीं, एक नकली गुरूर का इतना दुर्भेद्य रक्षा-कवच था कि उन तक पहुँचना ही दु:साध्य था।

"दु:साध्य भले ही हो, असाध्य नहीं है।" जय हमें बार-बार हिम्मत बँधाता। हरखू काका के यहाँ काली चाय पीकर जब हम उनसे जातिगत शोषण की बात करने लगे तो उनके लड़के राधे बात को मोड़ देकर ले आए अपने जातीय स्वाभिमान पर, हम तो क्षत्रिय हैं। आभीर यानी आकर भिड़ने वाले। इतिहास में इस प्रकार भी राजपूतों से संगति बैठती है हमारी। कृष्ण जैसे भगवान हमारे ही वंश की उपज हैं। डॉ. ईश्वरी प्रसाद और टॉड ने कहा है कि...

"बस-बस भैया, यह तो बताओ रामबुझावन यादव और डेरी फार्म चलाने वाले उदयभान तिवारी की क्या जाति है? यहाँ पैसा ही जाति है, पैसा ही धर्म, पैसा ही ईमान!"

बंशी चौधरी से पूछा गया तो जवाब मेरे काका ने दिया, "कुर्मी तो 'छाच्छातै छत्तरी' है।"

"और आप...?"

"हम भी दुज (द्विज) हैं, हमरउ टैटल कइयौ जगह पे पंडित है। बरम्हा ने कहा, जनेऊ खतम होइगा अबहिं तुम ई डोरी लेइ जाओ। उसी से हम चाक से बरतन उतारते हैं। खुद पारबती माई कोंहार की बिटिया रहिन।"

"कौन कुम्हार?"

"दक्ष परजापती!" जवाब था मेरे काका का।

"आप लोगों का बाभन-क्षत्री मानता नहीं कोई!" हँसी दबाते हुए चाँदनी ने पूछा।

"अब भैया केउ जबरई करइ तो बात अउर है।" चौधरी ने भगत की ओर अपनी लाचारी बताई।

भूलन काका किसी का न्योता बाँटने जा रहे थे। पीछे-पीछे थी उनकी दबंग पत्नी। कोई नेग-चार कर्मठ करवाने पति के साथ ही घर से निकली थीं शायद। वार्ता में हस्तक्षेप करते हुए बोलीं, "हे बेटवा, अब हमहीं का देखो। हम तो शुरुवइ से बाभन हैं। शादी-बियाह पहिले बभनइ तय करत रहेन, बाद में उही में दुइ दल होइगा। एक जे बैठिके हुकुम डोलावइ, वो बाभन रहि गएन, औ हमका हजाम बनाइ दिहेन। हमरे सये फिनु से 'सरमा' टैटल शुरू करब!" काकी को यह मलाल था। काका छोटकवों के यहाँ हजामत-दाढ़ी बनाने शायद ही पहुँच पाते। भूलन नाम उनकी छोटकवों के प्रति वादाख़िलाफ़ी से ही पैदा हुआ था जबकि वास्तव में उनका नाम रामकरन था। अलबत्ता रोब-दाब वाले घरानों में वे नाक के बल दौड़े आते। लिजलिजे अन्तर्विरोध में हर शख़्स जी रहा था। रामचरण विश्वकर्मा और राम दुलार शर्मा ने भी स्वीकारा कि वे ब्राम्हण ही हैं। विश्वकर्मा तो अपने कुनबे में पंडितों की तरह मन्तर पढ़कर शादियाँ तक रचाते फिर रहे थे। कंठियाँ लेने से दलितों में

भी एक अलग ही अटपटा उत्थानमूलक चिन्तन जन्म ले रहा था। कोई बौद्ध, कोई कबीरपंथी तो कोई जय गुरुदेव से दीक्षित। नए रक्षा कवच और अस्त्रों से लैस!

कलिका पंडित ने कहा, "लो भैया, यहाँ कोई भी दलित, दोहित नहीं, सब के सब बाभन-क्षत्री हैं। अब बोलो...!"

बड़ी छीना-झपटी मची थी अपनी-अपनी जाति के देवता क़ब्ज़ियाने में। कृष्ण ग्वाले थे कि क्षत्रिय, कि अनार्य...कि नीग्रो और राम...? चन्द्रगुप्त मौर्य को पाल, कोइरी और क्षत्री तीनों अपनी-अपनी ओर खींच रहे थे।

जय ने कहा, "यह आत्मबल यदि आपको हीनता की ग्रन्थि से उबारकर परस्पर बराबरी और आदर के भाव पैदा करता तो बड़ी खुशी की बात होती, मुश्किल है। इसका लक्ष्य इतना सीमित है कि यह सिर्फ आपको एक नया शोषक बनाकर छोड़ देगा। अपनी-अपनी खोलों में थोथे चने की तरह बजना शोभा नहीं देता। ब्राह्मण, राजपूत बन जाने भर से क्या होगा? बेचारे कंगाल ब्राह्मण, ठाकुर भी पैसे वालों के चाकर हैं। न आपकी समस्याएँ हल होंगी, न उनकी ही हल हुई हैं।"

जातिगत द्वन्द्वों को लेकर सबसे मज़ेदार तर्क था कलिका के शिष्य कालू का। कलिका के यहाँ उसने सीमित अक्षर ज्ञान भर लिया था मगर बातचीत को ग़ौर से सुनते, आत्मसात् करते हुए बचपन के अहेरी के गर्भ से एक नए ही अहेरी का कायाकल्प होता गया था। आत्महीनता से पूरी तरह मुक्त गोरा, लम्बा, मज़बूत और दबंग। बाहर वालों को बाभन-ठाकुर का भ्रम हो जाता और वे प्रणाम तक कर बैठते। भिलभिलाकर हँसता कालू, "अपने ही बनाए जाल में कैसे फँसते हैं लोग?" उसके अनुसार "समर्थ लोगों की कोई जाति नहीं होती। वाल्मीकि बहेलिया थे, गीता और महाभारत के रचनाकार व्यास मल्लाहिन के बेटे, वशिष्ठ बेशवा के बेटवा, कौरव, पांडव तकरीबन सभी वर्ण संकर, राम और उनके भाई, सहायक हनुमान, सभी! कृष्ण की तो कोई जाति ही नहीं थी। आदमी की सभ्यता में इतनी उथल-पुथल हुई कि कौन माई का लाल कह सकता है कि उसका खून शुद्ध है। और 'सैंस' कहता है कि दोगला ही सबसे अच्छी नस्ल है। जितना गेहूँ, धान, गन्ना, मकई, गोरू, पंछी निक-निक हैं, सब के सब दोगला!"

कजरी बाग़ में अक्सर कचपचाहट मची रहती। कुछ दिनों पहले तक यह तय किया जाता था कि चुनौटी (घड़ी) किस हाथ में बाँधी जाए और लौर (लाठी) किस हाथ से चलाई जाए या कि आसाम के बुलबुल और हैदराबाद के तीतर ज़्यादा लड़ाकू होते हैं या देसी, या कि औरतें पंजाब, बंगाल की ठीक पड़ती हैं या कहीं और की। वहाँ लोग वर्ग और जाति के ऊपर पड़ने वाले प्रहारों और रक्षा में जुटे देखे जाते। कालू के तर्कों के आगे बड़े-बड़ों के तर्क लँगड़ाने लगते तो खिसियाकर कोई अक्सर कह बैठता, "एक सियार की पूँछ कट गई तो वह सारे सियारों को कहता फिरता, पूँछ कटाने से भगवान दिखाई पड़ते हैं।"

21

सांस्कृतिक अन्तर्विरोधों के इसी माहौल में आ गया चुनाव! कुँवर जयपाल सिंह को टिकट नहीं मिला। 'किरान्ती पारटी' के नेता जाने कहाँ से प्रकट हो गए। अलबत्ता अब वे रुपई के आगे-पीछे चल रहे थे। एक ओर रुपई रहते, बगल में पुराने सेठ बद्धू लाल! उन दो बैलों के बीच में 'बिड़ियहा' बैल की तरह 'नेता' चलते। उनकी गाड़ी अश्वमेध की तरह विजय मद में मत्त एक दिन आ रुकी जय के दरवाज़े पर। वे जय को इस बात के लिए राज़ी करने आए थे कि वह अपने प्रभाव का उपयोग दलित और पिछड़े लोगों को उस नए गठबन्धन से जोड़ने में करे जो रुपई की और उनकी पारटी से मिलाकर बना था।

जय ने पूछा, "आपकी सबसे बड़ी क्रान्ति यही है?" बेचारे अवाक् ताकने लगे तो मैंने झकझोरा, "मार्क्स को भुनाकर खाने वाले, मार्क्सवाद के सबसे बड़े दुश्मन हैं। आपने आज तक किया क्या है? क्या चन्द टुकड़े हासिल कर लेने भर से समता का लक्ष्य सिद्ध हो जाता है? मार्क्स की अवधारणाओं का प्रतिरोपण भिन्न-भिन्न ज़मीन में भिन्न-भिन्न ढंग से होता है। यहाँ अधूरे औद्योगीकरण के फलस्वरूप न तो पूँजीवाद विकसित हो पाया है, न सामन्तवाद ही पूरी तरह नष्ट हो पाया है बल्कि उसने रूप और आकार बदल लिये हैं। ऐसे में ज़रूरत थी सांस्कृतिक अन्तर्विरोधों का अपरिहार्य वर्गसंघर्ष के लि इस्तेमाल करना। जय ने जोड़ा, "ये बेचारे क्या इस्तेमाल करेंगे! खुद ही उन अन्तर्विरोधों में पड़े हुए हैं—छूटहिं मल कि मलहिं के धोए? बात करेंगे प्रोलितेरियत और समता की और सुनेंगे हाथ जोड़कर सत्ता के पुरोहितों की सत्यानाशी सत्यनाराणी कथा...। शोषितों को सपने देकर आप जहाँ से सत्ता का प्रसाद लूटने में पिले पड़े हैं, पिले रहिए, हमें बख्श दीजिए अपने हाल पर।"

वे बेचारे भाग खड़े हुए थे उस दिन।

लोहिया का नाम जपने वाली पार्टी के तवंकल मास्टर और वणिकों-सवर्णों की काली क़मीज़ वाले, क्रान्ति का 'क-ख-ग' न जानते हुए भी क्रान्ति के नाम

पर जातिवादी बड़े किसानों की पार्टी बनाने वालों ने भी संयुक्त रूप से इस गढ़ पर धावा बोला तो जवाब राज़ा काका ने दिया, "भैया, कोउ नृप होहि हमहि का हानी। केउ आवै, केउ जाय!" हमें प्रभावित करने को बार-बार वे क्रान्ति का शब्द उछाल रहे थे तो जय ने कहा, "किसी कवि ने कहा है कि क्रान्ति एक बच्चे के हाथ की जूँजी है हमारे देश में।" वे झेंप गए। फिर हम यह करेंगे, वह करेंगे, गांधी, जयप्रकाश के आदर्श आदि काफ़ी कुछ जोश में आकर कह गए तो कक्का ने बड़ी संजीदगी से कहा, "हम तो भैया सोझइ जानीथऽऽ! उतनी बड़ी-बड़ी बात जिनि बोलाऽऽ! बस एतनइ तो काम है, देइ दो हमहूँ के उतिनइ इज्जत भरी जिनगी। कइ दो सबका एक बरोबर। नाहीं तो भैया गाये से कुछ फाइदा नाइ बा! होइ गइ, अब बसि करा।"

वे जय से बात करने आए थे अत: उनके हस्तक्षेप पर पिनक गए, "लगता है, तेरी नसबन्दी नहीं हुई अभी?"

"हे भैया, हे राजा-दऊ! हम तो मनावत बाटी कि होइ जाय तो बरम्ह बाबा के पताका चढ़ाई।"

खीजकर वे बिना बात आगे बढ़ाए चले गए थे उस दिन। तब हमें कयास भी न था कि ये विरोधी शोषक शक्तियाँ उनके ख़िलाफ़ एक हो जाएँगी।

कालू को पवनचक्कियाँ ले आने शहर भेज दिया गया था। स्टेशन से हम लौट ही रहे थे कि एक मनोरंजक प्रहसन के दर्शक बन गए। गाँव में तीन रंगे सियार थे—स्टेशन मास्टर सच्चिदा प्रसाद, क्लर्क शिवबालक सिंह और लेक्चरर सच्चिदानन्द सिन्हा—लाला, राजपूत और भूमिहार बने हुए तीनों इस बात पर सदा सतर्क रहते कि नकली खाल उघर न जाए, वरना असली खाल खींच लेंगे गाँव वाले। बाहरी होने के नाते इज़्ज़त-पानी बची हुई थी।

ठाकुर उस्ताद ने कहा, "लाला माने ला-ला! जे घूस न ले वह लाला कैसा?"

"और जिसे देखते ही आदमी सूखकर काँटा न हो जाए वह ठाकुर कैसा?" शिष्य ने उस्ताद की वंश-गरिमा बताई।

"जो आदमी की सात पुश्त को न खरीद ले, वह बनिया कैसा?" शिवबालक जी ने बद्दू साव की तिरष्कृत बनियागिरी की महत्ता बतलाई।

"और जिसे देखते ही आदमी भसम न हो जाए, वह बाभन कैसा?" बद्दू साव ने शिवबालक का ऋण उतार दिया।

"काम अधिक बातें कम।" और "हम सुनहरे कल की ओर बढ़ रहे हैं!" के पोस्टरों के बीच इस वार्तालाप को सुनकर हम वापस मुड़े तो रास्ते में मिल गए शोभनाथ काका। रिक्शा इस पार के पीतम मल्लाह के ओसारे में लगाकर वे हमारे साथ हो लिये, बोले, "पूरा बौवाल मचाए बाट-अ! ई कुलि काहे बदे? भगवान कुलि तो गाँजे हएन...!" पता नहीं बात में व्यंग्य था या स्नेह!

कुचले साँप की तरह रेंग रहे थे काका। उनका साथ देने के लिए हमें धीमे-धीमे चलना पड़ रहा था। साठ की झूलती देह, पकी दाढ़ी में वे कोई वीतरागी संन्यासी की तरह लग रहे थे।

"कुछ कर्ज है काका उतार रहे हैं!" जय ने हँसते हुए कहा, "और कुछ पाप है, प्रायश्चित्त कर रहे हैं। यह बताइए आप हमारे साथ हैं या नहीं?"

काका बोले नहीं कुछ। अधबहीं क़मीज़नुमा गंजी से सुर्ती-चूना निकालकर बनाने लगे और दो-तीन थाप देकर चूना झाड़कर मुँह में रखकर मौन हो गए। जय ने मुझे कोहनी से इशारा किया काका की चालाकी पर।

"काका, शुतुरमुर्ग की तरह आँधी में डर से बालू में गर्दन गाड़ लेने से आँधी का लोप नहीं होता...। जिस गाँव में बाभन-ठाकुर हल की मूठ नहीं पकड़ते, वहाँ आप रिक्शा चलाते ही बुढ़ा गए।"

काका को खइनी की पीक थूककर मौन भंग करना पड़ा, "हमका सिडूल कास्ट बनाइ दीन जाए भैया, हम तो...।"

"मुदा जनेऊ कहाँ जाएगा आपका?"

"उतो नेम-धरम है भैया उहौ लेइलऽऽ कुलि तो लिहाऽऽ!" काका ठीक ताव पर आ गए थे। दबा-दबा विद्रूप अब फट चुका था। चोट करने का यह उपयुक्त अवसर था। जय ने बनावटी आक्रोश में कहा, "व्यर्थ ही घमंड रखते हैं कि आप ठाकुर हैं। आपकी जमीन मेरे बाप और इनरपति ने माधव लाल से मिलकर अपने नाम कर ली और बनते हैं ठाकुर।" आश्चर्य की बात यह हुई कि काका रोबाने के बजाय दयनीय बन गए, "भैया, हमका झकझोरो जिनि, कमजोर मनई अही। अब तो जेइ रोबाइ जाए उहै ठाकुर है। पंचम मुँह में बन्दूक की नली डारि के मनवाइ लेइ सकत है कि उ ठाकुर है, बहिन-बिटिया उठाइ लेइ जाय तो कौनो ताजुब नाँय।"

"काका हमारी लड़ाई यहीं पर है। अकेले आप कमजोर हैं, लेकिन ऐसे सताए हुए लोग अगर एक साथ हो जाएँ तो मुट्ठी भर खून चूसने वाला बेईमानों से अपना छिना हुआ सब वापस ले सकते हैं। क्या आप चाहेंगे कि आपके लड़कों की जिन्दगी रिक्शा चलाते बीते?"

काका के अन्दर खइनी से भी ज्यादा कड़वाहट घुल रही थी वह एकाएक घबरा के उठे—"नाहीं, नाहीं। एइसन जिनि कहा बच्चा! एइसन जिनि सराप-अ!"

"तो रहेंगे हमारे साथ?"

"रहब। एइसेउ मरइ के बा, वोइसेउ। काहे न लड़िके मरीं!"

घाट के सामूहिक ठेके के लिए मल्लाहों को तैयार करने जाना था, लेकिन कहाँ जा पाए हम! वह ख़बर सुनते ही गाँव की ओर भागे। मन में एक टीस रह ही गई, वहाँ हम क्यों न हुए। लेकिन सच तो यह है कि सिवाय अपनी गिरफ़्तारी

के हम कुछ कर नहीं पाते। जहाँ पूरा का पूरा सामाजिक नज़रिया ही साँप की तरह डरपोक और घातक बन चुका था, वहाँ हमारा प्रतिवाद नक़्क़ारख़ाने में तूती की तरह रह जाता, फिर भी जी कचोटता है, प्रतिवाद तो होता!

घाट से लेकर कजरी बाग़ तक एक ही चर्चा थी कि किस प्रकार सिर ऊँचा उठाकर खड़े होने वाले मुसहर का मान-मर्दन किया गया। प्रत्यक्ष और परोक्ष सभी की शह पर रचा गया था यह कुचक्र। गाय की खाल के अन्दर छिपे सारे भेड़िये टूट पड़े थे एकाएक। उन लड़कों, युवाओं तक का वर्ण-विद्वेष भड़क उठा था जो जय से बड़े अदब से मिलते रहते थे।

"उतर सारे!" पुलिस के डकारते जवानों ने लम्बी लग्गी से उन्हें इस तरह हिलाया था जैसे वह इनसान नहीं, कजरी बाग़ के किसी आम के पेड़ के आम हों। लद्द से आ गिरे थे राजा ऊँट से नीचे। उन्हें पता ही नहीं चला कि उनका कसूर क्या था। सिपाही मारते-मारते जब हाँफने लगे तो थानेदार ने पीठ पर कसकर लात जमाते हुए कहा, "पकड़कर बन्द कर देते हैं साले को डी.आई.आर. में। साला राष्ट्रविरोधी बात करता है अकड़कर। लचारी गाता है—"सजनी ओहि देसवा पे गाज परै...।" बोल साले, बिजली इस देश पर गिरी तो तू क्या ज़िन्दा रहेगा? इस देश के लिए महातमा गांधी, जवाहरलाल ने कितनी कुर्बानी दी तब जाके आज़ाद हुआ। साले चूतिए-बहनचो..., मादरचो...,बेटीचो...साजिश करता है... जनता और सरकार के ख़िलाफ़...ऊ...क्या कहें धर्म के ख़िलाफ़! छो-छोटा मुँह बड़ी बात—बाप पादने न जाने, पूत शंख बजावै। जो ससुर ऐसा करेगा, ठट्ट, ठंडा कर देंगे—"हाँ! पु-पुलिस अपने बाप की नहीं होती!" गुस्से में हकला उठे थे वे।

उस दृश्य को देखकर छोटे बच्चे डर के मारे पेशाब कर बैठे और छगन सिंह भी जो, "चुप-चुप सारे, पकड़ि लेइ जइहीं!" कहकर इमरजेंसी में औरों को चुप कराया करते।

इधर यह सब चल रहा था, उधर गाँव के होनहार अम्मर, चन्दर, तिरलोकी, पिछड़ी और कुछ दलित जातियों के होनहारों ने ऊँट को खदेड़ना शुरू किया। कई योजन उड़कर जाने का सपना जिस 'बेंदुला' में पला करता था, वह बेडौल ऊँट आँखें मिचमिचाता हुआ भागा जा रहा था। 'आहि माई! आहि बप्पा। आरे रामा' कराहते हुए राजा अपने रुपहले सपनों का घुँघरुओं की निरन्तर क्षीण होती जाती खनक के साथ गुम होता जाना महसूसते रहे। आख़िर इनरपति बाबू ने सिफ़ारिश की, "अपनी करनी के फल पाइगा सार! अब छोड़ि दिहा जाय साहब! परजा है, अब से ऐसा नहीं करेगा!"

"लेकिन यह आदमी मेरे कोटे में रहेगा। बुलाइए रुपई बाबू को, कह दें उन्हें।"

थानेदार मुँह से गुर्राते हुए भी मूँछों ही मूँछों में बहुत कुछ वैसे ही हँसे जैसे कोठे की कनकलता के दलाल पर गुर्राते हुए हँसा करते थे।

“अरे साहब, कोटा की कौनी कमी है हमरे गाँव में। रुपई केतना हाकिमन के कोटा पूरा किहेन। राँड, रँडुआ, छोट-जातियन के कंगाल सारे कौने दिन के खातिर हैं?” थानेदार साहब के नज़राने के लिए कटहल तुड़वाते हुए ज्योतिसी काका बोल उठे थे।

“मगर इसी पर इतना रहमोकरम क्यों बाबा?” रूल को हाथ पर ठोंकते हुए थानेदार आश्चर्य में बोले।

“अब कुलि खोलवइहीं? गाँव कइ इज्जत के सवाल है।”

“फिर भी...?”

“इहै तो ज्योतिसी बाबा के सार्टीफिटिक है।” सरपंच फुसफुसाए, “ई शिखंडी है साहब, असली अहेरी तो ज्योतिसी बाबा है। मुदा परिवार नियोजन के कामउ खुदइ करत रहेन गाँव में। केतना, छिनारा, कुपंथे के बच्चा गिरवाए हएन—कौनो हिसाब है! हम तो कहब इही काम के खातिर डागडरन के इनाम देइ जात होइ तो बाबा का हक पहिलेइ बनत है।”

“हें-हें कर हँस पड़े थे ज्योतिसी काका।”

“हो-हो करके हँस पड़े थे थानेदार।”

उनको हँसता हुआ पाकर आतंक और तनाव में लटके सारे चेहरे भिलभिलाकर हँसने लगे, कुछ ज़बर्दस्ती ही ज़ोर-ज़ोर से हँस उठे। रामबुझावन जी के मुँह की पीक अद्धी के कुर्ते पर आ गिरी। मटरू और छगनसिंह तो हँसते-हँसते खाते में ही भहरा पड़े।

उस दिन नसबन्दी से बच जाने पर भी राजा ने महसूस किया कि वह दूसरी बार बधिया कर दिए गए हैं। सबसे छले गए! कौन-कौन से सपने नहीं दिखाए थे ऋणमुक्ति, बँधुआमुक्ति के ढपोरशंखियों ने! अगर उन्हें कुछ करना नहीं था तो सपने दिखाकर खलल क्यों डालते हैं इस काल-निद्रा में। यह किनका देश है? किनकी सरकार? उनकी होती तो इतने अनियाव पर भी न पसीजती?

उस दिन से राजा कक्का और कालू की रसोई सोना से अलग बनने लगी। गाँव भर में घूम-घूमकर रोना रोती रही सोना। जीवन के अपराह्न में छायाएँ कुछ लम्बी खिंचने लगी थीं। कंचन-मृगी के दमकते हुए दिन मरीचिका में व्यतीत हो चुके थे और व्यतीत हो चुके थे कंचन-मृगी के शिकारी ज्योतिसी बाबा के दिन भी। अपने-अपने उजड़े कोटरों से बाहर चिलचिलाते प्रान्तर में रह-रहकर उड़ने वाले बगुलों को देखा करते—छोटे-छोटे ज्वालामुखी फूट-फूटकर चक्राकार उड़ते हुए दूर तक चले जाते। धुंध विजड़ित प्रान्तर कितना शुष्क, फीका और उद्विग्न कर देने वाला था!

सोना कुछ दिनों के लिए बेटियों और रिश्तेदारों के घर घूम-घाम आती, मन लगाने की चेष्टा करती, लेकिन सब बेकार। वही ज्योतिसी बाबा जिनके साथ चढ़ती जवानी के सुहानी धूप के दिन तिल-तिलकर बीत गए थे, अब उसको देखते ही

अस्फुट नफ़रत से भर जाते। खौराई कुतिया-सी डोला करती सोना, बौराए पस्त बूढ़े साँड़ की तरह डोला करते राजा ज्योतिसी। भरा-पूरा गाँव था, भरा-पूरा परिवार, मगर उनके लिए सब माहुर था।

कक्का दो-चार दिन के उपचार के बाद हिलते-काँपते डोलने लगे थे। जय ने फिर से द्वार-द्वार जाकर स्थितियों के विश्लेषण के द्वारा गाँव के अधिसंख्य लोगों का मन मोड़ लिया था। लोग इस हद तक उत्तेजित हो रहे थे कि इस बार साला दरोगा गाँव के किसी आदमी को जलील करने आए तो खनकर यहीं तोप देंगे। ये हमारे गाँव का मामला है। आज गाँव में डाका पड़ जाए तो सात बार बुलाने पर भी पुलिस नहीं आएगी। कान में तेल डाले पड़ी रहेगी और यहाँ धौंस दिखाने चले आए।

कजरी बाग़ में ज्योंही राम प्रसाद मास्टर ने जय को रोककर बातचीत शुरू की, बतरस के लालची लोग एक-एक कर आ जुड़े।

"बच्चा एक बात बताओ, क्या तुम चीन और रूस के एजेंट हो?"

"और क्या-क्या उड़ाया गया है हमारे बारे में?" जय ने कहा।

"यही कि ये गांधी बाबा को गाली देते हैं, धर्मशास्त्रों को जला देने की बात करते है। मजूर और किसान का राज कायम करना चाहते हैं।"

"गांधी जी या और किसी के त्याग और आन्दोलन से घृणा क्यों करेंगे?, तब उनकी तरह खाइयों को लीपना नहीं चाहते, उसे भरना चाहते हैं। अगर मैं टीले पर हूँ और आप जमीन पर तो जाहिर है, संवाद बन नहीं पाएगा, अत: उस टीले को ध्वस्त कर हम दोनों को एक तल पर खड़ा करना चाहते हैं।"

"मुदा भैया इसका जाति-पाति की लड़ाई से क्या ताल्लुक?"

"जातिगत, वर्गगत, सांस्कृतिक और सामाजिक खाई के रहते आदमी-आदमी के बीच का भेदभाव और शोषण खत्म नहीं हो सकता।"

"चलो इही माना, मुदा खाली किसनगढ़ में इ आगि लगाइ के तू दुनिया फतह कइ लेबाऽऽ?"

"आपका तर्क जायज है जिसके जवाब में मुझे सिर्फ यह कहना है कि किशनगढ़ हमारा प्रयोग क्षेत्र है। हम अहेर की पूरी की पूरी परम्परा बदलने को कृत संकल्प हैं। अब निशाना सीधे निर्दोष जीव नहीं, बल्कि सदियों से इनका शिकार करने वाले बर्बर हिंस्र पशु होंगे।"

22

निहित स्वार्थों के हमले उसी दिन से शुरू हो गए किसान-सभा पर।

"कहाँ गऽऽ रहऽऽ हमरे सारे?" दिग्विजय सिंह ने अम्मर से पूछा।

"मीटिंग में!"

"एक ससुर किरान्ती पार्टी कइके ऊँट से ढकेला गएन, अबहिं आँखि नॉय खुली? फेरि गए तो गोड़ काटि लेब।"

"जाब!"

"जाबे?"

"जाब! जाब!! जाब!!!"

काँपते वृद्ध के हाथों ने पैने सटकारने शुरू कर दिए। प्रकारान्तर से यही घटना और घरों में भी घटी थी।

हरिजनों और पिछड़ी जातियों के नेता सक्रिय हो उठे और बड़कवों के भी। रमरमी और जोहार बन्द हो गई। कजरी बाग़ की चाय के छप्परों से अब व्यंग्य-बाण और गालियाँ झरतीं।

हरिजन नेता भुलई मास्टर, पिछड़ों के नेता, सम्पन्नों-सवर्णों के नेता, आश्चर्य था सब एक ही सुर में बात करते—जय के साथ रहने पर सबकी वही गति होगी जो राजा मुसहर की हुई। हरिजनों और पिछड़ों ने जय को बड़ी जातियों का नेता कहा और बड़ी जातियों ने उसे हरिजनों और पिछड़ों का नेता बताया।

इधर बड़कवे पिता और पुत्र की खाई चौड़ी करने में लगे थे—"बाबा तोहरे रहतइ जय की एइसन हिम्मत! हमार लड़िका होत, तो तोहार माछु (कसम), काटि के गोमती में फेंकि देइति!"

"एक लड़िका रुपई हएन—गाँव कइ नाक! दिल्ली के मन्तरिन तक मानथेन! औ एक लड़िका जय—बाभन होइके चमारन-अहिरन के साथ धरे हएन! सोरि धोइ के धइ दिहेन गाँव कइ!"

"अरे मेहरि लियाएन उहौ एहसनि कि जातइ के पता नाँय! हे बाबा, पता तो लगाव! का जनी बाभनि न होय!"

"नाहीं राजू, बाभन होत तो बतावत नऽऽऽ?"

और नागफनी के काँटे की तरह करक उठता चाँदनी का अस्तित्व! कहाँ सोचा करते थे एम.एल.ए. की लड़की से शादी होगी तो पढ़ाई में लगाई गई सारी रकम सूद-मूल सहित वसूल लेंगे, कहाँ यह कैसी लड़की चली आई सारे सपनों को रौंदती हुई। 'धरता' थे उसके उस जनम के! आचार-व्यवहार से तो सुशील है, मगर वह जाति क्यों नहीं बताती? उन्होंने ऐसे अफ़सर भी देखे थे जो जाति पूछने पर महटिया जाते थे और वे अक्सर नीच जातियों के होते थे। तो क्या लोगों के अनुमान सच हैं कि वह भी...। शक का अंकुर वृक्ष बनकर लहराने लगता उनकी चेतना में।

उफ़! बेटा चमारों के साथ हल जोतता है और पतोहू मास्टरनी बनकर गाँव के कंगाल लड़कों को पढ़ाती है और कलेवा लेकर जाती है खेत में चमारिनों की तरह! सीढ़ीदार सीढ़ी चढ़ते हुए इस 'राजा' का अहं भी भरभरा गया था और वे चोट खाए साँप की तरह बौखला उठे थे।

तभी एक और घटना घट गई। अप्रत्याशित तो नहीं थी। जय ने एक बीघे पकी फ़सल को शोभनाथ सिंह के लिए किसान-सभा के सदस्यों द्वारा कटवा दिया। बाबा थे नहीं। इनरपति बाबू की सूचना पाते ही दरोगा आए लेकिन जय ने ऐसा उत्तर दिया कि बेचारे पानी-पानी होकर लौट गए।

बबुराही में दो दिनों से बबूल कटवा रहे थे बाबा। ख़बर मिली तो भौचक रह गए।

"बाबा, हम क्या करते?" जय बाबू ने कहा, "अपनी जमीन का मालिक मैं हूँ, जिसे चाहूँ उसे फसल काटने दूँ, आप कौन होते हैं?"

शाम को घर लौटते-लौटते बबूल के काँटों से छिंदा पड़ा था मन। नहीं! अभी भी वक़्त है। उनके जीते-जी उनका बेटा ही उन्हें बेदखल कर दे तो कौन-सा मुँह लेकर रहेंगे गाँव में? ऐसे जीने से तो कनइल, धतूरे का फल खाकर मर जाना बेहतर है। चुपचाप आकर दालान में पड़ गए थे खाट पर। रात साँय-साँय करती बीत रही थी, मगर आँखों में नींद कहाँ?

"जयशंकर!" शिवाले के शिवजी की वन्दना में अनजाने ही आदतवश मुख से उच्चरित हुआ था यह शब्द और जय फिर आँखों के सामने नाचने लगा था। छोटा-सा हाथ-पाँव फेंकता किलकारियाँ भरता शिशु जिसका कलिका पंडित ने नाम रखा था 'जयशंकर!' तब कितना अबोध और प्यारा था, अब कितना दुर्बोध और भयंकर!

उधर चाँदनी ने जय को जगाया, "सुनो, बाबूजी आ गए हैं, तुम्हें पुकार रहे हैं।"

"बाबूजी! बोलचाल तो बन्द है। शायद जवाब-तलब करने के लिए बुला रहे हों!" चादर फेंककर आँखें मलते-मलते दालान में आया जय, अजामिल प्रकरण का विद्रूप बनकर।

बाबा को अपनी भूल मालूम हुई। थोड़ी देर तक बाप-बेटे दोनों एक-दूजे को चोर निगाहों से तौलते रहे। फिर बाबा ने ही पहल की, "बैठो!"

जय बैठ गया।

"आदमी घोर पाप करता है तब उसे जीते-जी नरक भोगना पड़ता है। ज्यादा बहस करने में फायदा नहीं है, मुझे सिर्फ एक बात बता दो कि क्या मैं गाँव छोड़कर चला जाऊँ?"

"मैंने आज तक कुछ भी ऐसा नहीं किया कि आपको गाँव छोड़कर जाना पड़े बाबूजी!"

"अब भी ससुर कुछ बाकी बचा है क्या?" भर्रा उठा था गला, "क्या पता था कि तुम कौन-सी पढ़ाई पढ़ रहे थे शहर में, शायद तुम्हारी पैदाइश में ही खोट है..."

"बाबूजी, माँ ने कम नहीं सहा है कि मरने के बाद भी आपको गालियाँ देने की जरूरत रह ही गई हो। गुनहगार मैं हूँ आपका—जिन्दा आपके सामने। मैंने गाँव में कोई विजातीय रखैल नहीं रखी आप लोगों की तरह, जिसे चाहा डंके की चोट पर ले आया—यह मेरा गुनाह हो सकता है। मैंने शोभनाथ सिंह को एक बीघे फसल काट लेने दी, आपने वर्षों से उनके दो बीघे पर नाजायज कब्जा कर रखा है पटवारी से मिलकर—यह मेरा गुनाह हो सकता है। मैं उन जातिवादियों, खून चूसने वालों पर थूकता हूँ—यह मेरा गुनाह हो सकता है, मगर माँ का क्या गुनाह था? सिर्फ यही कि वह आपको सहती रही?"

"तुम्हें क्या हक था फसल कटवाने का? खून-पसीना बहाकर एक-एक धुर खेत हमने जोड़ा है। कल से पाँव न रखो अगर असल बाप के बेटे हो?" बाबा उखड़ गए।

"वे खेत कैसे जोड़े हैं आपने, मुझे मत बताइए। न मुझे इस बात का गर्व है। कि आपका बेटा हूँ, न इस बात का गर्व कि उसका हकदार हूँ। बल्कि सच कहूँ तो शर्मिन्दा हूँ।"

"तो निकरि जा मोरे घरे से। तोर मुँह नाँय देखइ के चाहिति कुलांगार!" यह कहते हुए बाबा आधी रात को जुटी पड़ोसियों की भीड़ को चीरते हुए ख़ुद ही दनदनाते हुए बाहर निकल गए। बेदखलों को प्रतिष्ठित कराने वाले जय के स्वयं की बेदखली की ज़मीन उसी दिन बन गई थी।

कहते हैं, रात-भर बावरे बनकर अहेर क्षेत्र में भटकते रहे थे बाबा, पता नहीं किसका अहेर करना था अहेरी को या अहेरी स्वयं बाण-बिद्ध था इस बार!

एक पवनचक्की चल निकली थी। 'ऊसर बरसा तृण नहिं जामा', को झुठलाने के लिए ऊसर विनाशक पौधे और कम्पोस्ट की खाद के प्रयोग का निर्णय लिया गया। लेकिन मन का ऊसर इतना आसान नहीं था। जनता-अदालत ने फ़ैसला किया कि चूँकि चुनाव कोई सार्थक परिणति नहीं दे पाया अत: हम वोट का बायकाट

करेंगे, लेकिन दो-चार को छोड़कर बाक़ी वोट दे ही आए। लुके-छिपे प्रचार भी किए गए। कम्बल, साइकिल, नौकरी और जाति क्या-क्या चोर दरवाज़े नहीं थे उनके पास! पकड़े जाने पर सफ़ाई में उन्होंने कहा कि हमें तो नसबन्दी का जवाब देना था! इधर बड़कवों की नज़र ऊसर पर लग गई थी। उनकी तिकड़में शुरू हो गई थीं हथियाने की। फिर भी यह संक्रमण-काल था—यह सोचकर हम मन को तसल्ली दे लिया करते।

जनता-अदालत या किसान-सभा की सबसे बड़ी उपलब्धि थी गोमती के पेट से निकलने वाली ज़मीन पर हर साल होने वाले क़ब्ज़े की खूनी लड़ाई का खात्मा। किसान-सभा ने निर्णय लिया कि अब से यह ज़मीन किसी की व्यक्तिगत सम्पत्ति नहीं, सामूहिक मानी जाए। उस पर खेती हो तथा आय को गाँव के विकास के कामों में लगाया जाए।

गोजियों ने साँस भी ली थी। लगा, एक बार मार हुई, मगर इधर की एकता को देखकर उनका दम उखड़ गया।

मज़े की बात यह कि वे ही बड़कवे जो उन्हें उकसा रहे थे, उनकी दिनोंदिन टूटती हालत पर साथ देने आगे न आए और अन्तत: उन्हें हलवाही करनी पड़ी रामबुझावन जैसों की। बहुत कुछ उथल-पुथल हो रहा था गाँव में। राधे ने छोटे भाई की शादी के ख़िलाफ़ अनसन करके बाल-विवाह नहीं होने दिया था। मटरू के लड़के ने गवना कराते ही पत्नी को अपने साथ रख लिया था। कालू ने सबके लाख कहने के बावजूद गवना नहीं करके पत्नी को दूसरे घर सहर्ष जाने दिया था। मांस-मछली न छूने वाले पिछड़ों और कंठीधारी हरिजनों की नई पीढ़ी ने फिर से मवेशियों, मुर्गियों, मछलियों को अपने आर्थिक विकास का स्रोत मान लिया था। इन पर पलने वाले चोंगेधारी कसाई हैरान थे। अहेरियों के गाँव में अब अहेर की नींव धीरे-धीरे धसक रही थी। दशमी के दिन उस बार एक नए ढंग की नौटंकी खेली गई कजरी बाग़ में। वामपंथी, जिलाधीश, बी.डी.ओ. से लेकर दूर-दराज़ के गाँवों तक से गोजियाँ कन्धों पर रखे लोग कौतूहलवश देखने आए थे उसे। आसपास की नाच मंडलियों और कॉलेज से सहयोग लिया गया था।

23

नगाड़ा सँभाला था नौटंकी के नामी नगड़ची जगनू ने। हारमोनियम पर ख़ुद ही थे कलिका पंडित। प्रकाश की भी अलग से अभिनव व्यवस्था की गई थी।

सूत्रधार आया और प्रचलित 'बहर' और 'तबील' में समुद्र-मंथन की अनादि काल से चल रही प्रक्रिया को बता गया। अब शुरू हुई असली नौटंकी। देवता और दानव मंदराचल को खड़ा करके बासुकी नाग की रस्सी बनाते हैं। देवता दानवों को मुँह की तरफ़ खड़ा करते हैं और स्वयं दूसरी ओर पूँछ पकड़ते हैं। नाग के मुँह से निरन्तर विष की ज्वाला में दग्ध होते हुए भी दानव पूरे मन से मथ रहे हैं समुद्र को, जबकि पूँछ की तरफ़ बड़े आराम से मंथन कर रहे हैं देवता। नाग की कुंडली बार-बार उघड़ती-बनती रहती है कि एकाएक विष उद्‌भूत होता है और विष की ज्वाला से 'त्राहि-त्राहि' की चीख़-पुकार मच जाती है। तीनों लोक जलने लगते हैं। भाग-दौड़ मच जाती है। फिर सभी देवता शिव की स्तुति करते हैं। जगत के कल्याण के लिए शिव विष पी जाते हैं...।

चेहरा विवर्ण पर प्रसन्न रहता है। इन्द्र चीख़ता है, "क्या देख रहे हो पिटिर-पिटिर यहाँ, चलो मंथन शुरू करो फिर से।" शिव को वहीं छोड़ इन्द्र के आदेश पर पुन: मंथन शुरू होता है। एक-एक कर रतन निकलते हैं और औरों को धकेल कर विष्णु और इन्द्र बन्दरबाँट कर लेते हैं। दानव क्लान्त और तेज़हीन हैं, कुछ कर नहीं पाते। शिव दो-एक बार क्रुद्ध होकर उठना चाहते हैं मगर विष के प्रभाव से पुन: उनकी आँखें झप जाती हैं।

उच्चै:श्रवा अश्व, ऐरावत गज, आठों दिग्गज, उनकी हस्तिनियाँ, कौस्तुभ मणि, पारिजात वृक्ष, कामधेनु गाय, उर्वशी, मेनका, रम्भा अप्सराएँ, रूप और आभूषण से दीप्त लक्ष्मी, गरुड़, कुबेर आदि सारा कुछ विष्णु और इन्द्र हथिया लेते हैं। अन्तत: धन्वन्तरि अपने हाथों में अमृत लिये निकलते हैं और मंथन की प्रक्रिया छोड़कर देव-दानव उसे प्राप्त करने में धकमपेल मचा देते हैं।

अचानक एक रूपवती युवती धन्वन्तरि के हाथों से अमृत छीन लेती है। उसके रूप के प्रभाव में आकर देवता और दानव दो पंक्तियों में बैठ जाते हैं। मोहिनी देवताओं को अमृत देती है और दानवों को बस अपनी मुस्कान से तृप्त करती है। इस छल को पहचानकर स्वर्भानु दानव सिर हिलाता है और चुपचाप खिसककर देवताओं की पंक्ति में बैठ जाता है। सूर्य, स्वर्भानु फिर चन्द्र। धोखे में उसे भी पिला देती है अमृत मोहिनी। सूर्य और चन्द्र शोर मचाते हैं—यह दानव कैसे हमारी पाँति में आ गया? मोहिनी की मुस्कान क्रोध में बदल जाती है। मोहिनी का आवरण सरकता है, प्रकट होते हैं क्रुद्ध विष्णु, चक्र चलाकर स्वर्भानु को दो टुकड़ों में काट देते हैं। अब कटे राहु-केतु खदेड़ लेते हैं सूर्य, चन्द्र को...विष्णु तक को।

देवता और दानव का प्रस्तुतीकरण एक अलग ही चमत्कार था, बीच-बीच में देवता और दानव वर्तमान परिप्रेक्ष्य में नए परिधान में दिखने लगते। देवता टोपीधारी नेता, सेठ, अफ़सर, ज़मींदार, ठेकेदार, मगरूर सवर्ण के रूप में दिखते तो दानव कृषक मज़दूर एवं अन्य मज़दूरों, हरिजनों के रूप में। इन्द्र एवं विष्णु द्वारा रत्नों की बन्दरबाँट तथा अमृत के लिए देवताओं-दानवों की छीना-झपटी विद्रूप के रंग में रंगी थी। स्वभावत: नाटक शिव के प्रति आदर, दानवों के प्रति करुणा और देवताओं, विशेषकर इन्द्र और विष्णु के प्रति घृणा का उद्रेक कर रहा था।

अब शुरू हुआ नौटंकी का दूसरा भाग। इन्द्र, कुबेर का दरबार लगा हुआ है। सोमरस का पान हो रहा है। अप्सराएँ एकक व सामूहिक नृत्य कर रही हैं। बीच-बीच में स्वर को रोक सूत्रधार इन्द्र की करतूतों का पर्दाफ़ाश करता जाता है और सम्बद्ध दृश्यों की फ्रीज्ड प्रस्तुति चलती रहती है। इसके बाद जो दृश्य आता है वह लोगों के लिए सर्वथा नया और अप्रत्याशित है। दर्शकों में से कुछ खड़े हो जाते हैं। एक दर्शक गा उठता है :

बदनीयत बदचलन धूर्त ऐयास सुन,
इन्द्र अब तू बता भाग सकता कहाँ?

नशे में धुत्त इन्द्र, मदन, कुबेर और नाचती हुई अप्सराएँ सहम जाती हैं। तब तक दूसरा दर्शक गा उठता है :

छँट चुके हैं इन आँखों के जाले, लद गए मैकशी के ज़माने,
ख़ुदगरज़ इन्द्र अब चेत जाओ, खुल गए, राज सारे पुराने।

तीसरा दर्शक और भी आक्रोश में टोकता है :

तूने बाँधी रकम अपनी हर यज्ञ में,
एक नम्बर का गुंडा सितमगर!

सम्बद्ध दृश्य में यज्ञ का दृश्य उभरता है—? सुरपतये नम: स्वाहा! और फिर दूसरी कड़ी :

"तेरो चमचे भी तेरे ही जैसे,
तेरा बेटा भी तुझ-सा ही लोफर!"

सम्बद्ध दृश्य में जयन्त का सीता के पाँव में चोंच मारकर भागना दिख रहा है।

चौथा दर्शक बिलकुल सामने आकर कहता है :

देखो वो है कलंकित अहल्या, देखो वो कर्ण है, वो दधीची,
देखो वो राजा बलि हैं, वो नारद, आँखें बेशर्म होतीं न नीची?

मारो-मारो कहकर चारों दर्शक मंच पर चढ़ जाते हैं।

आम दर्शकों को यह भ्रम हुआ कि नौटंकी में बाहरी लोगों के चलते झगड़ा हो गया है। कुछ बड़े-बूढ़े समझाने को चल पड़े, कुछ कमज़ोर दिल के लोग भाग चले, कुछ लड़के पेड़ों पर चढ़ गए। छगन सिंह और मटरू एक बार फिर खाते में भहरा पड़े डरकर। नौटंकी जहाँ की तहाँ रुक गई। जिलाधीश को हस्तक्षेप करना पड़ा। मंच पर आकर उन्होंने घोषणा की कि यह सब नौटंकी का ही अंश है। आप लोग, बिलकुल न घबराएँ, निर्भय होकर देखें, तो लोग शंकित मन से पुन: बैठे।

फिर से ताशा गर्म करके मँगवाया गया, कचपचाहट के बीच नगाड़ा फिर टनका। इन्द्र हाथ जोड़ते हैं—

देवता हूँ तुम्हारा न मारो हमें, ऐसे क़िस्सों पे लाओ नज़र ही नहीं,
बोलो क्या चाहिए, बोलो क्या चाहिए, दे दें वरदान रखें कसर ही नहीं।

इन्द्र कुबेर को दिखाकर कहते हैं, "बोलो, धन चाहिए?"

दर्शक 'ना' कहता है। इन्द्र माला निकालते हैं, "तो ये लो फिर रतन।" दर्शक की 'ना' पर इन्द्र किसी कोने में इशारा करता है, "तो लो गजराज।" फिर दर्शक पुन: 'ना' कहता है तो अप्सरा को दिखाकर कहता है, "तो ये लो अप्सरा।" चारों समवेत स्वर से "ना, ना, ना, ना!" कहते हैं और एक कड़ी गाते हैं :

हम तुम्हें आज छोड़ेंगे ध्वज भंग कर
तेरे चारे पे हम आने वाले नहीं।

चारों की गिरफ़्त कसती जाती है। मंच पर अन्धकार होता है और उजाले के प्रकट होने पर सब के सब छटपटाते हुए दिखते हैं। अब प्रकाश पूरी तौर पर लाल है।

नौटंकी के रेशे कई दिनों तक गाँव में उड़ते रहे। 'पानी पिला-पिला' और 'लद गए मैकशी के ज़माने' जैसे बहर-तबील के टुकड़े तो मुहावरे ही बन गए। शोभनाथ सिंह का खेत अभी भी इनरपति सिंह के चंगुल से छूटा न था। तारीख़ पर तारीख़

पड़ती जा रही थी कचहरी में। सो स्वाभिमानी ठाकुर अभी भी रिक्शा चला रहे थे। उस दिन कजरी बाग़ में चाय-पान की दुकान पर बैठकी जमी थी कि शोभनाथ अपने रिक्शे में हवा भरने आए। मंडन मिसिर ने उन्हें देखते ही टिपोरी कसी, "कुछ लोग अपनी ऐंठन में दलिद्दर के दलिद्दर ही रह जाते हैं जिन्दगी भर...।"

"उनको पता ही नहीं होता कि नौटंकी में अमरित बँट रहा था।" इनरपति सिंह ने कहा।

शोभनाथ इस पर भी ज़ब्त कर गए तो उन्हें उकसाने के लिए तीसरी टिपोरी कसी गई, "कुछ भी कहो, बहुत नौटंकी देखी, मुदा ऐसी नौटंकी नहीं देखी। अच्छा ऊ मोहिनिया जयवा की मेहररुआ रही न?"

"हाँ।"

आँख फैल गई मिसिर जी की, "साक्षात पतुरिया है छिनार!"

इस पर भी नहीं बोले शोभनाथ।

"अच्छा महराज!" इस बार रामबुझावन ने मिसिर से पूछा, "एतना कुपंथी होय के बावजूद इन्दर भगवान की पूजा होति चली आय?" सभी भिलभिलाकर हँस पड़े।

ब्रह्मचारी मिसिर असमंजस में पड़ गए, इन्द्र का हाल तो सभी जानते हैं, कहीं यह कटाक्ष उन पर तो नहीं था!

"आज भी तो बड़े-बड़े कुपंथी सारेन के पूजा होति है।" शोभनाथ को जैसे एक साथ सबसे निबटने का मौक़ा हाथ लग गया।

मगर गाँव में नौटंकी का सबसे ज़बर्दस्त असर अगर किसी पर पड़ा था तो वह थी हरि प्रकाश (हरिया) की माई। बेटे के मरने के बाद से ही वह उद्विग्न रहने लगी थी। नौटंकी के प्रभाव से उसका रहा-सहा ख़ौफ़ भी जाता रहा।

हरिया के दस बिस्सा वाले उस खेत को राजा रुद्रपाल सिंह ने वर्षों से क़ब्ज़िया रखा था। बाद में उन्हीं के परिवार की बहू सती माई बनकर आ बिराजीं। मुँह दूबर हरिया का बाप गिड़गिड़ाकर मर गया मगर खेत उसे वापस न मिला तो नहीं ही मिला। हरिया के आ जाने के बाद से हर साल सती माई का अगिन-असनान होने लगा। और उसके बाद खेत खाली होने पर खेती। यह खेती तब तक होती जब तक सती माई के स्थान पर जमा होता लकड़ियों का टीला उन्हें ढक न लेता।

पर इस बार हरि जबसे मरा, लोग इन्तज़ार ही करते रह गए सती माई का अगिन-असनान नहीं हुआ।

"तो क्या सती माई के इस अगिन-असनान के पीछे हरिया का हाथ था?" लोग कानाफूसी करते।

यह 'अगिन-असनान' हुआ नौटंकी के अगले दिन। खुलेआम दुपहरिया में हरिया की माई ने लकड़ी के टीले में आग लगा दी और चैली फेंकने वालों को चेता दिया—

"इहाँ जिनि फेंकइ केउ चैली-चुइली। अब सती माई नाँय रहतीं इहाँ।"

"क्या कहा—सती माई नहीं रहतीं? तो क्या महाबीरन स्वामी की तरह सती माई ने भी तज दिया गाँव को? सच में! इतने अनियाव पर कौन देवी-देवता रहना चाहेगा किशनगढ़ में!"

"लेकिन ऐसे पापों को धोने के लिए हत्याहरणा तो है न?"

"वो भी सूख रहा है, कितना पाप धोएगा!"

एक विश्लेषण जन्म ले रहा था लोगों के दिमाग़ में। आर्थिक हो या सांस्कृतिक हर फ्रंट पर बड़े सुनियोजित ढंग से बढ़ रही थी किसान-सभा। जय और चाँदनी ने किशनगढ़ के गर्भ से एक नए किशनगढ़ के उद्भव के सपने देखे थे। मगर वही हुआ—"चोर न भावइ चाँदनि राता..." सपने अँखुआए ही थे कि ज़मीन छिन गई। बेदखली मिल गई। राजा ज्योतिसी मुकदमे का चक्रव्यूह रचने में माहिर थे ही। पंचायत हो या चकबन्दी, दीवानी हो या फ़ौजदारी, जिस पर पिल पड़ते, हँफा-हँफाकर मार डालते। उनकी अन्तिम अग्नि-परीक्षा जय से निपटने में हुई। बेदखली के बाद दूसरा मुकदमा मठिया के नए पुजारी शिवबालक जी द्वारा कराया गया, किसान-सभा पर उस दिन की नौटंकी के लिए। जय उस समय घर छोड़कर राजा कक्का के यहाँ चला आया था। शिकार बाबा जैसे कुशल अहेरी से बचकर निकल जाए, यह सम्भव नहीं था, मगर इस बार शिकार घायल होकर भी पकड़ में नहीं आ रहा था। अभी भी चाँदनी का स्कूल चल रहा था किसान-सभा की मड़ई में। तभी बाबा की शह पर तिरलोकी ने अफवाह उड़ाई, "चाँदनी कनकलता के कोठे से लाई गई है जय द्वारा भगाकर। यह आवारागर्दी करता था पढ़ने के नाम पर। वहीं फँस गया जाकर।" ..."और अब सारा गाँव भ्रष्ट करने आए हैं ये।" यह दूसरा वार था। एक-एक कर बच्चे-बच्चियाँ कम होने लगे। लोग शक की नज़रों से देखने लगे थे। जय को मुकदमे और इन उलझनों में फँसाकर किसान-सभा से काटने का प्रयास चल रहा था। उधर एक नया विवादास्पद मुद्दा उठा दिया था नई सरकार ने आरक्षण का। पिछड़ों के नए नेता उठ आए थे रामबुझावन यादव के सुपुत्र चन्दर। गोमती पर दस साल पहले जिस पुल की मंजूरी मिली थी, वह इनरपति, रामबुझावन जैसे लोगों के स्वार्थवश ही अब तक पूरा नहीं हो पाया था। इस बार तो घाट के ठेके को लेकर भी काफ़ी तनातनी हो गई। लेकिन रुपई की इस सरकार में अब चलती नहीं थी जितनी चन्दर की। अन्धी भीड़ अब चन्दर के पीछे-पीछे! किसान-सभा में भी अहं की टंकारें सुनाई पड़ने लगी थीं वरना यह ठेका सामूहिक होता मल्लाहों का। चन्दर अम्मर को भला-बुरा कह देते और कलिका पंडित को तो 'बाभन' ही कहने लगे थे। राम प्रसाद मास्टर एक दिन जय के पास आए, "मुझे छुट्टी दो बच्चा! अच्छा नहीं लगता। बुढ़ापे में जाड़ा और डर दोनों कुछ ज्यादा ही सताते हैं।" जय को मुकदमे की पेशी में जाना था, शाम को ख़ुद

आकर देखने को कहकर साइकिल पर सवार हो गया। मटरू ने बाद में रहस्यमय ढंग से उसे बताया था, “पट से छींक हुई थी। तुम तो कुछ मानते नहीं, अनर्थ हो गया इधर! इतना सब करने की जरूरत नहीं, बस मुर्दा की हड्डी गाड़ि देई इनरपति के घरे की नेईं में...”

अनर्थ ही था वह!

24

गाँव में पच्चीस-पच्चीस ट्यूबवेलें! और झगड़ा हुआ सरकारी ट्यूबवेल के पानी के बँटवारे को लेकर! गलियारा दोनों ओर खुला था। आधा पानी जा रहा था हरिहर की ओर, आधा हरखू की ओर। हरिहर ने फाँका देखकर थोड़ी मिट्‌टी रख दी हरखू की ओर जिससे अब पानी उनकी ओर अधिक जाने लगा। हरखू ने देख लिया, बुला लाए चन्दर को। आनन-फानन में तिरलोकी का घर घेर लिया यादवों ने और गालियाँ देकर बाहर निकलने को ललकारने लगे। कपाट बन्द कर हरिहर अन्दर थे। थोड़ी देर में ऊपर से फायर हुआ तो यादवों का लठैत दल भरभराकर भागा।

बड़कवों में इस बात पर सबसे अधिक अचरज प्रकट किया गया कि छोट जात की इतनी हिम्मत कैसे हुई कि घर घेर लिया बाभन का। पंचायत में 'ठकुरसुहाती' गायी गई। कलिका पंडित की एक न चली। रुपई और चन्दर के अधिनायकत्व में अगले और पिछड़े फिर शाम को जुट गए ट्यूबवेल पर। पानी वह ले जाएगा जिसके कल्ले में ज़ोर है। मार होगी ऐसी कि जैसी कभी नहीं हुई होगी। बूढ़े रामजियावन ने सिद्धू को रोका, "भैया, हरिहर बाबा को बचाना। छनउरे में बड़कवा सियार से बचाए रहेन हमइ।" उधर हरिहर बाबा ने तिरलोकी से कहा, "रामजियावन और सिद्धवा के जिन मारे।"

भगत ने कौशल को टोका, "तिवारी के जिन मारऽऽ बच्चा। बेटवा की नाँय मानत रहे हमई।" उधर फोन्नन सिंह की विधवा पत्नी ने अपने लड़के जगदीप को पकड़ लिया भर अँकवार, "जिन जऽऽ भैया। अबहिं सालइ भर भऽऽ ओनके मरे।"

चौधरी की पत्नी बेटे ऋषिराज से फरियाद कर रही थी, "अरे बचवा, राम कलप सुकुल हमका एक्का पे बैठाय के अपना पैदल आइ रहेन तहसील से। देखे सुकुल के।" ऋषिराज टोकने से झुँझला उठा था।

लेकिन कहाँ? फरियादों को कुचलते हुए लाठियाँ दौड़ पड़ी थीं। गलियारा एक ओर से पूरी तरह पाट देने के लिए फावड़ा चलाया हरखू ने।

हरिहर बाबा ने वह मिट्‌टी फिर काटकर हरखू के गलियारे पर रख दी। पहले फावड़े मिट्‌टी पर पड़ते रहे—छप-छप! फिर एकाएक पलटकर बदन पर तन गए।

लेकिन हरखू के संस्कार आड़े आए। हरिहर बाबा के वार का उत्तर प्रहार से न कर उन्होंने उन्हें धकेल दिया। बस गालियों और ललकार के बीच लाठियाँ बज उठीं।

खरभान ने लाठी तानी, सामने आ गए जगदीप सिंह—फोन्नन के लड़के, अभी साल भर नहीं हुआ मरे हुए, खरभान की लाठी झुक गई! जगदीप की भी लाठी गिरने ही वाली थी कि इस अप्रत्याशित परिवर्तन पर गड़बड़ा गई, गिरी बगल में और सन्तुलन खोकर वे ढलान में लुढ़क गए। तब तक खरभान का सिर पीछे की लाठी के वार से फूट चुका था। मंडन मिश्र हरिहर बाबा को उठाने में लगे थे कि पीछे शिवलाल ने मारा—दोंय! थर-थर काँपने लगे ऋषिराज की लाठी के सामने रामकलप, "तें मरबे रे हमइ? तोर बाप नंगा घूमत रहा हमरे सामने!" हतबुद्ध हुआ ऋषिराज, माँ की बातें याद आईं उसे, तब तक अम्मर और रुपई की लाठियाँ दोनों ओर से तड़क उठीं। कौशल ने लाठी तानी तो सामने थे उदयभान तिवारी, "हटि जा महराज!"

"तईं हटि जाऽऽ।"

"न हटब तो लऽऽ!" और तिवारी का कन्धा टन से बोला। लोकई पंडित ने गो-हत्या का दोख लगाया था चन्दर पर। उधर से दो-एक को पीटते आए तो देखते ही खदेड़ लिया। लोकई डंडा फेंककर लगे बालू उलीचने। चन्दर की आँख बन्द हुई कि टंकी की पाइप पकड़कर चढ़ने लगे ऊपर। आँख मिचमिचाता हुआ चन्दर गिरते-पड़ते जा पहुँचा वहाँ और चढ़ने लगा जैसे बरम्ह बाबा के पास एक बन्दर को खदेड़ने दूसरा बन्दर चढ़ा जा रहा हो।

"जिन चन्दर भैया जिन!" लोकई के आज आशीर्वादी हाथ प्रणाम कर रहे थे। गो-हत्या के साथ-साथ आज बरम्ह-हत्या भी लागि जाय। और वहाँ से ढकेले गए लोकई जा गिरे पानी की हौज में। खुनहा पानी अनावश्यक बहने लगा दोनों ओर गलियारे से।

मकदूमपुर के भेड़े के दंगल में छंगू के भेड़े के लिए अभिमन्यु की तरह बहादुरी दिखाने वाले अम्मर स्वयं छंगू के लड़के भरथ के हाथों वार करते ही जा गिरे ईंटों पर। लाठी छिटक गई तो क्या, ईंटें सामने थीं! ताक-ताक कर मार रहे हैं। एक ईंट लगी फ़ौजदार सिंह के नाती को भी, बस मुड़ पड़े गाली देते हुए, "रहु सारे!"

"अरे हम तो उन सालों को मार रहे थे राम कसम!"

"सार उल्लू बनवत बा! किसान-सभा के कमांडर रहा सारऽऽ" और अम्मर की वफ़ादारी का खून रिसने लगा ईंटों पर। कामता और चनरा लाठियाँ छोड़कर मल्लयुद्ध पर फिर उतर आए थे मुकियाते हुए। आज पंचइयाँ (नाग पंचमी) की कोई बन्दिश नहीं है कि ठाकुर को पटकने से बड़कवे रूठ जाएँगे...और इतिहास उलट गया। रुपई दो निहत्थे पासी छोकरों को एक साथ खदेड़ते आ रहे थे कि निगाह पड़ी खुली धोती में भागे आते हुए राष्ट्रवादी प्रोफेसर गजाधर सिंह की ओर

और रुपई की लाठी घूम गई।" गजाधर सिंह ने कराहते हुए कहा, "ई का रुपई भाय? हम तो भाय रहे।"

"मार फेरि-फेरि न होए? तू बदनाम किहा बहिनिया के...ल ओकर फल और कराऽऽ बिटिया-बहिनी के शिकार!" लेकिन गजाधर तो मूर्च्छित हो गए।

उन्हें लादकर ले जाते हैं हौज पर। कलिका पंडित इस घटना का विवरण रामायणी अन्दाज़ में देते हैं। गजाधर ने कराहते हुए रुपई से कहा, "धर्म हेतु अवतरेउ गोसाईं, मारेउ मेहिं व्याध की नाईं।" तब रुपई ने गाँव की बहू-बेटियों और पुष्पलता का ज़िक्र करते हुए कहा, "इनहिं कुदृष्टि विलोकइ जोई, ताहि बधे कछु पाप न होई।" गजाधर जैसा गदाधर मूर्च्छित हुआ तो रामचन्द्र माने रुपई ने पश्चात्ताप में कहा, "अचल करहुँ तन राखहु प्राना।"

"हम तो गए भैया दोनों दल को समझाने, तिरलोकी मोहिं लिए खदेरि—खड़ा रह विभीषण के सारेऽऽ। गड़ही के कनई ले के हम लगे उलीचने, छोप दिए, तब कहीं भागकर जान बची।"

"इसके बाद?" चाँदनी ने हँसते हुए पूछा! इसके उत्तर में उनका पुराना अल्हइत जाग गया...

इहाँ की बातें इहइँ छोड़ो, अब आगे का सुनहु हवाल।
पड़-पड़ पड़-पड़ खपड़ा बोलइ, नरिया चरर-चरर चरराय
अँगिया फटी, मसकि गइ चोली, लूगा छरर-छरर छहराय!
गँजहर जरिगा, छप्पर जरिगा, और खलिहान दिहेन धधकाय।
गोरू जरे, पखेरू जरे कि चिनगी उड़ी अकासे जाय।
घंटी बाजत गोरुअै भागैं, औरत, छेरि, भेड़ि मेमियाँय।
भैया-भैया कहि गोहरावैं, हमरे भैया बोल ओनाव।
ना कोउ बाबू, ना कोउ भैया, गौवाँ बसे चूतिया आय!

इसी आल्हे को कजरी बाग़ में कालू के साथ ढोलक-टुनटुनी पर भी गाया था उन्होंने तो उनकी कुटम्मस होते-होते बची थी, यानी, "एतना बोलत परलइ होइगा जलसा कहइ मान कइ नाँय।"

इसके बाद तो वही अस्पताल और माछी उड़ाते हुए अपनी खटिया के बाध तोड़ना रह गया। पुलिस ने भारतीय दंड-संहिता की 147, 302 आदि धाराएँ लगाकर छुट्टी पा ली और दो-चार दिन बिन बुलाए विशिष्ट मेहमान की तरह इनरपति और रामबुझावन की मेहमान बनकर लौट गई। गिरफ़्तार लोग जमानत पर छूटकर आ गए और फिर ऐंठन कड़ी पड़ने लगी। कैथाने के वकीलों के भाग जगे और कुछ घरों के गहने सोनारों की तिजोरी में आ गए। गर्भिणी होने के बावजूद चाँदनी जय के साथ घायलों के घर-घर घूमती। न दिन को दिन समझा, न रात को रात। पत्र

में उसने अफ़सोस ज़ाहिर किया था, "हम जरा-सा गाफिल पड़े कि सांस्कृतिक अन्तर्विरोधों को जातिवादियों ने भुना लिया...।"

भूसे की आग की तरह सुलग रहा था पूरा गाँव। किसी का किसी पर एतबार नहीं। इस अहेर के शुरू होते ही वह सामूहिक अहेर बन्द हो चला था। पता नहीं कब कौन जानवर के बहाने वार कर बैठे। घर के बाहर दरवाज़े तक पर सोने में डर लगता था, खलिहान, छनउर और बाहर की बात कौन करे! रात को महज़ एक साँड़ हाँके जाने की आवाज़ पर लोग सकते में आ गए। औरतें गहना-गुरिया समेटकर अरहर, ऊख में जा छुपीं और छगन सिंह ने तो डर के मारे बन्दूक ही कुएँ में फेंक दी। क्या पता बन्दूक के लालच में ही कोई हत्या कर बैठे।

इनरपति बाबू शाम के धुँधलके में किसी छाया को देखकर लाठी पर पकड़ कसते हुए काँपने लगे। उधर दूसरी छाया भी जस की तस पैंतरा लेकर खड़ी थी।

"अरे ठाकुर!"

"के तेवारी बाबा! अरे हम तो डेराइ गए। देखाइ नाँय परत अब ठीक से महराज।" अब बाहर निकलने पर बड़े-बूढ़े ही नहीं, बच्चे तक हिदायत देने से न चूकते, "गोजी लेहे जा बाबा!" पत्ता खड़कता है तो साँस ऊपर-नीचे होने लगती है।

सन्नामी लठैत रामबुझावन सिंहोर और करौंदों के झोंप के पास ललकारते बड़ी देर तक खड़े रहे, "निकरि आवा भैया, जो केउ होय सामने!" उधर से टॉर्च की तेज़ फ्लैश आई तो बदन भय के मारे गिनगिना गया, "केऽऽ?"

"काका, यहाँ खड़े-खड़े किसे ललकार रहे हो?" जय ने पूछा।

"अरे जय बच्चा!" देखाऽऽ तो कब से गोजी ताने खड़ा हएन ठाकुर!

"कहाँ?"

जय ने टॉर्च जलाई! सिंहोर की एक डाल आक्रामक गोजी का वहम पैदा करती हुई झाड़ियों में से उभरी पड़ी थी।

"धत्त तेरे की!" मुँह से निकला। लजा गए अहेरी।

बरम्ह बाबा पर अब ज्योतिरी बाबा का भूत झाड़ने का क्रम बन्द हो चला है। रातों में चिहुँक-चिहुँक उठते हैं बाबा, वे पेट गिराए गए बच्चे अब जवान हो गए हैं। भूतों का जवान होना, चुड़ैलों का जवान होना, यानी उनकी आक्रामकता का अपने तुंग पर पहुँचना। उधर रतिया का कहर बढ़ता ही जा रहा था। कुंड पर रात-रात भर प्रेतों का मेला लगता है। रात में सोते-सोते चौंककर उठ बैठते हैं। भाँय-भाँय करती बखरी! बगुलों की 'केंक-केंक', 'उई-उई', मेरे घर के पिछवाड़े से सूरा के जुगनू पकड़ने की आवाज़ें...चमगादड़ों की 'चें-चें'। तकिये के नीचे से कुर्ता टटोलते हैं। खैनी निकालकर चुनौटी से चूना लेकर मलते-मलते एक अजीब-से एकाकीपन का बोध होता है। रात के अपने क्रिया-कलाप चलते रहते हैं—सियारों की 'हुआँ-हुआँ'। और कुत्तों की जवाबी भौंक की प्रतिक्रियाएँ

सन्नाटे को किसी भी तरह तोड़ती नहीं बल्कि सन्नाटा और भी गाढ़ा होकर कंठ तक लहराने लगता है।

चूना झाड़ने की आवाज़ पर चौंककर देखते हैं हलवाहे! सिर झुक जाता है बाबा का। अब यह तथ्य छुपा नहीं रह गया है कि बाबा को रात में नींद नहीं आती। बूढ़ा जगनू उस दिन रात में अपनी खटोली से उठकर आया, "बहुत होइगा बाबा। अब तो बेटवा-पतोह को लेइ आवा।"

कोई जवाब नहीं देते बाबा! बड़ी देर तलक 'भला-बुरा' कहता रहता है जगनू, "बच्चा अगर जाँघ पर पखाना कर दे तो जाँघ नहीं काटते!" बाबा सिर्फ़ एक बार बोलते हैं—"सुनहु भरत भावी प्रबल, बिलखि कह्यो मुनिनाथ, हानि-लाभ जीवन-मरण जस-अपजस विधि हाथ।"

कजरी बाग़ में तहसील से सीधे आकर ब्रह्मचारी जी ने तौलिये से हवा करते हुए कहा,

बाल्मीकि तुलसी से कहिगै एक दिन कलियुग आएगा
बाभन-ठाकुर पानी भरिहँइ, सूद्रइ राज चलाएगा।

दोहे का नवीन संस्कार उनका अपना दिया हुआ था। आसपास लोग घिर आए—

"का भा? का भा?"

"अरे भा का? चमार दरोगा आइ रहा है तहकीकात को। अब पति न रहे।" और सचमुच ऐसा ही हुआ। जातीय घृणा का यह प्रतिक्रियात्मक छोर था। नए दरोगा जयराम आए। ब्राह्मणों, ठाकुरों के नाम से ही एक परई खून जल जाता था उसका। सलाम न करने वालों को वह इस कदर परेशान करता कि लोग सारी बभनई-ठकुरई भूल जाते। अपनी अकड़ में ठस्स बूढ़े जदुनन्दन सिंह सदा की भाँति अपनी घोड़ी पर सवार होकर जा रहे थे कि उसने उन्हें बुलवाकर दो घंटे ज़मीन पर बैठाए रखा।

"हम तो बूढ़ जइफ हई साहब, ई सवारी कौनो रोबे बदे नाँय कीन्हि।"

"हमने बड़े-बड़े चोर-डकैतों की नस ढीली कर दी है।"

"मुदा एइसन तो कबहूँ नाहिं भा, हम कौनो...।"

"अब भूल जाइए उन बातों को।"

गाँव में अपमान का यह दर्द बताते वे कजरी बाग़ में रोने लगे, दूसरी घटना घटते-घटते रह गई। शुकुल साइकिल से उतर गए और पेशाब करने के बहाने बैठ गए। दरोगा गाँव ही आ रहे थे।

"कौन है माई का लाल! मैं एक-एक बदमाश को जानता हूँ यहाँ।" उसकी दहाड़ पर डर के मारे कोई सामने न आया। घर-घर से बुला-बुलाकर उसने पूछताछ के बहाने युवकों को गाड़ी में भरा। उसी उद्‌देश्य में जय को ढूँढ़ते हुए वह उसके

प्रयोग-क्षेत्र उसरहटा के पास आया तो जय को पहचान ही नहीं पाया। नंगे बदन, जनेऊविहीन युवक हरिजनों की ज़मीन की मिट्टी में हल चला रहा था अन्य लोगों के साथ। जय बुलाने पर भी आया नहीं, वहीं से काम रोककर पूछ बैठा, "कहिए, मैं आपकी क्या सहायता कर सकता हूँ?" दरोगा, जो चाँदनी को ध्यान से देख रहा था, इस प्रकार की पहल पर चौंक गया। दुआ-सलाम नहीं —ऐं! बस जय के प्रति पसीज रहा मन अचानक सूख गया, "महाराज! लगता है, आपकी पीठ में हूक चली गई है, झुक ही नहीं पाती।"

"हूक का एक्के इलाज है दरोगा साहब। जौन लड़िका उलटा पैदा भवा होय, उससे लाते से सात दाँय छुआइ लें।" मटरू सलाम बजाते हुए नसीहत देने सामने चले आए।

"यूँ समझ लें पंडित जी कि मैं उलटा ही पैदा हुआ हूँ।"

"मुझे भी कुछ-कुछ ऐसा ही लग रहा है वरना यह 'पंडित महाराज' क्यों बोलते? मेरा नाम जयशंकर है।" जय ने कहा।

"बड़े डाइलॉग आते हैं न आपको? हम इस जीभ की खुजली का इलाज करके रहेंगे। आपने गाँव वालों को भड़काकर पहले बलवा करवाया, फिर उनको बहकाकर थाना-कोर्ट जाने से रोकते फिरते हैं। आपकी अपनी अदालत भी है, सुनते हैं। हम ऐसी गुंडई बर्दाश्त नहीं करेंगे। आपको अगर अपनी जाति में पूछा गया होता तो आप यहाँ चमारपन पर न उतरते!" ग़ुस्से में उखड़े-उखड़े संवाद निकल रहे थे मुँह से।

"बड़ी देर से घृणा में बर्रा रहे हैं और मैं यह सोचकर सहे जा रहा हूँ कि चलो, सदियों का दमित आक्रोश है, विस्फोट में कुछ तो अटपटा होगा ही। लेकिन भाई जान, हर चीज की एक हद होती है।"

"ओ! तो आप गुंडा नहीं हैं? ये हरामखोर नक्सली साले गुंडे, डाकू...," बात पूरी भी नहीं हो पाई थी कि कनपटियों पर एक झन्नाटेदार थप्पड़ लगा और दरोगा जुती हुई मिट्टी को मुँह में भरकर लोटने लगा। पुलिस के जवानों ने उसे उठाया तो मिट्टी के साथ-साथ घृणा थूकता हुआ वह जय को बाँधकर पीटने का आदेश देता रहा, मगर कोई जवान टस से मस न हुआ। उलटे इस हड़बड़ी में पुलिस वैन के सिपाही और रुपई, चन्दर, अम्मर, कौशल, कालू, राधे वगैरह भी आ गए। दरोगा के बार-बार गरजने के बावजूद सिपाही आगे नहीं बढ़ रहे थे। बड़ी बेहूदा स्थिति थी दरोगा की। दलितों तक की नज़र में हिकारत थी। "तो, क्या तुम सभी भी सवर्ण हो?" दरोगा को विचित्र प्रकार के भय ने आ दबोचा। गिरते-पड़ते अकेले ही भाग चला। अपना ही सैद्धान्तिक अन्तर्विरोध इस क़दर भयानक हो सकता है, उसने इसके पहले सोचा तक नहीं। "काश, यहाँ भी जातियों के नाम पर रेजीमेंट जैसा कुछ होता...! काश! यह तमाचा भूलेगा नहीं। पुलिस से दुश्मनी कितनी महँगी होती है, मैं इस साले को चखाए बिना नहीं मानूँगा। लेकिन क्या करूँ, मैं अकेला हूँ और

सवर्ण ज्यादा। कहीं किसी दिन एनकाउंटर में किसी सवर्ण पुलिस के जवान ने दाग दिया तो...तो?" पसीने-पसीने होता रहा फैन के नीचे।

आखिर घृणा रंग ले ही आई। परसपटी में गाँव वालों ने उन्हें इतना पीटा कि लुंज कर दिया। रिवॉल्वर तक छीन ली जो बाद में डाके डालने के काम आने लगी। जय बार-बार उन अन्तर्विरोधों का पर्दाफ़ाश करता रहा लेकिन राजनैतिक, सांस्कृतिक इतने अन्तर्विरोध थे कि भेड़ियों की फ़ौज की तरह गुर्राते आगे ही बढ़ते आ रहे थे। वही गुर्राहट! वही लपलपाती जीभें—एक-दो नहीं, हज़ार-लाख, करोड़ों भेड़िये!

"तुम्हें डर तो नहीं लगता?" चाँदनी के उभरे पेट को सहलाते हुए उन्हीं दिनों उसने पूछा था।

"किससे?"

"इन्हीं से...तुमने इतना कुछ किया और तुम्हें स्वीकारा नहीं इन लोगों ने?"

"डरकर कहाँ भाग जाऊँ? हर जगह तो ये ही शक्तियाँ पीछा करती फिरती हैं?

फिर अब तो यहाँ के लोगों से बड़ा मोह हो गया है। मुसम्मात भाभी, कमली की माँ, जेठू की बुआ, फोन्नन सिंह की विधवा पत्नी से तो ऐसे घुल-मिल गई हूँ मानो युगों से परिचित हूँ।"

"मैं सोचता हूँ आम युवतियों की तरह तुम्हें क्या नहीं सालता होगा कि यह भी क्या जिन्दगी है। साइट या दफ्तर से आता, तुम्हें बाँहों में ले लेता। फ्रेश होता। गाड़ी निकालकर चल देता। कहीं घूस की रकम की गड्डियाँ तुम्हें सौंपता। तुम बाजार से फ्रिज, कूलर, गोदरेज की अलमारी और क्या-क्या लदवाए आती या सेठ, ठेकेदार बँगले पर ही पहुँचा देते।"

"तुम अपने मन का चोर तो नहीं बता रहे? ऐसा है तो गोमती में मार्क्स, लेनिन, माओ, चेग्वारा का विसर्जन कर चले जाओ, मैं तो जाने से रही, मेरी ससुराल है यह।" चाँदनी ने ठिठोली की।

"ऐसा!"

"जी! तुम्हारे ही धर्मशास्त्रों में लिखा है कि कदम एक बार आए तो वापस लाश ही निकलती है ससुराल से।"

"अच्छा! तो तुम अहेरियों की भाषा सीख ही गई।"

"सीखना ही पड़ता है उनके सारे दाँव-पेंच सीखे बिना कैसे रह सकती हूँ।" कहकर चुप रह गई थी वह।

"सो गई।" थोड़ी देर बाद उसने उसे टटोला।

"नहीं!"

"किसान-सभा का तो बंटाढार हो गया है। क्या करूँ? वे फिर अलग-अलग खेमों में बँट गए हैं। लालची! अगर कोई सरकारी पार्टी का लीडर होता तो बिन बुलाए चले आते पीछे-पीछे। संघर्ष का रास्ता रास नहीं आता। बनते हैं अहेरी।"

"बड़ी जल्दी उखड़ जाते हो आजकल?"

"क्या करूँ चाँदनी? इनसान ही तो हूँ। अभी तक मैं अपना काम ढंग से शुरू भी नहीं कर पाया।" चाँदनी ने जय के बालों में उँगलियाँ फेरते हुए कहा, "काम तो हो रहा है, सदियों की परती, पथरीली जमीन है, झाड़-झंखाड़ से लदी हुई।"

चाँदनी बोलती रही। उधर जय की नाक बजने लगी।

ये वे दिन थे जब झाबर के खेल के लिए अँजोरिया रात में दो दलों के बीच हंगामे मचे रहते। इस बार लगता था, साँप सूँघ गया है। इसीलिए दूर से ही दोनों ओर से बढ़े आ रहे शोर को जय समझ नहीं पा रहा था। शोर और स्याह आकृतियाँ किसान-सभा की ओर बढ़ी चली आ रही थीं।

"जय भैया, हम पूछने आए हैं कि किसान-सभा किसकी तरफ है? अगड़ी जाति की ओर या पिछड़ी जाति की ओर?" चन्दर ने बहुत नाप-तौलकर ढिठाई से पूछा।

"भैया, हमहूँ का बताइ दो, आरक्षण-नीति पर आपका क्या रवैया है?" अम्मर दूसरी ओर दल-बल के साथ खड़े होकर पूछ रहे थे।

"आपने तो रास्ता चुन लिया है। मेहरबानी करके किसान-सभा को उसके करम पर छोड़ दीजिए।" जय ने शान्त स्वर में कहा।

"नहीं, बताना पड़ेगा, बताना पड़ेगा।" जय ने चौंककर देखा, दोनों ओर के समर्थक हुंकार रहे थे। पेट्रोमैक्स की रोशनी तेज़ करते ही उसे पता चला, दूसरे गाँवों के लोग भी पूछने वालों में शामिल हैं। सबसे आश्चर्य तो उसे सच्चिदा प्रसाद पर हुआ, जो माधव लाल के साथ चीख़ने वालों में सबसे तेज़ थे।

"हूँऽऽ! किसान-सभा का परिचय, उसकी तरफदारी नई नहीं है। पेशे पर आधारित अघोषित आरक्षण तो पहले से चलता आया है खासकर ब्राह्मणों का, पीछे रह गए लोगों को आगे लाने के लिए आरक्षण जरूरी है, बशर्ते उसकी समीक्षा होती रहे। इस मायने में छत्रपति शाहू जी हमारे आदर्श हैं। जहाँ पिछड़ापन और शोषण पर्त-दर-पर्त है, वहाँ हर सरकारी खैरात की तरह आरक्षण का लाभ भी सम्पन्न पिछड़ों को ही मिलेगा। फिर जाति-जाति का बँटवारा नहीं है, सम्भव भी नहीं है। पिछड़ी जातियों में भी बड़ी मछली छोटी को खाती रही है। हर आगे बढ़ी हुई जाति के समर्थक अपने-अपने रिश्तेदारों को ऊपर खींचेंगे। पिछली बार की बस कंडक्टरी में उसी जाति के पिछड़े चुने गए, जिसका जोर था, बाकी टापते रह गए। आरक्षण का लाभ देना है तो आप पाएँगे जाति ही नहीं, परिवार ही नहीं, आदमी तक पर सोचना होगा। यानी भले ही कुछ लोग लाभान्वित हो जाएँ, यह कोई तार्किक निदान नहीं है। सरकार अगर चाहे तो सारी व्यक्तिगत सम्पत्ति जब्त करके सबको रोजी-रोटी मुहैया कर सकती है, लेकिन टुकड़े फेंककर आदमी-आदमी को लड़ाने की बात मेरी समझ में नहीं आती। किसान-सभा आदमी के हक, आर्थिक और सामाजिक न्याय की लड़ाई की राह में ऐसी किसी लीपा-पोती या बाँट देने का समर्थन नहीं

करती लेकिन इसके कारण जिस ढंग से आप अपने भाइयों के खून के प्यासे हो गए, उसके भी सख्त खिलाफ हैं। जब तक समाज में वर्गगत, वर्णगत और लिंगगत विषमता है, आरक्षण जैसा कदम उसका तात्कालिक निदान भले हो, उसका स्थायी निदान नहीं, यदि कुछ है तो वह है पूर्ण वर्गोच्छेद, वर्णोच्छेद और लैंगिक भेद का उच्छेद। यही किसान-सभा का लक्ष्य है। और कहूँ तो तीता लगेगा, सरकार तो इसे चाहती ही नहीं, आपके दिलों में भी चोर है।"

"हवा में है।" एक आवाज़।

"नहीं, ठोस जमीन पर! हवा में आपका, हमारा समाज है। मैं अहेरियों के गाँव की परम्परा बदलने को कृतसंकल्प हूँ, निशाना अबोध जीवों पर नहीं, शोषकों पर बदल देना मेरा लक्ष्य है। एक भी आदमी मेरा साथ दे या न दे।" जग उत्तेजित हो उठा था।

"बैठ जाइए!" उसने कहा, "आज अहेरियों के इस गाँव की एक अद्भुत कहानी सुनाता हूँ आपको...।" लोग बैठ गए तो उसने कहना शुरू किया, "आज इतना तो याद नहीं कि फकीर चाचा ने किस नवाब की बदौलत यह घटना बताई थी, मगर घटना मेरे पोर-पोर में आज भी काँच-सी करकती है। हुआ यूँ कि अंग्रेज रेजीडेंट नवाब-ए-अवध के यहाँ आमंत्रित किए गए। खाने में जो व्यंजन परोसा गया वैसा लजीज खाना रेजीडेंट साहब ने जिन्दगी भर नहीं खाया था। पूछने पर पहले तो नवाब साहब महटियाते रहे मगर बाद में बताना पड़ा। जानते हैं, वह व्यंजन किस चीज का था—बुलबुलों की जुबान का। तकरीबन दस हजार बुलबुलों को पकड़कर लाने का आदेश आसपास के जिलों में भी भेजा गया था। किशनगढ़ की बुलबुलों की जुबान भी कतरी गई थी। कहते हैं, कुछ को खाने वाले लोग उठा ले गए, कुछ खून टपकाती हुई उड़ गईं ताजिन्दगी गूँगेपन का अभिशाप लिये। टिटकारी पर झपट्टा मारकर लड़ने वाली बुलबुलों को देखकर मेरा मन करता है कि जरा इनकी चोंच खोलकर देखें कि इनके मुँह में जुबान है या नहीं।"

अन्तिम वाक्य कहते-कहते उसकी आँखें गीली हो आई थीं। शायद पहली बार ऐसा हुआ था। इतने आदमी थे लेकिन 'सनाका' खींचे हुए थे। दूर ढेरवहिया से सियारिन बड़े भयावह अन्दाज़ में फेंकर रही थी और पास ही कहीं मुवा चिरई 'मुआऽऽ' बोलकर अजब मातमी गन्ध बिखेर रही थी। लेकिन कहाँ...? जुबान तो सामन्ती हविश की शिकार हो चुकी थी।

चन्दर ने पिछड़ों और अस्पृश्यों को पट्टी पढ़ाना शुरू किया, "हम तो पहले ही कह रहे थे वह बड़ी जातियों का समर्थक है। आज तक हम पर शासन करते आए, इतनी जल्दी कैसे छोड़ दें यह मोह! आज सरकार ने कुछ सीटें रिजर्व करने की घोषणा की तो कलेजे पर साँप लोटने लगा। कहते हैं, जाति तोड़ दो। होती कोई बहन और ले जाता कोई छोटी जाति का, तब हम मानते।"

कभी-कभी कालू बिन बुलाए मेहमान-सा टपक पड़ता, "बिहार वगैरह में

इधर जो दलित जिन्दा जलाए गए हैं वे अधिकांश इन्हीं पिछड़ी समझी जाने वाली जातियों के सम्पन्न लोगों ने जलाए हैं। बातों को समझना चाहिए, भकोसना नहीं। जब तक समाज में पद और पैसे का फर्क बना रहेगा, आप उसे चित उलट दें या पट, परस्पर घृणा और खून बहता रहेगा...।"

कालू की बातों पर रसभंग होते ही चन्दर बिगड़ पड़ते, "तू क्या बात करेगा, तू भी तो जय का भाई है। जय की तो फिर भी एक जाति थी, तेरी क्या जाति है?"

"वही जो तुम्हारी है—यानी आदमी!" और चन्दर ग़ुस्से के मारे बोल न पाते। लेकिन अजीब मोहग्रस्त लोलुप समाज था। चन्दर की पहुँच सीधे लखनऊ, दिल्ली तक है। कोटा, परमिट, खाद, चीनी, कपड़ा उन्हीं के हाथ है, उन्हीं के पीछे-पीछे चलने में भला है। लोग जय से आँख चुराते फिरते। उधर बड़कवों में दरोगा का मानमर्दन कर जदुनन्दन सिंह के अपमान का बदला लेने और आरक्षण के विरोध का जो भ्रामक वातावरण बना था, वह टूटा तो लोगों का सम्मोहन टूट गया। रुपई ने बताया, "इन बातों पर बच्चों की तरह खुशी मनाने वाले नहीं जानते कि जय चन्दर और कलुआ से भी ज्यादा खतरनाक है। दरोगा को थप्पड़ उसने इसलिए नहीं मारा कि वह बड़कवों को गाली दे रहा था बल्कि इसलिए कि उसने नक्सली लोगों को गुंडा और डाकू कह दिया था। और आरक्षण के चलते कुछ पिछड़ों-दलितों को उठाना उनका लक्ष्य नहीं है, वे जाति-धरम सब 'पस्ट' करके सबको केवल मजूर बना देना चाहते हैं। यानी सब एक बराबर! मेघनाथ की तरह सबसे काम लेंगे, यानी धन भी लेंगे, धरम भी!"

तेवारी ने टोका, "मगर उसकी औकात ही क्या है?"

"आप इसी मुगालते में पड़े रहिए! वे यूँ ही किसी को अपने आगे भुनगे के बराबर नहीं मानते? सुना है, रूस, चीन से मदद मिलती है, सी.बी.आई. के एजेंट हैं।" किसी ज्ञानी ने कहा, "एक खबर जानते हैं, दक्षिण के परशुरामपुर में कतवारू सिंह को किस तरह लिंग काट करके मारा गया है। इन्हीं लोगों का हाथ है।"

"अच्छा! मगर...।"

"अगर-मगर नहीं, वह नौटंकी याद कर लीजिए। अम्मर डरकर भागे हुए हैं। मुश्किल है, उसकी बात पर बड़े-बड़े की जबान बन्द हो जाती है। पता नहीं क्या उलटा-पलटा समझा देता है।"

"असली जड़ पढ़ाई है।"

"असली जड़ पढ़ाई कैसे है जी? मुसलमान लड़के इतना पढ़-लिखकर भी अपने मजहब के खिलाफ बात बर्दाश्त नहीं करते। बड़े-बड़े अफसर पूजा-पाठ करते हैं। यह जाति ही अलग है कमनिस्टों की, साले गद्दार देश के...।"

" ...कहाँ अलग है? राम भरोसे कमनिस्ट थे फिर भी न जात छोड़े, न जनेऊ! सत्यनारायण बाबा की कथा बड़े प्रेम से सुनते। वे तो तुम्हारे साथ रहे, वोट देने को कहते फिरे! जय ने तो वोट न देने को उकसाया था।"

"भैया है ई जलेबी पेंच। ओकरे खिलाफ लाख बतकही करइ केउ मुदा बालि की नाँय समनवाँ परतइ जाँगर और बुद्धि हरि ले।"

बतकही चलती रहती। एक दिन चन्दर के घर कम्बल ओढ़े दो व्यक्ति आए। चन्दर उन्हें देखते ही अटपटे में पड़ गया, "आपने इतना कष्ट किया। आइए बैठिए!"

राजा ज्योतिसी और इनरपति बाबू बैठ गए। इनरपति बाबू थोड़ी देर तक बैठक में लगे चित्रों को देखते रहे फिर बोले, "देखो भैया, हमरी तुमसे लड़ाई बड़े भाई, छोटे भाई की लड़ाई है, हम फिर निपट लेंगे। है कि नहीं?"

"जी, जी!"

"ई अपने ज्योतिसी बाबा का चेहरा देख रहे हो, कब तक कपूत के नाम पर दाढ़ी बढ़ाए फिरेंगे? कैसे सूखकर काँटा हो गए हैं और बच्चा रावण का जिव कहाँ है, तो ओकरी नाभी में...! जयशंकर और बाबा के मुदयपन के कौनू छोर नहीं। एइसन पूत से निपूत भले। है कि नहीं?"

"जी!"

"जौन जय अपने बाप के नाँय भऽऽ, ऊ और केहु के का होए ऽऽ।"

"हुकुम?

"जौन बेटवा बापे कइ जान के पीछे पड़ा रहइ, दुश्मन से मिलि के बाप की जमीन छीनइ के तिकड़म करइ, जौन बेटवा धरम-करम न मानै, गीता, रामायण, गंगा, गायत्री, जाति-पाति न माने, जेइसन-तेइसन कुजात घरे में बैठाइ लेइ बाप की छाती पर, ओकर कुलि बन्द—नाऊ, कहार, धोबी, चमार कुलि बन्द!" ज्योतिसी बाबा के आँसू दाढ़ी में भीग रहे थे और मुँह अजब ढंग से कसैला हुआ जा रहा था।

"चलइ, अब्बै ओकर इन्तजाम कइ देइत है।" चन्दर ने कुर्ता पहना और इनरपति बाबू और बाबा को लेकर 'परजा' जातियों की दुआरी-दुआरी घूमकर अपने फरमान जारी किए। इस तिकड़ी के खिलाफ चूँ तक नहीं किया किसी ने। राजा कक्का ने अहेरी के इस आखिरी वार की खबर जय और चाँदनी को दी तो दोनों एक-दूजे को देखने लगे। धीरे-धीरे कलिका पंडित, मुसम्मात भाभी और चमरौटी, पसियान की कुछ औरतें भी आ-आकर जमा होने लगीं। कलिका पंडित ने समझाया, "बेटवा भला इसी में है कि तुम कुछ दिनन के लिए शहर चले जाओ। पहला बच्चा है। ये कसाई जानबूझकर ऐसे मौके पर उठकर खड़े हुए हैं। जान सलामत रही तो फिर लौटि आना।"

"तुम्हें मेरी कसम देवर जी, तुम दुलहिन के लिवाय के शहर चले जाओ।" मुसम्मात भाभी ने कहा। बाकी औरतें भी समर्थन में बोल उठीं।

"नहीं!" जय ने निर्णयात्मक अन्दाज़ में कहा, "जब चुनौती उछाली गई है तो हम उसका सामना करेंगे, यहाँ, इसी जगह!"

25

करीब आते गए दिन और दूर होते गए लोग! रोज-ब-रोज विष भरा जाता गाँव वालों के मन में। लोग बात तक करने में हिचकने लगे। किसान-सभा की भीड़ छँट चुकी थी। कालू और दो-चार दलित जिनकी ज़मीन थी, कलिका और सुखनन्दन बस यही गिने-गिनाए लोग थे...और इसी बीच एक दिन आ धमकी पुलिस। बिना कुछ पूछे वे किसान-सभा की मड़ई में धड़धड़ाते हुए घुस आए। हर काग़ज़ को उन्होंने उलट-पलटकर देखा। भूमि में ठोंक-ठोंककर किसी अनजानी सुरंग की थाह लेते रहे। बैनरों को देखते रहे और मार्क्स, लेनिन, भगतसिंह, माओ आदि की तस्वीरों का जायजा लेते रहे...।

"तो आप ही हैं जय बाबू, गाँव में खुराफात मचाने वाले, मुकदमों की पैरवी खुद करने वाले, सैपरेट सेल बनाने वाले, हरिजन दरोगा पर तमाचे जड़ने वाले..."

"खाकी लिबास पर लगे तारों से तो आप डी.वाई.एस.पी. लगते हैं मगर क्षमा करें बातों से आई.पी.सी. की धारा एक सौ सैंतालीस के अपराधी।"

"अपराधी...?" उछल पड़े डी.एस.पी.।

"जी! मैंने एक बदतमीज दरोगा को शिक्षा दी थी। जाति शब्द से ही मुझे घृणा है। अगर आप सब कुछ जानने का दावा करते हैं तो यह भी आपको पता होना चाहिए था।"

"मैं कोई ऐरा-गैरा नहीं, चाहूँ तो अभी आपको बन्दी बना सकता हूँ।"

"कानूनन तो नहीं, अलबत्ता सिपाही और एक तन्त्र है आपके पास, आप कुछ भी गलत कर सकते हैं।"

"गलत? हूँऽऽ! परशुरामपुर के जमींदार की बेरहमी से हत्या मैंने करवाई है न? मेरे पास सबूत है कि उन्हें गाँव के लोगों ने लिंग काट करके ठीक उसी प्रकार मारा जैसा कि गाँव में खेली गई नौटंकी में इन्द्र को मारा गया था। वह नौटंकी मेरी लिखी हुई थी न? किसानों को मैं ही भड़काता फिरता हूँ न?"

"अगर ऐसा है तो मुझे ही क्यों, जुल्म का प्रतिकार करने की सीख देने वाले हर महापुरुष और उस तरह का सारा साहित्य नेस्तनाबूद कर दीजिए, संविधान से व्यक्तिगत स्वतंत्रता के प्रकरण हटवा दीजिए, दंड-संहिताओं से जुल्मियों को दी जाने वाली सजाएँ पुरस्कारों में बदल दीजिए...।"

"बोलिए-बोलिए रुक क्यों गए?"

"मैं पूछता हूँ, हदबन्दी के बावजूद सूद के एवज में किसानों की जमीन छीन-छीनकर सैकड़ों बीघे का काश्तकार बने रहना, दिन-दहाड़े गाँव की लड़कियों की इज्जत से खेलना, बेगार लेना, न देने पर पीटना, घर, खेत, खलिहान फूँक देना क्या कानून में अपराध के तहत नहीं आते। आपके विभाग ने तो हर वक्त उन्हीं की सहायता की। शिकायत करने वाले को उलटे परेशान किया। जनता कानून को कब अपने हाथों में लेने पर मजबूर होती है...तब, जब उसे सरकार पर और उसके तंत्र पर से यकीन उठ जाता है।"

"मिस्टर जय!" ग़ुस्से से काँपने लगे डी.एस.पी., "आप अपनी औकात भूलते जा रहे हैं। कौन अपराधी है, कौन नहीं—यह फैसला सरकार के न्यायालय करते हैं, आप नहीं। आपकी गतिविधि सरासर आपत्तिजनक है सरकार की निगाहों में! आप इन्हें बन्द करेंगे या नहीं?"

"भाई जान, इन्हीं उद्देश्यों के लिए सरकार भी प्रयत्नशील बताती है अपने आपको। आप उन दोमुँहों से कहिए कि युवकों से रचनात्मक काम करने की बात न करें अब से। जिन चीजों को वह पनपा रही है, कहिए कि आदर्शवादी मुखौटे उतारकर सीधे-सीधे या तो दलालों, सामन्तों, धर्म के ठेकेदारों की पक्षधर बन जाए या फिर ईमानदारी से पेश आए। साला...बत्तीस साल हो गया, तमाशा कर रहे हैं समाजवाद का!"

"आप कर सकते हैं?"

"जरूर!"

"तो आप मानेंगे नहीं?"

"मैं ही क्यों, कलेजे पर हाथ रखकर कहिए क्या किसी भी विवेकशील आदमी को यह बात पचेगी? आपके पौरुष को, आपकी नैतिकता को, अपने स्वार्थ और अहं की तुष्टि के लिए वे इस्तेमाल नहीं करते?"

कई तरह की कारगुजारियाँ चल रही थीं। जय को पता न था जबकि डी.एस. पी. को पता था। डी.एस.पी. कुछ देर तक कर्तव्या-कर्तव्य में डूबते-उतराते रहे। राजदंड की तरह रूल को हाथों पर ठोंकते रहे।

जय रजिस्टर-कॉपियाँ ताक पर रखने लगा।

"जय बाबू, जरा इन पोस्टरों को पढ़िए तो...मैं चश्मा छोड़ आया हूँ घर पर। डी.एस.पी. कुछ शान्त हो चुके लगते थे। जय ने स्वयं ही पढ़ना शुरू किया..."क्रान्ति

से हमारा मतलब है कि वर्तमान वस्तुस्थिति और समाज-व्यवस्था जो स्पष्टत: अन्याय के ऊपर आश्रित है परिवर्तित हो...। जब तक मनुष्य द्वारा मनुष्य का और राष्ट्र द्वारा राष्ट्र का दोहन—जो साम्राज्यवाद के नाम से मटरगश्ती करता संसार में डोल रहा है, खत्म नहीं कर दिया जाता तब तक वह वेदना और संहार की क्रीड़ा जिसकी आशंका मानवता से आज संत्रस्त है, रोकी नहीं जा सकती और युद्ध को खत्म कर देने की तमाम बातें और नवयुग के आगमन का तमाम खयाल एक नग्न पाखंड मात्र है।"

"यह क्या खुल्लमखुल्ला नक्सलवाद नहीं है?" डी.एस.पी. ने हस्तक्षेप किया।

"यह तो भगतसिंह के कोर्ट के बयान का अंश है—इतिहास आपने नहीं पढ़ा क्या?"

"ओऽऽ. सॉरी! मगर..." एक विचित्र दुविधा में झूल गए डी.एस.पी.। एक नया बोधिसत्व उनके अन्दर ही अन्दर खिल रहा था तभी तुषारापात हुआ। कम्बल ओढ़े दूर खड़े दो गिद्धनुमा जीवों को देखते ही उनकी कमज़ोरी भाग गई, "देखते क्या हो?" और वे जय का हाथ पकड़कर बाहर ले आए। आपको आश्चर्य होगा मेरे आचरण पर, मगर प्लीज, समझिए हमें, हम पतित हैं, शकुनी की आँखें देख रही हैं। हम चूके कि चुके...।" जय उद्विग्न हो उठा था। उन्होंने आहत स्वर में बड़े भाई की तरह समझाया, "आप कुछ नहीं कर पाएँगे जय बाबू। इस बार तो जीत हमारी है। वे आपके आदमियों को खरीद चुके हैं।"

पुलिस के जवानों के साथ-साथ अँधेरे का फ़ायदा उठाकर किसान-सभा के कुछ सदस्य भी तोड़-फोड़ में हिस्सा ले रहे थे। किसी ने माचिस भी छुआ दिया था और होलिका की तरह जलने लगी किसान-सभा की मड़ई।

लपलपाती लपटों की कितनी ही छायाओं के दंश पड़ रहे थे जय के चेहरे पर मगर अन्दर से वह निर्विकार था, "डी.एस.पी. साहब, इस क्षणिक जीत-हार से किसी लम्बी लड़ाई की हार-जीत का फैसला नहीं हुआ करता। निश्चय ही हमारे प्रशिक्षण में कोई खोट रह गई है। लेकिन इतिहास में ऐसी घड़ियाँ आएँगी जब आपसे हिसाब-किताब पूछा जाएगा और जवाब देते नहीं बनेगा आपसे।"

कलकत्ता! बैंक का सदर दफ़्तर! बहुत सारे काम निबटाने थे मुझे। क्या पता, जय ने जानबूझकर मुझे उस समय वहाँ भेजा था ताकि मेरा कमज़ोर मन इस उथल-पुथल में विचलित न हो जाए! उसकी-सी वह पारदर्शी नज़र, और धैर्य मुझमें कहाँ!

वहीं मिल गए लछिमन सिंह। राजघराने से कहीं दूर से जुड़ता था नाम! कोई प्रताप नहीं था चेहरे पर। एक सामान्य-से बेयरे।

"मुझे काफ़ी देर तक 'साहब', 'साहब' कहते रहे, यह कि वे हाथीनशीन थे, महल था, नौकर-चाकर..." जैसे ही उन्हें मालूम पड़ा कि उनकी ज़मींदारी की

एक नगण्य-सी परजा का लड़का उनके सामने खड़ा है, वे गूँगे हो गए। मैं जब होटल की ओर लौट रहा था तो पितृवत् स्नेह से मिले, "चलो, हमारे घर चलो।"

"कहाँ?"

"हावड़ा!...यहाँ तो क्वार्टर नहीं मिला मुझे। चलो, वहाँ और भी गाँव वाले हैं।" बाद में आने को कहकर मैंने उनका पता नोट किया और ट्राम के स्टॉपेज की ओर बढ़ गया। बाड़ी वाले का नाम, जिला, जिला से तहसील, तहसील से गाँव और जाति के द्वारा लछिमन सिंह की शिनाख्त करता हुआ मैं आ पहुँचता हूँ हावड़ा के एक दूसरे किशनगढ़ में। एक नहीं अनेक! अलग-अलग अंचलों से भागकर आए हुए कितने किशनगढ़!

गन्दी गंगा का गन्दा किनारा। उस पार झिलमिलाती हैं काशीपुर की चिमनियाँ। दूर तक चली गई हैं ऊँची-नीची रोशनी की झालरें। कलकत्ता का धूसर लैंडस्केप! छिटपुट प्राइवेट या सरकारी कारखानों में काम की टोह में आए खानाबदोशों का दल!

अपने चारे की खोज में साइबेरियन परिन्दों का भटकता दल। पीछे-पीछे आ लगे हैं बन्दूक साधे अहेरी। पेमेंट को छीनने वाले सूदखोर, उनके सस्ते श्रम पर पलने वाले ठेकेदार। अलग-अलग लठैतों का गिरोह। अपनी जड़ से कटकर भी सांस्कृतिक विकृतियों में रिसते-हाँफते लोग। कलकत्ते के पास रहकर भी कुछ अपवादों को छोड़कर शिक्षा, संस्कृति, चेतना से वंचित। अगर ये जुड़ते भी हैं तो उसी कीर्तन, रामायण, नाच, बिरहा, दंगल के तहत।

वक़्त-वक़्त पर मन्दिर, स्कूल, अस्पताल बनवाने के लिए चन्दा माँगने वाले लोग यहाँ दोहन के लिए चले आते हैं उस समय उन्हीं शक्तियों के आगे ये, "बाबू! बाबू!" कहते बिछ जाते हैं, भले ही वह चन्दा उनको उत्कोच के रूप में दे रहे हों, ताकि गाँव में वे उनके बाल-बच्चों पर कोई आफत न ढाएँ।

मुझे भी पहले ऐसा ही समझा गया। मुझे हँसी आई। फिर बात चली अभिनन्दन की। रुपई, तिरलोकी न केवल थैली ले गए थे बल्कि उनके महान कार्यों के लिए उनका अभिनन्दन भी किया जा चुका था। बाद में मुझे इक्की-दुक्की कई संस्थाएँ भी मिलीं लेकिन उनसे जुड़ना सम्भव नही था। इनके बीच सही ढंग से काम करने की ज़रूरत महसूस हो रही थी लेकिन वक़्त था नहीं।

जब-जब जय के ख़त आते, दिल में कुछ खौलने-सा लगता। गाँव के आस-पास के लोग भी आते। जय की तस्वीर वहाँ ग्लैमर से युक्त थी या 'डाकूनुमा'। इधर कलकत्ते के कार्यालय के अपने लटके थे, उधर मन उद्विग्न हो रहा था। क्या पता, कैसा चल रहा है। सम्भव है, पैसे के अभाव में ही काम गड़बड़ा रहा हो। आरक्षण जनित जाति-पाँति का 'मल' गोमती की तरह हावड़ा और कलकत्ते की गंगा में भी उतर रहा था। अब क्या होगा, सेंटीमेंट की बात आ जाने पर कौन किसका और कौन किसका!

इन्हीं दिनों जय का पत्र मिला था, इस पूरी घटना का हवाला देते हुए, "तुम बड़े भावावेश में क्लास और कास्ट स्ट्रगल पर बहस किया करते थे न! मगर यहाँ तो इस स्ट्रगल के बिन्दु-बिन्दु तक पहुँचने के लिए ही स्ट्रगल करना पड़ रहा है। वहाँ तक पहुँचने के लिए ही सुरंगें खोदनी पड़ रही हैं। यहाँ के लोग आज नहीं तो कल मेरी बातों को समझेंगे। बस यही समझ लो, परिवर्तनकारी शक्तियों के ऊपर पपड़ी जमी हुई है संस्कार की। उसे खरोंचकर फेंक देना है। जो भी वक्त लगे। दोनों तरफ मोर्चाबन्दी है। उनकी सुरंगें बिछी हैं, पता नहीं कब विस्फोट हो जाए।"

26

विस्फोट!

और इसके बाद...कहीं कोई आकार नहीं, कहीं कोई इनसानी आवाज़ नहीं। धुआँ-धुआँ परिदृश्य है और घुट-घुटा आलम! पुरजा-पुरजा उड़ चला है उस विस्फोट में, एक नहीं दो-दो धमाके किशनगढ़ के दोनों छोरों पर। अरराकर बैठते हुए दो ऊँचे-ऊँचे कगार। दहशत में दोनों छोरों पर दूर-दूर तक के पखेरू...फिर धीरे-धीरे छा गया मरघट का सन्नाटा! जैसे ही पता चला है, भागा-भागा आया हूँ।

उस दिन किशनगढ़ के एक छोर पर दढ़ियल बरगद की छाया में पिछड़ों की मीटिंग चल रही थी और कजरी बाग़ के शिवाले में अगड़ों की। मुद्दा एक ही था—सरकार की आरक्षण नीति। मगर आरक्षण का मुद्दा तो एक बहाना था, यह नहीं होता तो कोई दूसरा, दूसरा नहीं होता तो कोई तीसरा होता और लोग स्नेह सम्बन्धों के छिलके उतारकर सन्तरे की फाँक की तरह अलग-अलग हो जाते।

बदलते हुए जीवन-मूल्यों के बीच शाश्वत अहं की टंकार। सटे-सटे घर और कटे-कटे घरवाले! कॉलेज के दो कमरे और वहाँ आई शिक्षा विभाग की बस जलाकर राख की जा चुकी थी। उस दिन ध्रुवीकरण का तनाव अपने चरम पर था और जय को धमकाने वाले पुलिस अफसर ने गोली चलवा दी थी। उदरेज सिंह का लड़का वहीं ढेर हो गया था। बहादुरी से भाग आने के बावजूद चार लड़के अरेस्ट कर लिये गए थे।

किसी भी छात्र-आन्दोलन या भीड़ की भेड़ियाधसान राजनीति की तरह इनमें सोचने वाले नगण्य थे। वैसे भी यहाँ नौकरी या रोज़गार को प्राथमिकता नहीं दी जाती, जो देते हैं, पढ़ना उनकी नसीब में नहीं होता। यहाँ की प्राथमिकता है शादी, जितनी जल्दी हो जाए उतनी ही राहत और ये तथाकथित स्कूलिए, कौलेजिए लड़के पढ़ाई को इसलिए हाँका करते हैं कि शादी के देखुआरों को पसन्द आ सकें या इन्हें ऊँचे दामों पर भुनाया जा सके। शादी हुई कि शिक्षा फलवती हुई। दो-एक बच्चे के बाप बन जाने के बाद ही रोज़ी-रोज़गार की तरफ ध्यान जाता है। फिर भागकर

नौकरी के लिए शहरों में मारे-मारे फिरते हैं। कुछ न कुछ सदा ही करकता रहता है इनकी आँखों में चाहे वह आम, कटहल या केले की घौद हो या पम्पिंग सेट का पट्टा-पुर्जा। गाँव में किसकी मटर गदरा रही है और किसकी बेटी, ये सूँघते चलते हैं। गँजहरों पर या भूजों के सूखे पत्तों के ढेर में जलती बीड़ी या तीली फेंक देना या ख़रबूज़े चुरा लाना इनकी मौज़-मस्ती का अंग है। शिवाले में इनकी गुप्त मंत्रणा चल रही थी कि जय अपने गाड़े पर लादकर भैंस का मरा हुआ पँड़वा (पाड़ा) फेंकने ले जा रहा था उसरहटे में। बच्चों को दूध पीने के लिए इसे सुखनन्दन ने ज़बर्दस्ती दिया था। "भोग सारे, अपनी करनी का फल!" कहकर वे फिर सीरियस हो गए।

आगे बैरागी बाबा के बरगद के नीचे पिछड़े वर्ग की एकता-मीटिंग चल रही थी। एक ही जाज़िम पर बैठी अलग-अलग बिरादरी के अलग-अलग हुक्के! जय को इस अवस्था में देखकर एकाएक सब सकते में आ गए। राजा बोल पड़ा था, "अब नाहीं देखा जात पंचौ! मेहरारू के लड़िका भवा तो नार तक काटइ नाँय गईं कौनू चमाइन। बेचारे जय बाबू खुदइ पत्ती से नार काटेन औ खुनहा कपड़ा धोइ लायेन गोमती से...औ आज फिनु...।"

"यहीं तो हमारी लड़ाई सफल है। हमें तो काँटे से काँटा निकालना है। लड़ने दो आपस में सालों को।" नेता ने कहा।

"ठीक है, मुदा तुम अउर गाँव के बड़कवन के परजा-पजारू काहे नाहीं बन्द किए? ई का उही बड़कवन के इशारे पे अपने एक साथी से विश्वासघात करब नाँइ भवा? तोहार काँटा का जयशंकरइ बाबू खातिर चोख बा?" सुक्खू तैश में आ गया, "वाह भैया, खेत खाइ गदहा मार खाए जोलहा।"

"ये कैसे हितैषी हैं, हमें भनक मिली है। अरे अहिरिन लेइ आए हैं, कोई बता रहा था। हमारी बहू-बेटियों को भगा ले जायँ, यही तो हमारी भलाई कर रहे हैं।" नेताजी ने वह कूटनीति दिखाई कि चर्चा ही बदल गई।

"नाहीं-नाहीं हमका तो ऊ कोइरिन लागत रही। हरखू ने अपनी जाति की नाक कटने से बचाई। मगर सुदर्शन कोइरी अपनी बिरादरी के अपमान को न सह सके। उन्होंने उसे एक अन्य पिछड़ी जाति से जोड़ा। यह पहचान घृणा के गेंद की तरह उछाली जाती रही एक जाति से दूसरी जाति पर। हर कोई बिदकता हुआ अपने बचाव में लगा रहा। राजा साँप की तरह फूलते रहे और जब उन्होंने फुफकार मारी तो रंग में भंग हो गया—

"आज सब घिना रहे हैं जइसे दूध के धोवा हयेन सब केऊ। इहै काम बिटिया-बहिनिन के संग औरन की नाँय छुपि-छुपि के करतेन जय बाबू तो गाँव के मरजाद बनी रहत न! कसूर इहै कि जौन किहेन, खुल्लमखुल्ला किहेन! इही बदे पंचाइत बटुरी बाऽऽ? हम पूछत हैं, यह बटोर में जाति-पाँति के विचार खतम होइगा? पियइ तो केउ हमरे हाथ के पानी? करै तो हमरे बेटी का रिश्ता?"

"तै अपने जइसन सबके समझ लिहे का? जिनगी भे ज्योतिसी बाबा के भँडुअई किहे और अब उ बहेल्ला और रंडी के भँडुअई!...मार सारे मुसहर के!"

एक आवाज़ आई और लाठियाँ तन गईं।

अहेरी का भरम टूटा। उसे लगा वह तो बस मूस और खरहा बनकर घिरा हुआ है अहेरियों और उनके कुत्तों के बीच। मगर मरना ही है तो मूस नहीं, खरहा नहीं, साही की तरह मरेगा।

लोगों को लगा, असंख्य काँटे उग आए हैं राजा के बदन पर, इसके पहले कि उन पर वार हो, सतर्क दृष्टि से पैंतरा बदलकर गाली देने वाले को धराशायी करते हुए गोल से बाहर हो गए। लाठियाँ बरस रही थीं और वह अपने को बचाते हुए वार करते हुए भाग रहे थे। तब तक एक गोली लगी मस्तक पर और कपाल फट गया। गिरकर ढेर हो गए राजा। इस प्रकार आख़िरी साही का शिकार हुआ गोमती के उस अहेर क्षेत्र में।

दूसरा धमाका लगभग उसी समय हुआ किशनगढ़ के दूसरे छोर पर! वही प्रकरण था, वही वहशीपन। गोली चलवाने वाले अफ़सर जिस जाति के थे, ज्योतिसी जी ने कभी मज़ाक-मज़ाक में अपनी पुत्र-वधू को उसी जाति की होने की शंका प्रकट की थी। कितना ज़हर भरा जा चुका था दिलों में! न सूत्र जोड़ते देर लगी होनहारों को, न कर्तव्य निर्धारित करने में। जय उसरहटा में पँड़वा फेंककर लौटा ही था कि...!

मैं घटना का प्रत्यक्षदर्शी नहीं हूँ, फिर भी लगता है सारी घटना आँखों के सामने घट रही है। शायद यहाँ पर इसी खाट पर कसकर बाँधा गया होगा जय को, वहाँ रोता पड़ा होगा चार महीने का शिशु धवल और वहाँ...या शायद वहाँ चल रही होगी पाशविक लीला, सामूहिक बलात्कार की। इसी खाट पर से छटपटाता हुआ देख रहा होगा जय का वजूद अपनी पत्नी की लुटती अस्मत को। यहीं से निकली होगी चीख़, बहुत कुछ कहने की—संवाद या प्रतिवाद की और घरघराकर सन्नाटे के क़ब्रगाह में दफ़न हो गई होगी। पोस्टमार्टम की रिपोर्ट में डॉक्टरों ने बताया था कि श्वास नली में खून भर जाने के कारण दम घुटकर मौत हुई थी जय की। शायद उसने शरीर के सारे खून को प्रतिवाद में तब्दील करने की कोशिश की होगी और इस कोशिश में खून श्वास नली में उतर आया होगा।

कौंध रही है जय द्वारा जेम्स साहब की बताई गई उक्ति...हर दिन को ऐसे जियो जैसे कि वह तुम्हारा आख़िरी दिन है। साहसी बनो और इस दुनिया को एक बेहतर दुनिया बना जाओ। फिर अपनी स्वीकारोक्ति "मैं भी तो अहेरी हूँ।"

बेचैन-सा उठकर टहलने लगा था। दरवाज़े से निकलते ही गोबर से लिपी जगह देखकर अवसाद फिर घना होने लगा था। लाश के पास बैठकर यहीं फूट-फूटकर बच्चे की तरह रोए होंगे राजा ज्योतिसी। काँपते हाथों से बेटे का जनाज़ा उठाने को उन्होंने लाश को छुआ होगा और यहीं, इसी जगह, चाँदनी ने अपने धीरे, पर सधे

हाथों से परे कर दिया होगा उन हाथों को। कालू ने यहीं से पहले-पहल हाँका होगा बैलों को और अपराधी की भाँति गाँव की भीड़ की अदनी इकाई बनकर पीछे-पीछे चल पड़े होंगे ज्योतिसी बाबा बैलगाड़ी में जाती हुई बेटे की लाश के पीछे-पीछे। पूरे हो गए संकल्प? पूरी हो गई मनौती? पर यह तो अवध की गौरवमयी परम्परा है। अंग्रेज़ बहादुर के वफ़ादारों ने अपने बेटों को मारकर वफ़ादारी का कीर्तिमान रचा है। अपने सामने मनौती की दाढ़ी-मूँछ, सिर के बाल—सभी से महरूम शोक-संतप्त बूढ़े चेहरे को देखकर लगा जैसे बाज के पर नुच चुके हैं।

किशनगढ़ के इतिहास में यह पहली बार हुआ है जब इतनी बड़ी वारदात के बाद कोई औरत न पागल हुई, न भागी, न गोमती में डूबने गई। एक ख़ाकी आवरण के तले घुटता रहा गाँव। अन्दाज़ लगाना मुश्किल है कि अब गाँव में आरक्षी किसलिए हैं—इनसे उनको बचाने या उनसे इनको।

समझ में नहीं आता, काल और पात्र की सीमाओं के आगे, कितनी आगे तक फैली है यह मृगया! एक ज़बर्दस्त हाँका है, ज़बर्दस्त जुनून आतंक में भागते हुए अनगिनत बदहवास जीवों के बीच पहचान पा रहा हूँ अपनी दादी का जर्द चेहरा। जुबान पर न लाई जा सकने वाली दर्दनाक दास्तान को अन्धी शौर्य-पूजा में झुठलाने की कोशिश करते हुए बिजूखे!

घाट पर आ गया था। उसाँसें महसूस करता रहूँ गोमती की। एक त्रासद यात्रा पूरी करते हुए मुझे लगा, मेरा वजूद एक भयानक सन्नाटे का संतरण करता रहा था।

डाँड़ खींच लिया था बुधई ने। स्वयं खिंची चली आ रही थी नाव।

तब से मैं इन्तज़ार करता रहा उस दिन का जब इन छापामार जटायुओं की अस्थियाँ किसी पछुआ हवा के झकोरों से उड़कर आँज पाएँगी इन धुँधली डबडबाई आँखों को और उनका फॉस्फोरस इनमें नीली चमक बनकर खिलेगा। तब शायद कोई दादी अपनी संततियों के किसी सवाल पर निरुत्तर होकर जर्द नहीं होंगी। आज इस तीसरी यात्रा में पीछे मुड़कर देखता तो एक हूक-सी उठती है कलेजे में... करोगे याद तो हर बात याद आएगी!

27

मौत से जूझती हुई ज़िन्दगी को महीने भर और खींच पाई चाँदनी। बस। शहर के नामी-गिरामी डॉक्टर भी नहीं लौटा पाए उसकी ज़िन्दगी। पुलिस और हम सभी पूछते रह गए—कौन-कौन था; मगर उसने किसी का नाम न लिया। अपने खून से घृणा की आग को फौरी तौर पर बुझाकर चले गए जय, चाँदनी एक-एक कर। धवल मेरे पास रह गया—उनकी अमानत बनकर।

और 'वन-मानव', वह इनसानी बच्चा, जिसे भेड़ियों से छीनकर ले आए थे हरिया और कालू और जिसे फिर से आदमी बनाने की चुनौती स्वीकारी थी चाँदनी ने...! हादसे की रात भेड़िये आए। वन-मानव और भेड़ियों ने परस्पर एक-दूसरे को सूँघा। बाड़ा खुला हुआ था। वह चला गया भेड़ियों के साथ वापस। शायद इनसानों की अपेक्षा कम बर्बर लगे होंगे भेड़िये!

राजा गोसाईं ने अपनी सम्पत्ति में से जिसका-जिसका लिया था, लौटा दिया। जो बचा, उसे बेच-बाचकर धवल के नाम बैंक में जमाकर वर्षों धूल खाई सारंगी फिर से उठा ली। जब-जब छेड़ने गए, लगा, कोई रो रहा है। उसे रख दिया और ख़ाली हाथ भीख माँगने के लिए निकल पड़े। एक बार उस पार गए तो लौटे ही नहीं।

तीस वर्ष! एक-एक कर गुज़र गए तीस वर्ष। तब के बच्चे अब जवान हो गए, जवान बूढ़े, और बूढ़े मर चुके या मृतप्राय।

दादी बुढ़ाकर जपला हो गई है शहर में। पट्टीदारों ने रहने नहीं दिया गाँव में। श्मशान बनता चला गया...अहेरियों का गाँव। उजड़ गया कजरी बाग़। पहले राजा रुद्रपाल सिंह मरे, फिर रामबुझावन यादव, इनरपति सिंह, कलिका दुबे, सुखनन्दन। मटरू भी, लुटई भी, बुधई भी, मुसम्मात भाभी भी...। पाँच वर्ष पहले परम भी, साधु गोसाईं भी...एक दिन पेशाब करने बैठे, फिर उठे नहीं। एक-एक कर सारे पुराने अहेरी गुज़र गए। अब नए अहेरी हैं, नया अहेर...। लेकिन नहीं, उस पार के रुपई सिंह और इस पार के जयपाल सिंह—इन दो कगारों के बीच अब भी बहती है गोमती।

और किशनगढ़ के रक्षक महाबीरन स्वामी! बहुत पहले पाप से घबराकर उन्होंने

गोमती में जल-समाधि ले ली थी। उनका उद्धार तो न हो सका लेकिन किशनगढ़ से ही पैदा हुए परम टेम्पल का पूरी दुनिया में जाल बिछ गया है। जातियाँ अब भी कुरमुराती हैं—नीच जात। सार, भगवान बन पुजा रहा है पूरी दुनिया में। जातिधारी भगवानों में सबसे ऊँचा। सुनते हैं, लिम्का बुक में दर्ज हो रहा है। नाम-मन्दिरों का सबसे बड़ा नेटवर्क—परम टेम्पल!

रुपई सिंह ने विधायक कोटे से उद्धार करने का बीड़ा उठाया है। इसी सिलसिले में मुझे बुलाया तो मन में एक आस जगी, हो न हो, कुछ हो जाय वरना कहाँ मैं, कहाँ रुपई! इतने सालों के अन्तराल के बाद लौट रहा हूँ किशनगढ़। गोमती पर पुल बन गया है और उसके ठीक किनारे एक गेस्ट हाउस। बहुत ही रम्य! बहुत ही रोमांटिक! उसी गेस्ट हाउस में पार्टी चल रही है रुपई सिंह की। ख़ास लोगों में राजा जयपाल सिंह भी शरीक हैं।

"कैसन लागत बा किशनगढ़ सालन के बाद?" रुपई मुझसे अवधी की आत्मीयता में पूछते हैं।

"किशनगढ़ तो ठेठ अवध है—बल्कि पूरी की पूरी हिन्दी की गोबर-पट्टी का ग्रोथ!" मैं कहता हूँ।

"और हवेली इस ग्रोथ की कलगी।" रुपई ने जयपाल सिंह के मनोबल को खराद पर रखा।

"ग्रोथ का अर्थ आपने शायद विकास से लिया जबकि मेरा आशय कैंसर के ग्रोथ से है।"

गम्भीर हो गए रुपई। बगल में चल रही दारू-पार्टी में मेहमानों के पास...चले गए। धीरे-धीरे ग्रोथ की परतें उघर रही हैं।

रह-रहकर ठहाके दग रहे हैं, रह-रहकर फिकरे उछाले जा रहे हैं, पार्टी अपने पिक पर है। गुरूर है। सुरूर है। बहकी-बहकी ज़बान है, बहकी-बहकी अदाएँ! कुछ एक टुकड़े रह-रहकर उड़ आते हैं मुझ तक!

"कुछ घोटालों में आपका भी नाम आ रहा है।"

"लाँड़ चाटेंगे।" रुपई सिंह का तकिया कलाम।

"घोटाले तो बड़ मनई की शोभा हैं।" एक मस्का।

"एक बार एक नेता की आलमारी खोली तो नोटों की गड्डियाँ भहरा पड़ीं। दबि गए रहेन। बड़ी मुश्किल से निकरि पाएन?" दूसरा...।

"और किसी एम.एल.ए., किसी मंत्री में है ऐसी कूवत कि विधायक कोटा का पैसा इलाके के डेवलपमेंट के लिए न्योछावर कर दें?" तीसरा...।

"बाबू साहब जिन्दाबाद! ठाकुर साहब जिन्दाबाद!" दरवाज़े के बन्द होते ही आवाज़ें रुँध गईं। अब कमरे में मैं हूँ, जयपाल हैं और रुपई। रुपई जयपाल की ओर मुख़ातिब हुए—"तुम अब क्या करोगे कुँवर, न न राजा, जयपाल सिंह?"

"हम?" जयपाल ने पूनम की रात में दूर तक बीहड़नुमा राजमहल के खँडहर को देखा।

"इस खँडहर को पस्ट कर दो। राजा का मुकुट उतारकर प्रजा के पाँव पर रख दो—वो क्या कि अब तो इस तालाब का पानी बदल दो, ये कमल के फूल कुम्हलाने लगे हैं।" रुपई ने बचन निकाला।

शराब के सुरूर में आवाज़ लड़खड़ा रही है, आँखें मुँद रही हैं, सिर झुका जा रहा है। उन्होंने थोड़ा शक्ति संचय किया, सिर उठाया। रुके, फिर सिर को झटककर आगे का 'बचन' निकाला, "ये सब वर्चुअल रियालिटी हैं, असली नहीं। पूछोगे, असली क्या है? पूछो, पूछो।"

"क्या है?" जयपाल ने शान्त स्वर में पूछा।

"असली है किसी भी पारटी में जाओ, कहीं भी जाओ, तुम रहोगे ठाकुर ही। सो, द बेसिक थिंग इज दैट यू आर ए ठाकुर।"

"मुझे किसलिए बुलाया है आपने?" अब मुझे ऊब होने लगी है।

"अभी बताते हैं...पहिले तो एक रिक्वेस्ट..."

"जी फरमाइए।"

"आप हमरे चीफ एडवाइजर बनि जाओ। अब देखो कि रोज ही भासन-ऊसन देना पड़ जाता है ऊटपटाँग और गैरजरूरी बातें ससुरी निकल ही आती हैं मुँह से। लिखा रहने से बात टू द प्वाइंट रहती है। हमरे पास कोई योग्य आदमी नहीं है। ...और हाँ, धवल को भी बोलाइ लो। मेरे गाँव का सितारा है, मेरे आसमान में चमके।"

"लेकिन...।" मैं हकलाता हूँ।

"आप जो भी इम्पार्टेंट काम कर रहे हों, वो मुझपे छोड़िए। विधायक कोटे और मंत्री के बूते नहीं, जरूरत पड़ी तो अपने पैसों से मैं जिलाऊँगा किशनगढ़ के प्राचीन गौरव को, बरम्ह बाबा, सती मैया, बैरागी बाबा, हत्याहरणा—सब के सब अपनी खोई हुई गरिमा प्राप्त करेंगे। और तो और, गोड़ पकड़ के खींच ले आएँगे किशनगढ़ के रक्षक महाबीरन स्वामी को भी। न आए तो हुँवइ, नदिया के बीचोबीच मन्दिर बनवाएँगे, परम टेम्पल भी। आखिर तो परम चेन ऑफ टेम्पल्स का मूल बीज हियँई है। कॉलेज का भी उद्धार होगा...और रही अहेरियों के इतिहास की साक्षी हवेली तो हवेली बनेगी हिस्टोरिकल प्लेस। आप देखते जाओ, किशनगढ़ को टूरिस्ट प्लेस न बना दिया तो अपने बाप के मूत...आह देखा न आपने! इस मुँह से ससुरी...। इसीलिए तो।"

"मुझे यहाँ किसलिए बुलाया है आपने?"

"इसी गौरव के उद्धार के लिए ही न!"

"जरा खोलकर बताइए...।"

"किशनगढ़ के वासी होने के नाते हमारा यह पुनीत कर्तव्य है कि हम इसके विगत गौरव का उद्धार करें।"

"जी।"

"हमें मालूम है कि किशनगढ़ के सबसे महान अहेरियों का कोई भी स्मृति-चिह्न हमारे पास नहीं है, सिवाय उनकी मूरतों के, जिसे बनवाने के लिए राजा रुद्रपाल सिंह ने आपके बाप रामबरन भगत को आसनसोल से यहाँ बुलाया था। हवेली में सेट करने के पहले ही एक-एक कर लोग गुजर गए। हमने भगत के तहखाने समेत कहाँ-कहाँ नहीं खन-खोद करवाया मगर उन मूरतों का पता न चला। पता सिर्फ दो आदमियों को था—एक जय, दूसरे आप। अब तो जय भैया भी न रहे तो बाकी बचे आप...।"

"आप उन मूर्तियों का क्या करेंगे?"

"हम उन्हें स्थापित करेंगे, लोगों को दिखाएँगे कि अहेरियों के गाँव के लोगो, तुमने अब तक किस्सों में सुना है, कहानियों में सुना है, जिनके नाम पर हर अमावस को पंचमुखी दीये जलाए, मगर उन्हें देखा नहीं, ये रहे वो, दर्शन करो और प्रेरणा ग्रहण करो।"

"मेरी दादी भी उन्हें महान बताती रहीं, गाँव के दूसरे भी, आप भी...। पर वह महानता थी क्या, यह कोई नहीं बताता जिन पर हमें गर्व होना चाहिए, वह तो जय थे, चाँदनी थीं, राजा थे।"

"जय भैया, चाँदनी भाभी, राजा मुसहर—हम सब के नाम पर अवार्ड देंगे। जो लोग किसी कारणवश किशनगढ़ छोड़कर जा चुके हैं, उन्हें भी बुलाएँगे कि आएँ और उद्धार करें किशनगढ़ के प्राचीन गौरव का। परमानन्द जिन्दा होते तो उन्हें भी बुलाते।"

"और हरि प्रकाश...?"

"हरिया...? चलो, आप कहते हो तो एक अवार्ड उस ससुर के नाम पर भी हालाँकि साला था नमकहराम!"

हरिया का नाम आते ही सुरूर टूटने लगा है, भड़क उठते हैं जयपाल पर, "आप क्या करने आए हैं यहाँ, जब हमीं को सब कुछ बताना पड़े...बाबूजी और कलिका दुबे से आप त-त तुम्हारे बारे में सुनते आए थे कि तुम्हें चक्रवर्ती होना था, चरखापती भी नहीं हो पाए। है न...? हा-हा! हम कौन थे, क्या हो गए हैं, और क्या होंगे अभी...। तुम्हें कहाँ होना था, कहाँ हो! कभी सोशलिस्ट बने, कभी कमनिस्ट, कभी शान्ति के गीत गाए, कभी किरान्ती के। हमार दम तक विरोध करते रहे बाप-पूत। उखाड़ पाए कुछ? उलटे देखो हम तुमरे लिए का कर रहे हैं।..."

भड़कते ही जा रहे हैं बाबू रुपई सिंह, "शिकार करने गए थे बाघ नहीं, सिंह नहीं, साही नहीं, हरिण भी नहीं, झाँट भर का हिरण का बच्चा जिसे बाद में हमारे कुत्तों ने ही तोड़ दिया...और तुम?...मारने गए, न मार पाए! बचाना चाहा, न बचा पाए। न इधर के भये। न उधर के। हाथी पर बैठते थे कभी और अब...? सूअर

भी नसीब नहीं! जिस प्रतापी खानदान में आदमी तक को चारा बनाने में तुम्हारे बाप-दादे न हिचके, वहाँ तुम बेचारा बनकर रह गए। और वे...अपने-पराए में कोई फर्क न किया जिसने भी बदमाशी की, काटकर मछलियों को खिला दिया। तभी तो पुजाते आए आज तक।"

"आप बेफिकर रहो जी।" रुपई ने मुझसे कहा, "ये आपके साहूजी, भगत सिंह, फूले जी, फलाने जी, ढेकाने जी का करेंगे, हम करेंगे अपने किशनगढ़ का उद्धार! बस हमें वो मूरतें दे दो पंचवीरों की और उनका गौरवमय इतिहास।"

काफ़ी देर से ख़ुद को ज़ब्त कर रहा था, मगर अब नहीं रहा गया, "...आप बार-बार हवेली और अहेरियों के गौरव के उद्धार की बात कर रहे हैं मगर आप क्यों? यह बात तो कुँवर जयपाल सिंह को करनी चाहिए थी—जो हवेली के मालिक हैं।"

"यह बात...?" बहुत ज़ोरों से हँसते हैं रुपई सिंह, उनकी हँसी गोमती की घाटी और बीहड़ों में दूर-दूर तक फैल जाती है, फिर बहुत धीरे से बहुत बड़ी बात कहते हैं—"इसलिए कि अब हमने हवेली को खरीद लिया है।" अहेर का वही पुश्तैनी अन्दाज़!

"ओऽऽऽ!" मैंने कोई उत्साह नहीं दिखाया, "लेकिन पंचवीरों की मूरतों और उनके साहित्य के बारे में मुझे कुछ नहीं पता।" रुपई का रोष नए सिरे से भड़कने वाला है।

"मगर मुझे पता है।" जयपाल ने थाम लिया है उनके रोष को। तनिक ठमके, फिर बोले, "थोड़ा सब्र करो...थोड़ा! जय ने कभी वह अतीत-गरिमा बतलाई थी, पहले सुनकर बताओ वह यही थी या और कुछ।" जयपाल ने अपनी डायरी निकाली और पढ़ना शुरू किया।

"जो कुछ भी मिला, उसे लूट लिया गया। पन्द्रह सौ आदमी और पाँच सौ औरतें एवं बच्चे कैद कर लिए गए। इसके अलावा पशुओं को भी हाँक कर लाया गया जिनकी तादाद अस्सी हजार से कम न रही होगी। स्त्री-पुरुष और बच्चों को बीस मील खदेड़ते हुए ले जाया गया। उस यात्रा के दौरान तीन दिन तक भारी बरसात होती रही। गर्भवती स्त्रियों की सिपाहियों ने सोंटों और बन्दूक के हत्थों से रास्ते भर पिटाई की। बहुतों ने समय से पहले बच्चों को जन्म दे दिया और सड़क पर ही प्राण त्याग दिए। बहुतेरे बच्चों को पशुओं ने रौंद डाला...दस मील लम्बी थी लूटे गए मवेशियों की कतार।...एक जागीरदार को तब तक यातनाएँ दी गईं, जब तक रकम चुकाने के लिए, वो अपनी दोनों लड़कियों को बेचने को तैयार न हो गए। ये और ऐसी ढेरों कीर्तियाँ...!"

"ये कहाँ की बात है?" मैंने पूछा।

"बताइए बाबू रुपई सिंह, ये कहाँ की बात है। वही सवाल, जो जय ने कभी हम सबसे किया था—मैं स्थान, काल, पात्र का नाम गोल कर रहा हूँ, आपको पहचानना है।"

"तैमूरलंग?"

"ना।"

रुपई ने क्रम-क्रम से चंगेज़ ख़ान, नादिरशाह, अहमदशाह अब्दाली और मुहम्मद बिन-तुगलक के नाम लिये।

जयपाल, "ना-ना" करते रहे। यह एक कठिन ऑब्जेक्टिव प्रश्न था रुपई सिंह के लिए।

चिढ़ गए रुपई सिंह, "कहाँ की बात है?"

"स्थान है अवध और पात्र हैं अवध के ताल्लुकेदार।" जय मुझसे कहा करते, "मैं इन पंचमुखी दीयों, हवेली और अवध के इन नृशंस ताल्लुकेदारों को जोड़ने वाले सूत्रों की तलाश कर रहा हूँ। मेरा अनुमान है कि यही थे हवेली या अवध की शान, अहेरी जो हुक्म न मानने वाले गरीबों या अपने विरोधियों को चारे की तरह इस्तेमाल करते।...कैप्टन स्लीमैन ने..."

"मुझको वह सब नहीं जानना।" रुपई सिंह ने पूरे आख्यान को अपने "लाँ..." पर समर्पित किया, "कहाँ है वह इतिहास और वे मूरतें?"

"गोमती में—जय और मैंने एक रात फेंकवा दिया था किशनगढ़ के उस कलंक को।" इस जानकारी पर मैं दंग रह जाता हूँ। जय ने कभी बताया नहीं और कुँवर उन अहेरियों को गौरव नहीं 'कलंक' कह रहे हैं। प्रतिमाओं का विसर्जन भी नहीं 'फेंकवा दिया था' जैसे ओछे शब्द।

"हाय!" जैसे सिर में गोली लगी हो। एक बिलबिलाहट भरी आहत गुर्राहट में झपटते हैं रुपई जयपाल पर—"कुल-कुल-कुलांगार, उत-उत उद्धार!"

कहते हुए रुपई ने उल्टी कर दी है।

धीरे-धीरे फैल रही है बदबू। मक्खियाँ भिनकने लगी हैं रात में भी। अब रुका नहीं जाता। मैं भगत सिंह और शाहूजी की किताबें उठाता हूँ और गेस्ट हाउस के बाहर आ जाता हूँ। पूरब का आसमान देखता हूँ। कितनी रात बाक़ी है अभी और कितनी प्रतीक्षा करनी होगी मुझे भोर के लिए...?

"श्यूँऽऽऽ!" सहसा मैं चौंक जाता हूँ जैसे हवा निकल गई 'श्यूँ' की। फोन्नन सिंह की शिकार-कथा का समाहार!

दक्षिण अफ्रीका का आँखों देखा एक शिकार दृश्य!

नेहांसबर्ग के लायंस सफारी में मैं पशुओं का अभयारण्य देखने गया हुआ था। दूर-दूर लम्बी-लम्बी घासों के बीच चरते-विचरते हिरण, पाड़े, वील्ड एनिमल्स, हाथी और सिंह...! भयानक था सिंह का मुँह और उदासीन थीं उसकी आँखें। झबरीले थे काले-काले अयाल और लटक रही थी उसकी पूँछ! पूरे बदन पर उड़ती मक्खियाँ और कीट-पतंग। मंथर राजसी गति से नाप-नापकर पंजे रखते क़दम। सामने से वील्ड एनिमल्स का दल आ रहा था। लम्बी-लम्बी घासों में दुबक गया

सिंह। और लीजिए ख़तरे से अनजान एक वील्ड ऐन सिंह के सामने...! अमूमन सिंह नहीं, सिंहनियाँ करती हैं शिकार। पर यहाँ मौक़े की नज़ाक़त ही कुछ और है।

अहेरी ने अहेर को देखा, अहेर ने अहेरी को। दोनों के क़दम ठिठक रहे थे। दोनों एक-दूसरे को तौल रहे थे। फिर भागना व्यर्थ जानकर खड़ा हो गया शिकार। सिंह का पिछले दोनों पैरों पर खड़े होकर पंजों से वील्ड पर वार करना, वील्ड की झटककर छुड़ाने की कोशिश! जैसे कोई गुंडा किसी निरीह आदमी को बाल पकड़कर घसीटे...। दबी-दबी गुर्राहटें और खिंची-खिंची साँसें!

यह मेरी आँखों का भ्रम था या था और कुछ! अचानक दृश्य बदल गया। अब कोई युद्ध नहीं एक विचित्र जीव था मेरे सामने जिसकी आठ टाँगें थीं और मुँह एक...। यानी चार पाँव सिंह के, चार वील्ड के। मुंह तो फिर भी सिंह का ही दिख रहा था, वील्ड का मुँह कहाँ गया?

मुझे झुरझुरी आ गई। तो क्या वील्ड ने अपना मस्तक सिंह के जबड़े में घुसेड़ दिया है? मुझे इल्यूजन हो रहा है? कभी जय ने साँप और बगुले के युद्ध का पोस्टर लगवाया था जिसमें साँप को निगलने आए बगुले की चोंच को ही लपेटकर बन्द कर दिया था साँप ने...अहेर और अहेरी का शाश्वत युद्ध! आज फिर वही...जान लेने और जान बचाने का युद्ध। देर तक चलता रहा यह युद्ध। दोनों आगे-पीछे होते रहे। नुकीले 'कैनाइन' टूट गए क्या वील्ड के प्रहार से? मुक़ाबला ही क्या! मगर नहीं। इतनी जल्दी नहीं। नरम मांस के साथ मस्तक की कुछ हड्डियाँ भी थीं फटने-फटने पर आमादा। पेशाब निकल आई थी, पाखाना निकल आया था, जबड़े से खून सनी लार चू रही थी। यह खून दोनों का था, या किसी एक का?

वील्ड तनिक और टिक पाया, दाब कुछ और डाल पाया तो युद्ध के परिणाम अलग हो सकते हैं। लड़ते-घिसटते, घासों को रौंदते, वे मेरे लेंस की परिधि से दूर चले गए।

भोर के इस ब्रह्म मुहूर्त में, अपने ही वमन पर औंधा पड़ा अहेरी! उड़ती भिनभिनाती मक्खियाँ! इन मक्खियों को तो मैंने वहाँ देखा था, वहाँ से उड़कर यहाँ कब चली आईं!

✪✪✪